JN110268

電話交感

私とおばあちゃんの七日間の奇跡

こがらし輪音

角川文庫
23889

目次

――現代1――

私は世界で一番必要とされていない人間なんじゃないかと思うことが、日に日に増えている。

ひっきりなしに鳴るコール音が、今日も私の脳を抉《えぐ》る。仕事を教えてくれた先輩は『すぐに慣れる』と言っていたが、真偽のほどはその先輩がとっくの昔に辞めてしまった事実が物語っている。慣れるどころか応答ボタンを押す指は重くなる一方だ。

呼吸を整え、私は腹を括《くく》ってボタンを押す。

「大変お待たせいたしました、お電話ありがとうございま――」

「おせぇよ！　どんだけ待たせりゃ気が済むんだ！　電話代誰が払うと思ってんだ！」

爽《さわ》やかさを心掛けた私の挨拶《あいさつ》は、相手方の不機嫌極まる怒号によって掻《か》き消された。

ヘッドセットから響き渡る銅鑼《どら》声に竦《すく》み上がり、私はアクリル板で仕切られた自席で反射的に頭を下げる。

「も、申し訳ありません！　現在大変回線が混み合っておりまして……」

「んなこたぁ言われなくたって分かってんだよ！　それはそっちの事情だろうが！　混

み合うのが分かってんだからもっとちゃんと準備しとけ！」

「はい、大変貴重なご意見痛み入ります。お問い合わせはメールやチャットでも承って
おりますので、よろしければ次回はそちらのご利用を――」

「あぁ⁉　お前、俺に指図しようってのか⁉」

「いえ、決してそのようなことは……」

「そもそもそっちがちゃんとしてりゃあこんな問い合わせしなくて済むんだろうが！

それを言うに事欠いて『次回はそちらを』って、そうやってたらい回しにしているから
お前らの会社は――」

客ガチャに外れてしまった。こういうのは一度火が付くと、更に燃え盛ることはあっても鎮火することはない。こちらの不備は鬼の首を取ったように論《あげつら》ってくるくせに、自分の不備は逆ギレして一切認めようとしないのだ。

長期戦を覚悟し、私は男性の話を聞きながらパソコンで報告書を作成する。【クレーム内容：窓口の電話が繋《つな》がりにくい。メール・チャット紹介対応するも改善の強い要望あり】長々と愚痴を吐いてきてなかなか本題に入らないので、私は暇潰《ひまつぶ》しに別の文字列を打ち込む。【前置きがなげぇよ】【さっさと話せハゲ】もちろん後で消す。

どうやら携帯ショップの店員が、充分な説明もないまま高額なプランを薦めたことに憤っているようだ。この手のクレームは今週だけでも何度あったことか知れない。非がこちらにあるだけに厄介だ、私がやったわけじゃないのに。

【ショップ店員との高額契約トラブル。店名は北千住《きたせんじゅ》店。店員の名前は不明。】

「言ってることが食い違ってるじゃねぇか！　ショップの店員は『このプランじゃないと契約できない』って言ってたんだぞ！」

「いえ、そのようなことは。ホームページでも紹介しております通り、そちらはあくまでオプション料金となっております」

「それ俺から騙《だま》して金取ったってことだよな！　半年分余計に金払わされたってことだよな！　詐欺じゃねぇか、普通によぉ！」

【知らねぇよ何で私がこんな悪口言われなきゃならないんだよふざけんなクソ店員】

「大変申し訳ありません、こちらからも担当の者にお伝えさせて頂きますので……」

「もういい！　プラン変更とやらは今ここでお前がやれ！　一番安い奴に替えろ！」

「申し訳ありません、こちらからはプラン変更対応は出来かねまして。お客様マイページかショップにてご対応頂く形になりますが――」

「また俺に店まで行けってのかよ！　あー、大企業様は楽な仕事で羨《うらや》ましいっすわ！」

【死ね死ね死ね死ね死ね死ね死ね死ね】

「不貞腐《ふてくさ》れてないでしっかりしろよ！　あんた、望んでその仕事に就いたんだろうが！」

打鍵《だけん》の手が止まる。

こんな仕事、望んで就くわけがない。

携帯電話三大キャリア企業の子会社、実績次第では親会社への転職も視野に入ると説明会で聞かされて、内定を取った時は手放しに嬉《うれ》しかった。最先端のITサービスについて働きながら学べると浮かれ、先輩社員や上司と楽しく仕事やランチをする未来を呑《のん》気《き》に夢見ていた。

それが実際はどうだ。手狭な貸オフィスに押し込められて、客のカスハラ・セクハラ発言を受ける毎日。大学を卒業して早四年、身に付いたものといえば謝罪の言葉のレパートリーくらい。転職しようにも卒後三年が経過して第二新卒の資格は失われ、長引く新型コロナウイルス蔓延《まんえん》の影響で転職活動もままならない。

目尻《めじり》に涙が滲《にじ》む。客の暴言や無責任な店員に対してじゃない。こんな掃《は》き溜《だ》めのような所で仕事をするしかない情けない自分に対して。

打ち込んだ暴言の数々を削除し、私は今日何十回目かの謝罪の弁を口にする。

「……はい、大変申し訳ありませんでした……」

永遠にも思えた格闘を経て、ようやく電話が荒々しく切られる。それでも休む間もなく電話は鳴る。報告書の体裁を整えている間、オフィスを横目で見ると、誰も彼も死んだ目で似たような言葉を繰り返している。

応答ボタンに指を載せた私は、ディスプレイに浮かぶ時刻表示を見て絶望した。

――まだ終業まで四時間以上あるなんて、悪い冗談でしょ。

電話業務が終わっても、その後は受けた電話内容や新規契約について報告書をまとめなければならない。キレ易い現代人の相手をするよりよっぽど楽だが、報告書を通して電話内容を思い出すこともあるため、決して楽しい仕事ではない。だんだん暗くなるオフィスで膨大な内容の報告書を作成していると、いよいよもって自分の存在意義が分からなくなってくる。

しかも私は中途採用の女性社員の教育係に任命されてしまったため、自分の時間を割いて彼女の報告書を確認しなければならない。あまりにも粗雑極まる彼女の報告書に私は頭を痛めつつ、「お疲れ様で～す」と足取り軽やかにオフィスを出ようとする本人を呼び止めた。

「島田《しまだ》さん、報告書見せてもらったけど、このままじゃ出せないから修正してもらっていいかな」

「あー、もうパソコン切っちゃったんで、コメント付けてクラウドに投げてくださーい」

ウェーブした茶髪を指に絡ませながら、島田さんはすげなく答えた。大学を卒業したばかりの若々しい女性社員で、コロナ対策のマスクも薄いピンク色のものを使用しており、OLというよりギャルと呼んだ方がしっくり来るような風貌《ふうぼう》だ。

この時期に入ってくる時点で嫌な予感はしていたけれど、見事に大外れを引かされたものだ。辞職した先輩に内心で助けを求めながら、私は勇気を振り絞って強めに諭す。

「あのね、何度も言ってるけど、報告書はその日の内に出さなきゃいけないの」

「そんなこと言ったって、電話業務が終わってから終業まで三十分くらいしかありませんし、それであんなたくさんの報告を完璧《かんぺき》にまとめるなんて絶対無理じゃないですかぁー。残業前提の仕事なんて、業務の効率化ができてない会社の怠慢ですよねぇ？」

なかなか痛いところを突いてくるが、それはそれとして与えられた仕事は最低限こなしてもらわないと困る。こんな文法も接続もめちゃくちゃな報告書を出したら、教育係の私が上司から叱責《しっせき》を受けてしまう。

「それはそうだけど、だからその分残業代を付けてもいいから……」

「私にとってはお金より時間の方が大事なんですよー。そんなに言うなら私の分の残業代付けていいんで、先輩がやっといてくださいよ。先輩は全部分かってるのに、私が先輩の指示通り直したところで、それってただの二度手間ですよねぇ？」

「あの、だからそれじゃあなたのためにならなくてね……」

「それじゃ、お先に失礼しまーす」

島田さんは勝手に話を終わらせ、二の句も継げさせずにオフィスを抜け出してしまった。首根っこを引っ張って呼び戻してやろうかとよっぽど迷ったものの、私は諦《あきら》めて自分の席に座り直した。そんなことをしたら私がパワハラで告発されてしまうが、さりとてそうする以外に彼女に仕事させる方法が思い浮かばない。やる気が無い奴に何かを教えるなんて土台不可能なのだ。自分でやった方が早いのも事実だし。

爆発しそうなほどに凝った肩と格闘の末、ようやく島田さんの分の報告書の校正が終わる。自分の分に移る前に給湯室でコーヒーでも淹《い》れてこよう、と私がオフィスの外に出ると、ちょうど給湯室の前にいた中年の男性課長と鉢合わせしてしまった。

課長は私の姿を見るや、顎《あご》で給湯室内の冷蔵庫をしゃくって命令してきた。

「おっ、ちょうどよかった。森戸《もりと》、冷蔵庫の来客用のお茶が切れたから買ってきてくれ。領収書忘れるなよ」

私の眉《まゆ》がひくついたのは、きっと疲労のせいだけではない。

「あの、それは庶務の仕事……」

「もうみんな帰ってるし、いつ来客があるか分からないだろ。５００ｍＬのお茶を十本、種類は何でもいいけどあまり高いのは買うなよ。コンビニは高いからスーパーでな」

話している間に、私と同年代の男性社員が通りがかり、課長ににこやかに挨拶した。

「あ、課長、お疲れ様です！　親会社との契約更新の件、先方に掛け合ってくださってありがとうございました」

「おう、今日は上がりか？　気を付けて帰れよ」

そのまま「お先に失礼します」なんて言いながら立ち去る彼を、課長は何の疑問も持っていない様子で見送る。この課長が男に雑用を任せているところを見たことがない。

『仕事を任されるほど期待されている』なんておめでたい考えは、とっくの昔に捨てた。

「なぁ頼むよ、俺はお前を信用しているから、いつもこうして仕事を任せられるんだ。……それとも嫌か？」

無言の私に次第に不満感を募らせたのか、課長の声に険が伴い始める。

お前が陰で飲んでるのは知ってんだよ。自分で買ってこい。女だからって都合よく雑用を押し付けやがって。

マスクの下で諸々《もろもろ》の悪感情を言い放ってから、私は精一杯取り繕った笑顔で受け答えた。

「いえ、分かりました、すぐに買ってきますね」

「そうか！　悪いな、いつも助かってるぞ、森戸」

私の答えに機嫌を良くした課長は、口先だけの労《ねぎら》いを残して立ち去っていく。たったそれだけのことで報われた気分になってしまう、そんな自分が嫌になる。

ああ、つくづく損な性格だ。みんな面倒事を押し付けられないように上手《うま》いこと立ち回っているのに、私は機嫌を損ねるのが怖いばっかりにニコニコ引き受けて。そんなことしたって何の得にもならないって、もう散々分かっているはずなのに。

オフィス代をケチったのか、この会社は地味に周辺環境が悪く、スーパーマーケットで買い物をするには駅近くまで歩く必要がある。寒風に吹かれながら、さっさと用事を済ませようと大股《おおまた》で歩いていると、駅周辺に何やら人が集まっていることに気付いた。

見ればそれはデモ集会だった。マスクを着けていない若い男性が、小さな台の上に立ち、道行く人々に大声で呼び掛けている。

「いいですか皆さん、コロナなんてものは存在しないんです！　ただの風邪です！　ワクチンってのは実は政府が高齢者を減らして社会保障費を削減するためのもので、接種したら二年以内に死んでしまう恐ろしい毒なんですよ！　これはアメリカの大学でも報告されているれっきとした事実なんです！　皆さん、政府に騙《だま》されないでください！　ワクチンは毒、打ってはダメです！　ノーマスク、ノーワクチン！」

彼の掛け声に合わせ、マスクをしていないデモ参加者が気勢を上げる。大抵の人は世迷言《まいごと》と聞き流して素通りしているが、この手の陰謀論はＳＮＳを中心に国内外問わず未《いま》だに根強く残っており、私の大学時代の友達も何人か飲み込まれてしまった。コロナが流行《はや》り出した二年前はこんな理由で社会が混乱することになるなんて思いもよらなかった。ワクチンに仕込まれたマイクロチップで政府が国民を管理するというパターンは大分廃れたようだが。

通行人の一人、マスクを着けた中年男性が、怒りを露《あらわ》にデモ代表者に詰め寄った。

「いい加減にしろ！　お前みたいにノーマスクでバカ騒ぎする奴がいるから、いつまで経ってもコロナが終わらねぇんだろうが！」

「終わらないのはあなたのようなコロナ脳、ワクチン脳のせいじゃないですか！　いつまで政府の言いなりでこんな不便な生活を続けるつもりですか！　ご年配の方だからテレビの言うことを真に受けているんでしょうけどね、今どきネットで調べれば真実は簡単に分かるんですよ！」

二者が一触即発の空気になり、警戒していた警察官が割り込む事態に発展する。私は目当てのスーパーに飛び込むと、適当な安物のお茶を十本カゴに放り投げ、手早く会計を済ませて会社に引き返した。

給湯室の冷蔵庫に乱暴にお茶を突っ込み、コーヒーサーバーから紙コップにコーヒーを淹れてオフィスに戻ると、既に人気はほとんど無くなっていた。残っているのは私以外に二人、気難しげな年上社員と寡黙なベテランさんだけ。どちらもたまに挨拶《あいさつ》を交わす程度で会話したことはほとんどない。他の社員は早々に業務を終わらせたか、もしくは自宅で報告書を作成して遠隔で送信するつもりか。私も持って帰ろうか迷ったけど、せっかくコーヒーを淹れてしまったわけだし会社に残ることにした。

一人、また一人とオフィスを去り、結局最後に残ったのは私一人だけだった。更衣室で私服に着替えたところで、私はようやく人心地つくことができた。この業務内容で制服に着替える必要性があるのかは甚だ疑問だが、精神的なオンオフの切り替えをするためと解釈できなくもない。

道行く人影も電車の乗客も、二年前のコロナ禍初期と比べると大分増えた。帰宅ラッシュの電車内、私はせめて顔だけでも人との距離を保つように心がけながら、自宅の最寄り駅で滑るように抜け出す。正直いつ感染してもおかしくないが、仕事のためには通勤せざるを得ないし、私自身もコロナに対する恐怖心が薄れつつあるのは否定できない事実だ。

北区《きた》田端《たばた》の自宅アパートに着き、スマホで時間を確認すると、珍しくメッセージアプリの新着通知が点灯していた。私は一瞬だけ胸を躍らせたが、蓋《ふた》を開けてみればただの企業アカウントのお知らせで肩を落とす。スタンプ目当てで登録した後に解除するのを忘れていた。

スマホに不慣れな両親は仕方ないとして、友達も彼氏も通話どころかメッセージさえ滅多に送ってくれないから、私の通知欄はいつも寂しいものだった。やっぱり私に本当の友達なんてものはいないんじゃないか、という疑念は日増しに深まっていく。

いや、もしかしたら向こうも私と同じように遠慮しているのかもしれない。用事も無いのにメッセージなんて、と思っていたけど、別に日常の取り留めのないやり取りをしたっていいじゃん。そうだよ、友達とか彼氏とかって本来そういうものじゃん。

思い立ったが吉日。私は早速、交際中の彼氏である譲《ゆずる》に発信する。

「どうした、紗菜《さな》？　いきなり電話なんて何かあったのか？」

開口一番、用件を催促するような口調で切り出され、早くも私は考え無しに電話したことを後悔してしまう。

とはいえ、電話の口実をいくらでも作れる彼氏だったのは幸いだった。

「ねぇ、譲、まだ会うの難しそうなの？」

内心で焦りながらも、私は譲の機嫌を損ねないよう甘えた声で尋ねる。去年のクリスマス以降、私は譲とアプリでメッセージを交わすばかりで一度も会えていなかった。

二週間以上も恋人と会わずにいれば、私は寂しさや不安を感じてしまうものだが、譲の方はそうでもないらしい。

「何だ、そんなことかよ、クリスマスに会ったばっかりだろ。メッセージでも伝えたけど、年明けから感染者がドカッと増えてて、マジで休日返上の大忙しなんだって。ったく、どいつもこいつも気が緩みすぎなんだよ……」

相当疲れているのか、都庁勤めの譲の言葉には苛立《いらだ》ちが滲《にじ》んでいる。

せめて譲の気分を上向けてあげられればと、私は努めて明るい調子で提案してみた。

「そうなんだ。じゃあさ、私が譲の家に行っていろいろやってあげようか？　掃除とか洗濯とか料理とか」

「いいって、感染するわけにいかないのは紗菜も同じだろ」

「でも……」

食い下がる私に、譲は溜息《ためいき》交じりに言った。

「なぁ、頼むから察してくれよ。ただでさえ都の予算編成とか都議会の資料作りで手一杯なのに、その上コロナ対応にまで駆り出されて、今は本当にいっぱいいっぱいなんだよ。職員の中からもぽつぽつ感染者が出てきて、睡眠時間を削ってギリギリで回している状態なんだ。気を遣ってくれるのは有り難いけどさ、正直有難迷惑なんだよ」

「……そっか」

譲の言い方に思うところはあったが、ここまではっきりノーを突き付けられれば、私としても引き下がらざるを得ない。

譲も少し言い過ぎたと思ったのか、幾分か柔らかくなった声で付け加える。

「分かってくれよ、紗菜のことが大事だから今は会えないんだって。落ち着いたらまたこっちから連絡するから」

「……うん、それじゃまたね」

私が力無くそう言うと、どちらからともなく電話を切る。『有難迷惑』と言われた悲しさと、『紗菜のことが大事』だと言ってくれた嬉《うれ》しさが入り混じって、自分でもよく分からない感情が渦巻いていた。

こんな気持ちになるくらいなら、電話なんかするんじゃなかった。自己嫌悪に身を任せ、私は泥のようにベッドに倒れ込む。友達と取り留めのないやり取りを交わす気になんて、もはやなれるわけがなかった。

寝転びながら、せめてもの気晴らしにとスマホでSNSを開いたものの、途端に次々と流れてくる最新ニュースに気は滅入《めい》る一方だ。

女性声優への誹謗《ひぼう》中傷により書類送検されたというニュースに『ひどすぎる』『許せない』『当然の報い』というコメントが寄せられたかと思えば、その下の俳優の不倫報道には目を覆いたくなるような人格否定や殺害予告のコメントが相次いでいる。政治家の失言やYouTuberの炎上騒動なんかも似たり寄ったり。こんなことが一体もう何度繰り返されたことか。自暴自棄になった大人による電車内での放火だの殺人未遂だのも散発していて、電車通勤の私は毎日が戦々恐々だ。

どうしてこうなってしまったんだろう。昔はこんなんじゃなかったと思うんだけど。

私が思い描いた未来の世界は、みんな仲良くて優しくて、もっと素敵なものだったはずなんだけど。

それなのに、今日も誰かが、何かに怒っている。


翌日の出勤後、デスクで憂鬱《ゆううつ》な気持ちを抱えながら始業の準備をしていた私は、突如として罵声《ばせい》を浴びせられた。

「森戸！ 何だ、これは！」

いつの間にか課長が、怒り心頭の様子で私の真横に立っていた。

右手に握っているのは、私が昨日スーパーで買ってきたお茶。意味が分からなかったが、それ以外の心当たりがなかったため、私は内心で首を傾げながら答えた。

「何って……昨日課長に言われて買ってきたお茶ですよ」

課長は大根役者のように大袈裟《おおげさ》に左手で額を押さえると、オフィス中に聞こえるほどの大声で嘆いた。

「バカ！ こんなしょぼいプライベートブランドなんて恥ずかしくて出せないだろ！ 何考えてんだ！」

「いや、だって高いものはダメだって課長が……」

「限度があるだろ限度が、それくらい自分で考えろよ！ あーもう、これだからゆとり上がりは使い物にならねぇんだよ！ ただでさえ指示待ち人間の給料泥棒なのに貴重な会社の金を平気で無駄遣いして何の反省もしねぇから──」

課長は体のいい鬱憤《うっぷん》晴らしのように罵《ば》詈《り》雑言《ぞうごん》を捲《まく》し立ててきたが、私の中にあったのは怒りよりもむしろ戸惑いだった。

たかがストックのお茶にこの人は何でこんなに怒っているんだろう。この会社における課長は、部下が買ってきたお茶に大声で文句を付けるのがそんなに大事な仕事なのだろうか。それによって会社にどういう利益が発生するのか、そんなことのためにこの人は大学を卒業して何十年と社会人をやってきたのか、分からないことが多すぎる。

何を言っても逆効果と判断し、物言わぬマネキンと化して課長の言葉を聞き流していると、課長は私のデスクにペットボトルを叩《たた》き置いた。

「とにかく、こんなもの冷蔵庫にあっても邪魔！　お前が責任持って処分しろ！」

「え、それは……」

流石に私も声を上げた。金を稼ぐための仕事で、どうして金を失わなきゃならないのか。

だが怒り心頭の課長は、もう私の言葉に耳を貸そうともしない。

「『それは』も何もあるか！　当たり前だろ！　こんなゴミに領収書が切れるか！」

レシートを私に投げ付けると、捨て台詞《ぜりふ》を吐いて立ち去ってしまった。

時々、全てが夢だったんじゃないかと思うことがある。

子供の頃の私は、実は今の私と別人で、二人が入れ替わった瞬間に幸福の度合いも人間関係も全てリセットされて、今の私は人生の悪い方だけを押し付けられているんじゃないかって。だって、そうじゃないとこの状況に説明が付かない。歳を取るほどに友達はどんどん減って、義務と責任が積み重なるばかりで、良いことなんて何もない。そんなこと誰も教えてくれなかったじゃないか。

ああ、今日もコール音がうるさい。何で電話なんて傍迷惑なものを開発したんだよ。グラハム・ベル、お前のせいで私はいい加減ノイローゼになりそうだ。

電話に出たくない。

仕事をしたくない。

会社に行きたくない。

いきたくない。

生きたくない。

死にたい。

私が新型コロナウイルスに感染したのは、そんなことを願ってしまったからなのかもしれない。

朝起きると、いつにも増して体が怠《だる》く感じられ、私は靄《もや》がかかったような頭で漫然と理解した。あぁ、これ多分やってしまったなと。案の定、体温計は三十八度七分という数字を示していたが、それを見る私はどこか他人事《ひとごと》の気持ちだった。

試しに冷蔵庫のケチャップを舐《な》めてみたが、粘っこい感触があるだけで味を全く感じない。典型的なコロナの味覚障害。ニュースで散々聞いた話が実際に自分の身に起こると、存外恐怖よりも非現実的な可笑《おか》しさの方が勝った。

発熱による欠勤連絡を職場に入れてから、私はPCR検査を行っている近所の病院をネットで検索する。開院直後から鬼電を入れたものの、どこも回線は混雑していて、予約を取るだけで疲れ果ててしまった。予約時間に重い体を引きずって向かうと、感染対策のため院内には入れず、外のベンチで問診票を記入することを余儀なくされた。一月のクソ寒い屋外に一人追い遣《や》られている様は、世界中の人間から除け者《の》にされたような気分だった。

そのままベンチで医師の診察と検体採取を受け、帰宅して冷凍庫にあったナポリタンを電子レンジで温めて食べる。ぬめりを取っていない冷や麦をめんつゆ無しで食べているみたいで、全く食欲をそそられなかったが、食べられる時に食べておいた方がいいだろう。その後にベッドに横になった私は、着信音で目を覚まし、呂律《ろれつ》の回らない口で応答する。予想通り、保健所からの新型コロナウイルスの陽性連絡で、私は十日間の自宅療養を命じられた。

結果を職場に電話すると、課長は聞こえよがしの溜息《ためいき》を吐いた。

「あのさぁ、この忙しい時期に感染するなんて勘弁してくれよ。大方、男と夜遊びでもしたんだろ？　そんなの自業自得だよ、大体コロナは風邪みたいなもんなのにみんな大袈裟に騒ぎ立てるから……」

「分かりました、じゃあ今から出勤しますね」

ただでさえ熱っぽい頭にセクハラ発言をぶつけられたのが癇《かん》に障り、私はそう混ぜ返した。集団感染がお望みなら喜んで叶《かな》えてやる。課長は慌てたように療養を承認したが、結局慮《おもんぱか》る言葉は一つももらえなかった。

十日も会社から離れられるというのに、私の気はひどく重かった。コロナに罹《かか》ったためではない。率先して罹りたかったわけではないが、時期さえ少しずれていれば私はむしろ喜んで自宅療養を受け入れただろう。

本当に、どうしてよりによって〝今〟なんだ。

今日が一月十七日の月曜日で、〝その日〟は二十三日の日曜日。何度確認しても、やはり十日の療養期間にちょうど被《かぶ》ってしまっている。

気後れはあったが、症状が悪化する前にやれることをやっておいた方がいい。スマホを操作し耳に当てると、すぐに応答があった。

「もしもし、お母さん？」

「もしもし？　どうしたの、紗菜？」

私は重い口をこじ開け、用件を告げようとする。

「その、日曜日のおばあちゃんの十三回忌なんだけどさ」

「そうそう、それ、ちゃんと忘れずに準備してるんでしょうね？　あなた、おじいちゃんの時もこっち帰ってからバタバタ買い揃えたりしてたけど、そういうみっともないのやめてよ。せっかく静かにおばあちゃんを供養してあげようって時に――」

私の言葉を皆まで聞かず、お母さんは無遠慮に声を被せて捲し立ててくる。余計なお世話が過ぎて相手の事情を無視しがちなのはお母さんの悪い癖だ。

最初にちょっと躊躇《ためら》ったのが悪手だった。言葉の切れ目が出るまで時間が掛かりそうだったから、私もまたお母さんの言葉を遮り、一息に言い切った。

「ごめん、お母さん。コロナ陽性だって。家、帰れなくなっちゃった」

途端、先ほどまでのマシンガントークが嘘のように、お母さんは沈黙した。

何かを言いあぐねるような息遣いの後、お母さんは切迫した声で切り出した。

「そんな……どうにかならないの？」

「そんなこと言ったって、どうにもならないよ。保健所から十日間自宅療養しろって言われてるし、お母さんたちとか周りの人にうつすわけにもいかないでしょ」

私は仕事の電話を思い出して溜息を吐いた。私がどうにかできる程度の問題なら言われるまでもなくどうにかしている。困っているのはこちらも同じなんだ。

しかし、電話越しのお母さんはそう思わなかったらしく、どこか棘《とげ》のある声音で問い質してきた。

「紗菜、あなた、何か危ないことしたんじゃないの？」

「……何、危ないことって」

思いがけない質問にイラッとして、私もまた低い声で訊《き》き返してしまう。病体の娘を気遣うどころか、言うに事欠いて非を問うてくるとはどういう了見だ。

私の苛立《いらだ》ちにも気付いていない様子で、お母さんは怒りのツボを無遠慮に刺激してくる。

「このご時世に遊びに行くとか、手洗いうがいとマスクをしないとか。あなた、昔っからそそっかしいところあるでしょ？ いつかやらかすんじゃないかって心配してたのよ」

「ちゃんと罹らないように対策してるし！ でも仕方ないでしょ、仕事とか買い物のために外に出ないわけにはいかないんだから！ 東京はそっちみたいな田舎とは違って、どこもかしこも人だらけで、密を避けるなんて無理なんだよ！」

私はカッとなって大声で言い返した。第一それが真実だとして、今そんな話をして何になる。『そうですね不注意でしたねごめんなさいアハハ』と言ったところで帰れない事実に変わりはないというのに。

気分を害されたのはお母さんも同じようで、ドスの利いた声で私を詰《なじ》ってきた。

「何その言い方、紗菜が望んで上京したんでしょうが！ 大事な十三回忌に帰って来てくれないなんて、天国のおばあちゃんもさぞ悲しんでいるでしょうね！ あんなに可愛がってくれたのに、あなたときたらとんだ不孝者なんだから！」

その言葉は、私にとっての急所だった。

脳だけ冷水に晒《さら》されたかのように寒い。目の前がチカチカする。呼吸が浅くなり、肩を激しく上下させる。

やがて私は、握力で割れそうなほどにスマホを握り締めると、通話口目掛けて渾身《こんしん》の罵声《ばせい》を浴びせた。

「もういい！　知らない！　二度と家になんか帰らないからッ！」

ご近所迷惑など知ったことか。私はそのまま返事も待たず通話を切り、震える指で着信拒否し、ベッドにスマホを叩《たた》き付け、倒れるようにして枕に顔を埋《うず》めた。

枕が口を塞《ふさ》いでいるせいで、泣いているのか怒っているのか、自分でも分からなかった。獣の唸《うな》り声のようなくぐもった声を吐き続け、それに疲れた私は俯《うつぶ》せのまま脱力し、いつしか眠りに落ちてしまった。

目が覚めると、とっくに陽は暮れていた。

コロナ感染拡大防止のための外出自粛が叫ばれて久しいが、一日中家に居なければならないというのは、思いのほか気が滅入《めい》るものだ。一日を無駄にすることへの罪悪感や、社会に組み込まれない不安感とでも言うべきか。きっと私にはニートの才能すらない。

スマホを見ると、時刻は十九時ちょっと過ぎ。変な時間に起きてしまった。例によって譲からも職場からも両親からも連絡はない。……まぁ、お母さんについては着拒しているから当然だけど。

喉《のど》の渇きを感じたため、私は冷蔵庫にぎっしり詰め込まれたペットボトルのお茶を取り出す。返品拒否された時は肩を落としたものだが、あの災難がこんな形で役に立つとは思わなかった。ラッキーだとは微塵《みじん》も思わないが。

味気ないお茶を一気に半分くらい飲み干し、私は息を吐く。飲む前よりも渇きが増したような気がした。

「……私、マジでこのまま死ぬかも」

言葉にしてみて、私は自嘲《じちょう》的に笑う。そんな結末も悪くないと思っている自分がいる。いや、きっとその方がいい。コロナ対応で大わらわの医療関係者様の手を、私のようなお使いすら満足にできないゴミ人間のために煩わせるなんて烏滸《おこ》がましいにも程がある。家族からも彼氏からも会社の人間からも鼻つまみ者にされた私なんか、どうせこのまま野垂れ死んだって誰も悲しみやしない。

寝汗で髪が少しベタついていたが、頭が重くてシャワーを浴びる気力すら湧かない。まぁ、どのみちその必要もないかもしれない。どうせ死ぬなら、部屋で腐るよりすぐに死体が見つかるやり方の方がいいか。冷たい窓に手を当て、私はどんな死に方が一番確実で楽かを吟味する。

リストカットは意外と死ねないというのはよく聞く。飛び降りは確実だし見付かりやすいけど、落ちた時に誰か巻き込んじゃいそうだし、道路に血と内臓をぶちまけるのも何だかな。紐《ひも》が切れて植物状態になるリスクもあるけど、やっぱり警察に電話してからの首吊《くびつ》りが一番無難か――

ブブブガガッ！

「うひゃぁいっ⁉」

突如としてけたたましい異音が耳朶《じだ》を打ち、私は竦《すく》み上がった。

心臓をバクバクさせながらその正体を探ると、それはベッドからフローリングに落ちていたスマホだった。着信のバイブレーションで床を小刻みに移動するそれを、私は虫を捕まえるように拾い上げる。死ぬつもりだったのにこんなものにビビるなんて滑稽《こっけい》だな、と呆《あき》れながら画面を見ると、発信者は非通知だった。

正直、出たくない。仕事でもプライベートでも、もう電話は懲り懲りだ。十九時過ぎに電話が掛かってくる心当たりはないし、無視しても重要な電話ならまた掛かってくるだろう。スマホをベッドに放り投げた私は、居留守を使うように息を潜める。

しかし、そんな私の意に反し、電話はなかなか鳴り止んでくれない。間違い電話や詐欺ならそろそろ切れてもいいはずなんだけど。

もしかしたら、保健所からの重要な連絡かもしれない。そう思った私は重い腰を上げ、スマホを手に取り通話ボタンをタップした。

「……はい、もしもし」

「あら、どちらさま？」

出し抜けにそう言われたものだから、私は面食らってしまった。やっぱり間違い電話だったんじゃないか。コール中に気付けよ。こっちは体調不良だというのにいい迷惑だ。

「……いや、どちらさまって、掛けてきたのはそちらですよね」

私はすんでのところで踏みとどまり、冷静に訊き返す。下手に名乗って詐欺に利用されては敵《かな》わない。

相手は私の言葉の棘にも気付いていない様子で、不思議そうに呟《つぶや》く。

「えぇ？　今しがた私が電話に出たはずなんだけどねぇ。とうとうボケちゃったのかしら。嫌になっちゃうわ、うふふ」

声から判断するに、相当な御歳を召された女性のようだ。悪意は無さそうだし、責めるに責められない。

これ以上は時間の無駄だろう。私はスマホを耳元から離し、溜息《ためいき》交じりに言った。

「もういいです。間違いみたいなので切りますね」

「まぁまぁ、これも何かの縁ですし、ちょっと私とのお話に付き合ってくれませんこと？　この歳になるとどうしても人恋しくなってしまってねぇ」

スマホから聞こえたそんな言葉に、通話終了ボタンをタップしようとした私の指が止まってしまう。

断ろうとも思ったが、ついさっきまで眠りこけていたせいで全然眠くない。電話代がかかるわけでもないし、どうせ明日《あした》もやることないし、世間話に付き合うくらいなら問題ないだろう。飽きたり危険を感じたりすればすぐ切ればいいだけだ。

それに人恋しいのは、実は私も同じなわけであって。

「……まぁ、ちょっとくらいなら」

「ありがとう、嬉《うれ》しいわ」

その人の優しい言葉に、私はほっとさせられた。怒っていない人と話をするなんて、随分と久々のことのように思えた。

一息置いてから、老婆は滔々《とうとう》と語り始める。

「実はねぇ、去年に私の夫がぽっくり逝っちゃって。道で転んで骨折してからこっち、すっかり元気が無くなっちゃってね。生気を失うっていうのはああいうことを言うんだろうねぇ。私もいつお迎えが来ることやら」

「それは……ご愁傷様です」

何と言っていいか分からず、私は通り一遍の相槌《あいづち》を打つのが精一杯だった。察するに七十か八十か、恐らくはそれくらいの年齢なのだろう。無下にするのも憚《はばか》られる。

「でもね、それはいいの。人はいつか死ぬもので、仕方のないことだから」

その言葉は諦観《ていかん》というより、覚悟と表現した方が相応《ふさわ》しい響きを伴っていた。

老婆の口調は穏やかで、迫る死期をまるで感じさせない。読み聞かせるような丁寧な語り口に、私も自然と聞き入ってしまう。

「心残りは、私の孫のこと。とっても賢くて可愛い女の子でねぇ。あの子がちゃんと病気も事故もなくちゃんと大人になれているか、笑顔で幸せに生きているか……それだけがどうしても心配で。せめて見届けるまでは死ねないと思っているんだけど、ねぇ」

「はぁ……お孫さんは、おいくつなんですか？」

「十三歳よ。三月生まれの中学二年生で、もうじき三年に上がるの。制服姿がとっても可愛らしくて、言葉で伝えられないのがもどかしいくらいだわ」

中学生か。私もその頃が一番楽しかったな。

青春を謳歌《おうか》する名も知らない少女を想像し、私は何の気なしに尋ねる。

「賢いお孫さんだそうですけど、どこか私立の名門中学に通っているとか？」

「いいえぇ。でもねぇ、私の知らないことをたーくさん教えてくれるの。ケータイの着メロの変え方とか、プリクラの撮り方とか、頭を鍛えるゲームとか。私はそういうのがとんと分からなくてねぇ」

「着メロって……」

その単語聞くの十年振りくらいだぞ。プリクラもだけど。頭を鍛えるゲームって、もしかしてDSの脳トレのこと？　この人やっぱりボケてるんじゃないか。

私の疑念など露知らず、老婆はしっかりした言葉遣いで語り続ける。

「それにね、すごく優しいの。『大人になったらお医者さんになっておばあちゃんを助けてあげる』なんて言ってくれたのよ。それを聞いた時、嬉しくてつい泣いちゃって。世界一幸せなオババよ、私は」

老婆の名前も顔も知らないが、きっと今、話しながら目を輝かせているんだろうなということは容易に想像できる。

――羨《うらや》ましいな、幸せそうで。

妬《ねた》む気持ちはなかった。彼女にはこのまま、最底辺の私なんかとは比べ物にならないくらいの幸せを噛《か》み締め、何の後悔もなく逝ってほしいと願っていた。

暗い気持ちに引っ張られかけた私は、振り切る意味も込めて多少声を張り上げた。

「お孫さんは遠くに住んでいるんですか？」

「同じ県内だけど、最近は塾に通ってるの。テストとか高校受験とかいろいろ大変みたいだし、なかなか私の方から『来てくれ』とは言いにくくてねぇ。あの子もこんなオババより、お友達と遊びたい盛りでしょうし」

「それは、まぁ……そうかもしれないですけど」

高齢者へのコロナ感染のリスクを考えると気軽に会えるご時世でもないか。孫側としても、未《いま》だに着メロやプリクラで話題が止まっている祖母とはやりにくいだろうし。

ただ、私のおばあちゃんが死んだ時のことを考えると、私はどうにも歯痒《はがゆ》い気持ちだった。八十年近くも生きた挙句に遠慮して孤独に死なれるなんて、どちらの立場であっても悲しすぎる。

おばあちゃんの死に目がどんなだったか私には分からないけれど、少なくともこの人にはそんな死に方をしてほしくない。

「でも、そのお孫さんのことが心残りなら、やっぱり『会いたい』って言った方がいいんじゃないですかね。お互いに遠慮してるって可能性もありますし、あなたに万一のことがあったら、おばあちゃんっ子のお孫さんも寂しいと思います」

せめてもの同情心から私がそう提案すると、老婆はしみじみと呟いた。

「……やっぱりそうよねぇ。会うと余計に未練が残りそうで勇気が出なかったけど……この歳になって見栄《みえ》張っても仕方ないものね」

そして、憂えるように深く息を吐き、ぽつりと希《こいねが》う。

「会いたいわ、サナちゃんに」

その名前を聞いた瞬間、私の脳に稲光のような衝撃が走った。

震える唇で、掠《かす》れた声で、私は復唱する。

「サナちゃん……？」

着メロ、プリクラ、脳トレ。十年前に聞いたような、懐かしい単語。

おばあちゃんっ子の、中学生の、三月生まれのサナちゃん。

そして、私の名前は、紗菜。

まさかとは思うが、確認しないわけにはいかない。

「……あの、つかぬことを伺いますが、お住まいは山梨県ですか？」

「えぇ、そうよ。よく分かったわね。訛《なま》りはそんなにないつもりなんだけど」

「お孫さんの名前は、いとへんに少ないと菜っぱの菜で、紗菜？」

「えぇ？　どうして分かったのかしら？」

驚く老婆への説明は差し置き、私は最後の質問をぶつける。

「もう一つ。〝今〟って、何年ですか？」

「やぁねぇ、私も流石にそこまでボケちゃいないわよ」

老婆は聞き馴染《なじ》んだ笑い声を交え、あっさりと答えた。

「平成《へいせい》二十一年、二〇〇九年に決まっているじゃないの」

私の呼吸が一瞬、文字通りに止まった。

スマホをベッド上に取り落とし、私は片手で目元を押さえる。そうと分かっていれば、彼女の声は聞き間違えようがない。

「……おばあちゃん……！」

「え？」

素《す》っ頓狂《とんきよう》な声を上げる老婆――否、おばあちゃんに、私はスマホに覆い被《かぶ》さるようにして呼び掛けた。

「おばあちゃん！　私だよ、紗菜だよ！　二〇二二年の、二十六歳の、森戸紗菜だよ！」

電話の会話としてはあまりにも過ぎた声量だったが、加減する心の余裕はなかった。口元が絶えず戦慄《わなな》くものだから、それくらいじゃないととても言葉にならなかったのだ。

おばあちゃんは私の言葉に暫《しば》し呆然《ぼうぜん》とした様子だったが、ややあって感嘆の声を上げた。そんな些細《ささい》な一言すらも懐かしくて、胸が苦しくなるほどだ。

「サナちゃん、二十六歳って本当に？　二〇二二年って、どういうこと？」

「そんなの私にも分からないよ！　でも、今は二〇二二年なんだよ！　平成が終わって元号が変わって、今は令和《れいわ》四年なんだよ！」

そこまで言ったところで、私はようやく我に返った。言葉にしたことで事態の不可解さをようやく理解したのだ。よく考えるまでもなく、あるわけがない。二〇二二年の私が十三年前のおばあちゃんと話をするなんて。

興奮が冷めた私は、一転して落ち込んだ声音で呟《つぶや》く。

「……なんて言ったって、信じられるわけないよね」

超常現象を口実に孫を自称するなんて、詐欺にしても三流が過ぎる手口だ。疑われても仕方ない。電話の切断音がいつ鳴るかと気を揉《も》んでいた私だったが、意に反しておばあちゃんの嬉しそうな声が返ってきた。

「……そう、そうなの。サナちゃん、大人になったのね……よかった。本当によかったわ」

「……信じて、くれるの？」

私が渇いた口でそう言うと、おばあちゃんは迷うことなく答えた。

「当たり前よぉ。サナちゃんの言うことを、私が信じないわけないじゃない」

「……あれまぁ……」

泣いて喜びを爆発させそうになった私だったが、私の中に残っていた僅《わず》かばかりの理性が待ったを掛けた。

仮定の話をするなら、認知症になりかけの老婆に同名の孫がいるという可能性や、彼女こそがおばあちゃんを騙《かた》る詐欺師である可能性の方がずっと高い。傷心の私に付け込み、医療費や生活費と称してお金を振り込ませる——回りくどい手法ではあるが、それゆえに実際に私の心は動いているのだ。散々警察が注意喚起しているのに、いざ我が身に起きたらこんなにコロッと騙《だま》されそうになってしまうのだから世話もない。

私は深呼吸して自分を落ち着かせ、おばあちゃんに問い掛ける。

「ねぇ、覚えてる？　サファリパークに行った時、ライオンが怖くて泣いたこと」

「あぁ、懐かしいわぁ。あの時はお父さんもお母さんもひどく困ってたわよねぇ。あの後、ウサちゃんにご飯をあげてご機嫌になってくれるまで、私もずっとハラハラだったわ」

「じゃあ、あれは？　本栖湖《もとす》に行ったことは？」

「ええ、ええ、虹《にじ》みたいに綺麗《きれい》なお花がぱぁって咲いてて、あれはまるで天国だったわねぇ。サナちゃんったらすーぐお花畑の中に飛び込もうとするものだから、みんな慌てて止めて、でもそんなお転婆なところも可愛くてねぇ……」

もし記憶と食い違っていたり、答えに詰まったりするようなら、すぐにでも切るつもりだった。だけどおばあちゃんの答えは私の思い出とぴったり一致しており、口調にも嘘や読み上げのような偽りの気配は感じられない。

それだけ分かれば、もう充分だった。

「……本当に、信じられない。十三年前のおばあちゃんとこんな風に電話できるなんて」

もはや別人でも詐欺でもよかった。おばあちゃんとの優しい思い出に浸らせてくれて、私の心の傷を癒《いや》してくれたのだから、たとえ悪魔であろうと感謝を捧《ささ》げたことだろう。

涙を拭《ぬぐ》う私に、おばあちゃんもまた声を弾ませて尋ねてくる。

「本当にねぇ。未来の世界にはそういう電話があるのかしら？」

「まさか、あるわけないよ。そんなのがあったら、誰でも宝くじで億万長者になれちゃうでしょ」

「うふふ、それもそうね。ところで、サナちゃんは元気？　体は壊してない？　お腹は空《す》かせてない？　毎日、楽しく過ごせてる？」

無邪気に問われた私は一瞬言葉に詰まったが、体中の強がりを総動員して平然と答えた。

「……うん、元気、だよ。今は東京に住んでて、仕事にもちゃんと就いてる」

「そう、それなら本当によかったわぁ。人間にとって大事なのは、体を壊さず、お腹を空かせず、笑顔で楽しく生きることだものね」

安心したように語るおばあちゃんに胸が痛まなかったと言えば嘘になるが、それでも弱音を吐いて余計な心労を与えるよりはずっとマシなはずだ。それに私自身、こんな下らない現在の話なんかより、おばあちゃんとの楽しかった過去の思い出に集中したかった。

「私、本当に、本当に嬉《うれ》しい。またおばあちゃんとこんな風に話せるなんて——」

感極まっていた私は、すぐに気付けなかった。言葉の合間におばあちゃんの相槌《あいづち》も環境音も聞こえなかったことに。

ようやく違和感を覚えた私がスマホを耳から離すと、画面には見飽きたホーム画面が映るのみ。

「……えっ、切れた？」

慌てて着信履歴を開いてみたが、履歴は残っていない。三十分強にわたるおばあちゃんとのやり取りは、何の痕跡《こんせき》も残さずに終わり、部屋には深い静けさが漂うだけ。

まさか、全部ただの私の妄想だったんだろうか。おばあちゃんに会いたいと強く願うあまり、私は記憶の中のおばあちゃんと、自作自演のひとときを過ごしてしまったのだろうか。

分からない。だけど私の中には、一つの予感が厳然と宿っていた。

——これからの自宅療養生活、ただでは終わらないような気がする。

――追憶1――

昭和《しょうわ》十八年（一九四三年）、東京都本所区《ほんじょ》。

国民学校の同級生である少年たちに見守られる中、私は隅田川《すみだがわ》沿いの原っぱで大柄な少年と向き合っていた。

お互いの手には背丈の半分ほどもある棒が握られている。気分はさながら巌流島《がんりゅうじま》の戦い。もちろん私が宮本武蔵《みやもとむさし》だ。

じりじりと棒先を揺らして牽制《けんせい》しつつ、私は一瞬の隙を突いて大上段に振りかぶった。

「やぁーっ！」

叫声に恐れを為《な》した相手が、防御姿勢を取ったが最後。私は彼の手を狙い、力任せに棒を振り下ろした。

「いってぇー！」

堪《たま》らず悲鳴を上げて棒を取り落とした少年に、私は横薙《よこな》ぎの追加攻撃をお見舞いする。

咄嗟《とっさ》の回避で盛大に尻《しり》もちをついたところに私がとどめを刺そうとすると、少年は白旗よろしく両手をブンブン振り回した。

「ま、参った！　降参！」

決闘の趨勢《すうせい》を見守っていた子供たちから、どよめきの声が上がる。

頭一つ分も体格差のある少年から勝利をもぎ取った私は、会心のしたり顔で棒を肩に担いだ。

「なっさけない男だねぇ！　あんた、本物の戦争だったら今ごろ死んでるぞ」

「横川《よこがわ》が強すぎるんだよぉ。お前、本当に女か？」

「そうやって女のことを見下してるから無様に負けるんですぅー」

私は嫌味たっぷりに言い放つと、取り巻きの少年たちに呼び掛けた。

「それじゃ、今日も私が隊長役で文句なしな！　ほら行くぞ、全軍突撃！」

言うが早いか町中に駆け出すと、敗北を喫した少年を含め、子供たちが遅れまいと後に続く。強い者には絶対服従、それが子供たちのルールだ。

私は頭上で棒をグルグル振り回し、木造平屋が立ち並ぶ町をどこへともなく走り抜けた。

「敵はＡＢＣＤ！　撃ちてし止まーん！」

男の子に交じってチャンバラや戦争ごっこに興じる、それが横川タヱという少女の性分だった。

お手玉や毬《まり》突きなんて退屈で仕方ない。男の三歩後ろを付いていく人生なんて、まっぴら御免だ。私には夢がある。いつか鬼畜米英を相手に八面六臂《はちめんろっぴ》の大立ち回りを繰り広げて勝利に貢献し、天皇陛下から直々に勲章を賜り、家族や先生や国民のみんなから尊敬される軍人になるんだ。

だけど、そんな私の想いを理解してくれる人はなかなかいなかった。

「先生！　軍人さんになるには、どうしたらいいのでしょうか？」

学校でそう質問しても、先生は困ったように笑いながら曖昧《あいまい》に答えるばかり。

「うーん、そうねぇ……いっぱい勉強して、御国のためにご奉仕したいっていう強い気持ちを持ち続ければ、いつかなれるかもしれないわね」

「はい！　私、頑張ります！」

その言葉を鵜《う》呑みにした私は、張り切って学校生活に取り組んだ。算数は少し苦手意識があったけど、体術に関しては男にも引けを取らない自信がある。御真影が収められた奉安殿《ほうあんでん》の前を通る時は、誰よりも早く、長く最敬礼をした。

休み時間の校庭で、声を弾ませて将来の展望を語る私に、友達の女の子が言いにくそうに切り出した。

「あのね、タヱちゃん、女の子は軍人さんになれないんだよ」

「え？　どうして？」

純朴な私の質問に、友達はしどろもどろする。

「どうしてって、それは……」

「バッカでぇ、女が軍人になんかなれるわけねーじゃん」

私たちの会話を遮り、割り込んできたバカ男が半笑いで茶々を入れてきたので、訓練用の竹槍《たけやり》を使ったチャンバラ勝負でボコボコにして黙らせた。惨めに這《は》いつくばる男を見下ろしながら、私は優越感たっぷりに鼻を鳴らした。こんな奴が軍人になれて、私がなれないなんてことがあるわけない。

男の子たちの先頭に立って町を走ると、人々が奇異の目で私たちを見てきて、それが私には爽快《そうかい》だった。

みんな私たちを、いや私を見ている。日の出る神《いづ》の国【日本】に生まれた幸運、男にも負けない腕力、子供たちを牽引《けんいん》する統率力、やっぱり私は他の人には無い何かを持っている。そうだ、きっとこの世界における主人公は私なんだ。

トロトロと走る路面電車を軽やかに追い越し、地の果てまでも駆け抜けられそうなほどに張り切っていた私だったが、聞き馴染《なじ》んだ声に足止めを余儀なくされてしまった。

「おい！　何やってんだ、タヱ！」

「あ、父ちゃん」

自転車を止めてこちらを見る警帽と制服姿の男は、私の父だった。巡査長として警察署に勤めている。町を巡回していたところに出くわしてしまったらしい。

「戦争ごっこさ。私が隊長なんだ、すごいだろ。全員、父ちゃんに敬礼！」

「はっ！　今日もお勤めご苦労様です！」

私が棒を立てて敬礼すると、少年たちも一糸乱れぬ連携で続いた。軍人に憧《あこが》れる子供たちにとって、誰に教えられるまでもなく染み付いた動作だ。

しかし父は敬礼を返すどころかニコリともせず、真顔で私の頭をペシッと叩《たた》いてくる。

「町でそんな棒を振り回していたら危ないだろう。人様に当たったらどうするんだ」

「痛ぁっ！」

「ほれ見ろ、そういうこった」

理不尽な気がしないでもないが、子供軍の隊長も親には頭が上がらない。背後から聞こえるクスクス笑いに、明日《あした》になったら覚えとけよ、と呪詛《じゅそ》の言葉を吐く。

父は自転車から降り、私に言った。

「さあ、もう帰るぞ。途中までは送ってやるから」

「えー、まだ夕方じゃないか」

「遅くなると母ちゃんに叱られるぞ。みんな、タエと遊んでくれてありがとな」

私の不平も聞かず、父は一方的に締め括《くく》ってしまった。少年たちもまた手を振って別れの言葉を告げると、三々五々散っていく。

カラカラと自転車を押す父と並んで歩きながら、私は鼻息荒く尋ねた。

「ねぇ、父ちゃん、私はいつになったら軍人さんになれるの？　私も零戦《ゼロせん》のパイロットになって、敵をバババババーンって倒して、早く御国のために戦いたいなぁー」

男の父なら私の夢を理解してくれると思ったし、ともすれば私が軍人になるために何か便宜を図ってくれるかもしれないという下心もあった。

しかし、そんな私の思いを、父はにべもなく撥《は》ね除《の》ける。

「たわけ、女が軍人になれるものか」

「何さその言い方！　なれるわ、近所の男共なんかより私の方がずっと強いわ！」

私は憤慨し、即座に反駁《はんばく》した。それじゃ同級生と言っていることが何ら変わらないではないか。

いきり立つ私を見ようともせず、父はまるで原稿を読み上げるかのような単調さで答える。

「そういう問題じゃねぇ。男には男の、女には女の戦いがある。そして、女の戦場は軍隊じゃねぇ。それだけの話だ」

父の答えを聞いても、私は納得できなかった。

「じゃあ何さ、その女の戦いって」

「いずれ分かる」

「そんなの答えになってない」

私がそう嚙《か》み付くと、父は立ち止まり、ようやく私の方を見た。

いつもの疲れたような表情で、父は私の頭にポンと手を置く。

「女ってのはな、家で笑って飯作っとればそれでいいんだ。分かったか」

一方的に言い終えると、父は大股《おおまた》でズンズンと先に進んで行ってしまう。

取り残された私は、自分の頭を摩《さす》り、不満の声を零《こぼ》した。

「……全然分かんないし」

昭和十六年（一九四一年）十二月八日、『西太平洋方面において米英軍と戦闘状態に入れり』のニュースが日本中を駆け巡った。大東亜戦争の始まりだった。

いわゆる『真珠湾攻撃《しんじゅわんこうげき》』の成功に、私を含めた国民は一様に沸き立った。石油の輸出を止め、満州国《まんしゅうこく》を掻《か》っ攫《さら》おうと悪だくみするアメリカをとっちめて、とうとう日本が新しい世界の覇者になる時が来たのだ。子供も大人もこぞって日の丸を振り、ハワイ真珠湾やマレー沖海戦での勝利、そして戦艦大和《やまと》の竣工《しゅんこう》などを祝って毎日お祭り騒ぎだった。

しかし国民感情の昂《たかぶ》りに反し、暮らし向きは右肩下がりの悪化を辿《たど》った。開戦から半年後のミッドウェー海戦以降、日本軍はほぼ負け続きだったから当然なのだが、大本営発表と検閲された情報しか得られない私たちは知る由もない。ミッドウェー海戦もガダルカナル島の戦いも、私たちはずっと日本優勢と信じてやまなかった。

衣料品も切符制で、繕いに繕いを重ねたボロボロのモンペが私の一張羅だったけど、私はそのことはさほど気にしていなかった。服や下駄は身に着けられればいいし、最悪無くてもいい。『日本人ならぜいたくは出来ない筈《はず》だ！』、道端の看板にもそう書かれている。

ただ、慢性的な空腹だけは如何《いかん》ともし難かった。食卓でお椀《わん》の中身を見た私は、今日も今日とて肩を落とす。

「またすいとん？　もう飽きたよぉ」

「次の配給まで我慢おし。文句があるならタヱの分はありませんからね」

母にすげなく言われ、渋々すいとんを啜《すす》るまでがお約束だった。どれほどよく嚙んで食べても、心待ちにしていた夕餉《ゆうげ》は三分と経たず終わってしまう。白米が大根飯や芋飯に変わった時も不平を言ったものだが、小麦粉を練っただけの団子汁に比べたらずっとマシだ。

配給食糧は馬鈴薯《ばれいしょ》・小麦粉・サツマイモ・カボチャなど、米の代替食が大半を占めるようになり、それすらも日に日に量が目減りしていく。肉や干物じゃない魚の味がどんなだったか、私はもう忘れてしまった。庭や玄関先で芋や青菜を育てたり、摘み草をして食用とそれ以外に仕分けたりする作業は、生きるために必須《ひっす》の仕事だった。

私が野心家になったのは、そういう環境の影響も根強い。今、この国で最も尊ばれる職業は軍人だ。武勲を上げて日本の勝利に貢献すれば、お偉いさんに任命されてお金持ちになって、すき焼きと銀シャリを心行くまで食べられる。それは考えるだけで涎《よだれ》が出るような素敵な未来だった。

模範的少国民の私には、従軍を拒む人の気持ちが理解できなくて、だからこそ母とあんな大喧嘩《おおげんか》に発展してしまったのだ。

町内の青年が出征を控えると、決まって隣組総出の壮行会が催された。若者を取り囲む人々は、彼らを拍手や太鼓で鼓舞し、祝入営の幟《のぼり》を掲げ、虎が描かれた千人針や寄せ書きの入った日の丸ハチマキを手渡した。

青年たちは揃って敬礼の姿勢を取ると、声高に宣言した。

「父上母上、そして地域の皆様のお心遣いに、深く感謝申し上げます！」

「誇り高き日本男児として、七生報国《しちしょうほうこく》の精神でこの身を捧《ささ》げます！」

「鬼畜米英を挫《くじ》くまで、二度と帰らない所存で行って参ります！」

新品の軍服を着た彼らの姿は輪を掛けて勇ましく見え、私は力いっぱい拍手して彼らを見送った。私も早く、彼らと肩を並べて戦いたい。そう思うと居ても立ってもいられなかった。

ふと気付くと、一緒にいたはずの母が姿を消していた。不思議に思いながら帰ると、母は既に家にいた。

「……まだタヱと大して違わないような子供じゃありませんか」

ちゃぶ台の前に正座し、両手で顔を覆う母の姿に、普段の強気は影も形もなかった。心配というより物珍しさから、私は母に尋ねる。

「母ちゃん、具合でも悪いの？」

「あの一番小さい子、指が震えていましたよ。武者震いなんて言ってたけど、やっぱり怖いんでしょうね……何て可哀想なの……」

彼らを憐《あわ》れむ母の心境がまるで想像できず、私は無遠慮に首を傾げる。

「可哀想って何が？　御国のため、天皇陛下のために戦いに行くんだから、とても誉れ高いことじゃないか。あの子のお父さんとお母さんもきっと喜んで――」

「滅多なことを言うんじゃありませんッ！」

母は唐突に怒声を上げると、両手でちゃぶ台を叩いて立ち上がった。

見下ろしてくる母に先ほどまでのしおらしさはまるで無く、私は不覚にも怯《ひる》んでしまう。

「ど、どうしたのさ、母ちゃん？」

戸惑う私に、母は畳を指差して一層声高に怒鳴ってくる。

「どうしたもこうしたもあるものですか！　あんた、今すぐそこにお直りッ！　戦争の恐ろしさを何も知らない小娘の分際で誉れだ何だと偉そうに！　それがどれだけ戦場の兵隊さんやご家族を冒瀆《ぼうとく》しているかお分かりですかッ！」

直れと言われても、私は従う気などさらさらなかった。元より口うるさい母との折り合いは悪かったが、仮に良好でも結果は同じだっただろう。

私は母を睨《にら》み返し、負けじと言い返す。

「私は学校でそう習ったんだよ！　日本は神の国だから絶対負けないって、靖国《やすくに》で会えるから兵隊さんは死んでも寂しくないって、先生が言ってたんだよッ！　じゃあ何か！　学校は間違ったことを教えてるって、母ちゃんはそう言いたいのかッ⁉」

「姉ちゃん、母ちゃん、喧嘩《けんか》しないでよう……」

妹のハナが泣きながら仲裁してくるが、口角泡を飛ばしてがなり立てる母は一顧だにしない。

「そうやって何も自分の頭で考えようとしないところが子供だと言うんですッ！　そんなこと言うなら、あんたでよかったんですよ！　あんたがあの子の代わりに戦争に行けばよかったんですよッ！」

「できるなら言われなくたってそうするわ！　女だから軍人にはなれないって訳分からんこと言われなんだら、私だって！」

突如、私の視界に光が弾《はじ》けた。遅れてやって来た痛みで、私は母に頬を引っ叩《ぱた》かれたことに気付いた。

狼狽《うろた》える私の前で仁王《におう》立ちになり、母は威圧感たっぷりに言い放つ。

「どうもあんたは、昔っから体で学ばないと何も分からないようですね。いいですか、これが戦争するということなんですよッ！」

「望むところだァ――ッ！」

激昂《げっこう》しているのはこちらも同じだった。ビンタの痛みを百倍返しにしてやるべく、脇目も振らず母に突撃した。

恥も外聞もない取っ組み合いの喧嘩は、騒ぎに気付いたご近所さんが止めに来るまで続いた。

帰宅した父は、勝手口の外で膝《ひざ》を抱える私を見下ろし、呆《あき》れたように溜息《ためいき》を吐いた。

「……ったく、なーにやってんだ、お前も母ちゃんも」

私は答えなかった。勇ましいことを言った手前、生傷と痣《あざ》で腫《は》れ上がった情けない顔を父に見せたくなくて、一層膝に深く顔を沈めた。

仁義なき母娘喧嘩《は》は、母の圧勝で幕引きとなった。何度組み付いても腕の長さと膂《りょ》力《りょく》であっさり引き剝がされ、勝てるイメージが全く湧かなかった。私が同年代の子供の中で最強と言っても、所詮《しょせん》は井の中の蛙《かわず》だったというわけだ。あんなクマ並に強いならあいつこそ戦争に行けばいいのに。

不貞腐《ふてくさ》れる私の横に屈《かが》んだ父は、私の頭を軽く叩いて気を引いてきた。

「ほら、お前も食え」

顔を上げると、父は小さな紙箱を私に差し出していた。夕暮れと日陰の暗がりで中身はよく見えない。

私の疑問を察したように、父は微笑んで言う。

「差し入れで貰《もら》ったボタ餅《もち》だ。母ちゃんには内緒だぞ」

「ボタッ……!?」

私は目を丸くした。砂糖を使ったお菓子なんて、配給が始まってからこっち、一年間に数えるほどしか食べていない。

私は喉《のど》を鳴らし、両手でボタ餅を捧げ持った。一思いにかぶり付きたい衝動を抑え、私は端をほんのちょっぴり齧《かじ》る。

途端、口中に広がった甘味に、私の脳は蕩《とろ》けそうになった。こしあんには塩じゃなくて、ちゃんと砂糖がたっぷり練り込まれている。舌を優しく包み込む食感と甘さは、まるで『もっと食べてくれ』と主張しているかのようだ。

「美味《うま》いか？」

私はコクコクと赤べこのように頷《うなず》き、今度はもう少し多く齧ってみた。餅と餡《あん》の背徳的なまでの相性に、ほっぺたが落ちそうになる。初めてこれを作った人は勲章物の天才だ。

鼻息荒くボタ餅を堪能《たんのう》する私に、父は苦笑交じりにぼやく。

「その素直ついでに、母ちゃんに謝ってくれりゃ有り難いんだがなぁ」

「私、間違ったこと言ってない。間違ってるのは母ちゃんの方じゃないか」

一気に気分が悪くなり、私は即座にそう突っ撥《ぱ》ねた。美味《おい》しいものを食べている時にあんなクマ女の話をしないでほしい。

父は私の隣に腰を下ろすと、家の壁に背を預けて暮れなずむ空を見上げる。

「日本は神の国、出征は誉れ高い、死ねば靖国で会える……か？」

「そうさ。なぁ、父ちゃん、それとも私が間違ってるのか？」

藁《わら》にも縋《すが》る思いで尋ねると、父は口元に笑みさえ湛《たた》えて答える。

「間違っていないなら、タヱが怒る必要はないじゃないか。思い通りにならんからって、癇癪《かんしゃく》を起こして自分の考えを押し通そうなんて、間違っている奴のやることだぞ」

「先に怒ってきたのは母ちゃんだ！」

こちらは正当防衛をしたに過ぎないというのに、それを喧嘩両成敗《けんかりょうせいばい》なんて言葉で片付けられたら堪《たま》ったものじゃない。

母娘喧嘩の顚末《てんまつ》を思い出した私は、洟《はな》を啜《すす》り、心の裡《うち》を吐露する。

「……私、男に生まれたかった。女に生まれたって、いいことなんて何もない」

女だからという理由で舐《な》められて、嫁いで家事をしろと言われて、憧《あこが》れの軍人になれないと言われて。望んで生まれた性じゃないのに、こんなの不平等だ。私が男だったら、母も私の言うことにもっと耳を貸してくれただろうし、喧嘩にだって勝てたかもしれない。

私の愚痴を聞き、父は刈り上げ頭をポリポリと掻《か》く。

「不満を抱えているのが自分だけだと思うんじゃない。タヱがそう思うってことはな、逆に女に生まれたかった男だって世の中にはごまんといるってことなんだ。どうしようもないことでウジウジ悩んでいる暇があったら、もっと世の中のことを勉強しないか」

父の言葉を、私は冷めた気持ちで聞いていた。『女は家で飯作ってればいい』と言った父がそれを言うのか。男は気楽で羨《うらや》ましいことだ。

普段あんなに『勉強しろ』『先生の言うことを聞け』と言ったかと思えば、反論できなくなると『自分の頭で考えろ』と言う。大人は都合よく主張を捻《ね》じ曲げてばっかりだ。

「どうせ結婚してご飯を作るだけなのに、勉強したって意味がないじゃないか。母ちゃんだって私が女だから、あんな風に怒って自分の間違いを認めようとしないんだ」

「タヱ、それは違うぞ」

父の語調が突如として鋭いものになり、私は反射的に背筋を伸ばした。

ボタ餅を胸元に抱え持つ私に、父は滔々《とうとう》と諭してくる。

「いいか、よく聞け。確かに御国のために命懸けで戦争に行くのは立派なことだ。でもな、もし俺や母ちゃんやハナが戦争で死んで、お前が悲しんでいる時に赤の他人から『靖国で戦友と会えるから何も悲しむことはないですよ』なんて言われたらどうだ？お前も腹が立つだろう？　お前が母ちゃんに言ったのは、そういうことなんだぞ」

返す言葉もなく、私は閉口した。母の戦死はさておき、それは確かにむかっ腹が立つ仮定かもしれない。

ただ、自分の落ち度と母の正しさを認めることも憚《はばか》られる。

「それは……でも、先生はそう言っていたから……」

未練がましく反論を試みる私の頭に、父はポンと手を置いた。

その目の奥に、なぜだか悲しげな色を宿し、父は口を開く。

「タヱ、先生の言うことが全部正しいとは限らんし、正しければ何でも納得できるってもんでもねぇ。御国のため命を捧《ささ》げるのが尊いことでも、親兄弟を失った悲しみが無くなるわけじゃねぇし、正しさを盾に無神経なことを言っていいわけでもねぇ。何だってそうだ、正しいことがあれば間違っていることもあるし、良いこともある。何もかもを白か黒かで決め付けることはねぇんだ。いや、決め付けたらいかんのだ。突き詰めればな、そのせいで今の日本は……」

「……父ちゃん？」

父の言葉が急に途切れたため、私は訝《いぶか》って訊《き》き返した。

父は暫《しば》しの沈黙の後、首を横に振って立ち上がり、勝手口に手を掛ける。

「食い終わったら家に入れ。これに懲りたら、もう母ちゃんと喧嘩するんじゃないぞ」

私は手元のボタ餅を名残惜しい気持ちで見下ろす。その気になれば無限にでも食べられるのに、こんなに小さいものが一つだけなのだからもどかしい。

いじましく指に付いた餡を舐めながら、私は期待を込めて父に訊いた。

「なぁ、またボタ餅、食える？」

「ああ、お前が母ちゃんやハナと喧嘩せず、仲良く笑顔で家に居ればな。約束できるか？」

ここでそれを持ち出すのは卑怯《ひきょう》だと思う。

私は視線を背け、ボタ餅を食べる振りをして曖昧《あいまい》に言葉を濁す。

「……できるだけ、頑張ってみるけど」

私の精一杯の妥協を、父は一応の合格点と判断してくれたらしい。

勝手口が閉まる直前、私は父の声を聞いたような気がした。

「御免な、タエ」

顔を上げると、既に戸は閉まっていた。不可解に思った私だったが、父がなぜ・何に謝っているのか全く分からなかったから、私は早々に聞き間違いだと決め付けてそれ以上考えようとしなかった。

そして、一人で何分も掛けてボタ餅を味わっている間に、そんな些細《ささい》な記憶はすっかり消し飛んでしまった。

昭和十九年（一九四四年）三月、政府はそれまでの縁故疎開から方針を切り替え、国民学校初等科三年生以上の学童疎開を決定した。常態化しつつあるアメリカ軍の都市空襲から、未来の兵士と銃後の守り手を保護するためだ。地方に近親者がいない私も、学校の子供たちと一緒に疎開される運びとなった。

私たちの疎開先が山梨県であることが発表されると、子供たちの間ではすっかりその話題でもちきりになった。ソカイって何？　大人が軍隊に入るようなもんだよ。疎開するとと白いご飯がたんまり食えるんだって。山梨って言うくらいだから梨が毎日出るんじゃないか、いやいやあそこの名産はブドウと桃だよ。確か山梨ってなまはげが出るんだろ、違うよ河童《かっぱ》とか天狗《てんぐ》だって。東京から出たことがない私たちは、地図で山梨県の場所を何度も確認し、あることないことを好き放題に言い合った。

中には家族と離れ離れになることを不安に思う子もいたが、私は言わずもがな諸手《もろて》を挙げて喜んだ側だった。あのクマ女から離れて過ごせるなんて、願ったり叶《かな》ったりだ。やっぱり全ての流れは私に向いている。

みんなから聞きかじった山梨の情報を得意げに披露していると、妹のハナは私の袖《そで》にしがみ付いて駄々を捏《こ》ねてきた。四歳下のハナは二年生だから家で留守番だ。

「姉ちゃん、私もソカイに行きたいよう」

「我慢しなさい、あんたも来年になったら行けるから。山梨のお土産、たっぷり持ってきてあげるからね」

私がお姉さんらしくハナを宥《なだ》めると、台所で料理をしていた母は後ろを向いたまま鼻を鳴らす。

「はん、泣き言言って逃げ出すのだけはお止《よ》しよ。ご近所さんのいい恥晒《さら》しですからね」

「けっ、誰が！」

私はお返しとばかりにベッと舌を出した。住み心地が良けりゃ、そのまま山梨県民になってやる。

そんなこんなでやって来た八月の疎開日当日。出発地である浅草《あさくさ》駅には大勢の大人が詰めかけ、我が子との別れを惜しんでいた。泣いたり笑ったり、さながらちょっとしたお祭り騒ぎだ。ウチはいつも学校に行くときのように玄関で見送られただけだった。

先生の指示で全員が電車に乗り込むと、親たちは盛んに小さな日の丸を振って見送ってくれた。

「体に気を付けてー！　先生に迷惑を掛けちゃダメよー！」

「御国のために頑張りなさーい！」

別れを惜しむ声を断つように警笛が鳴り、ガタンと電車が動き出した。窓から身を乗り出して見る大人たちの姿は、あっという間に豆粒ほどに小さくなっていく。

移り変わる景色を飽きもせず眺める私は、新しい生活への予感に胸をときめかせていた。

――私の物語は、きっとこれから始まるんだ。

――現代２――

父方の祖父母の家に行く時、私はいつも跳ねて喜んでいた。

単純に自宅外で寝泊まりするというのは子供にとって一大イベントだし、それが私を蝶《ちょう》よ花よと可愛がってくれる祖父母であれば言わずもがな。スーパーも駅も遠く、田畑と山と川ばかりの絵に描いたような田舎で遊ぶところは何もなかったけど、大きな木造二階建ての家と広い庭だけで子供が冒険するには充分だった。夏は庭や川原でバーベキューとスイカ割り、冬は炬燵《こたつ》ですき焼きとおせちを囲んで、いとこと力を合わせても食べ切れないほどの料理が振る舞われるのが常だった。

幼稚園の年中の時、クリスマスプレゼントが気に入らなかった私が、癇癪《かんしゃく》を起こしておばあちゃんに当たり散らしてしまった日のことは、今でもよく覚えている。

「セーラームーンのが欲しいって、ちゃんと書いたもん！　これじゃ全然違うんだもん！」

「よーしよし。そうよねぇ、欲しいものと違うものが届いたら、サナちゃんも怒っちゃうわよねぇ。後で私からサンタさんに、ちゃーんとお話を通しておいてあげるからね」

膝《ひざ》にしがみ付いて駄々を捏《こ》ねる私を、おばあちゃんは優しく撫《な》でながら宥めてくれる。たったそれだけのことで、私の中の怒りは潮が引くように薄れていく。うつらうつらと微睡《まどろ》むおばあちゃんの匂いは、不思議と気持ちが落ち着いて眠くなる。うつらうつらと微睡む私に、おばあちゃんは穏やかに言い聞かせた。

「悲しい時やつらい時は、いつでも私が話を聞いてあげるからね。だからお家《うち》とかお外では、サナちゃんはいつも笑顔でいなさいね」

「どーしてぇ？」

「お母さんやお父さんや先生がプリプリ怒っているとサナちゃんも嫌な気持ちになるけど、笑っていれば楽しい気持ちになるでしょう？　サナちゃんがそう思うってことはね、他のみんなも同じことを思っているの。サナちゃんが笑ってくれることは、おばあちゃんにとってもみんなにとっても一番の嬉《うれ》しいことなのよ」

私が泣いたり怒ったりした時、おばあちゃんは私を労《いた》わった後、最後に決まってそう言った。その約束を守るべく、私は成長するにつれ他人に対しあまり怒らない性格の子供に育ったが、同時におばあちゃんに愚痴を吐くことも無くなっていった。おばあちゃんを悲しませたり心配させたりするようなことだけはしたくなかったから。

「私、大人になったらお医者さんになるよ！　おばあちゃんの病気、私が全部治してあげるから！」

「あらまぁ、頼もしいわねぇ。嬉しいわ、うふふ」

そうだ、薬が増えて弱気になったおばあちゃんを励ますために、そんな大言壮語を口にしたことも確かにあった。それなのに私ときたら、そんなことを忘れて全然関係ない大学に進んだんだから世話ない。

優しかったおばあちゃん。誰よりも私を可愛がってくれたおばあちゃん。今になってみれば、おばあちゃんはこの世で唯一の私の味方だったのかもしれない。

それなのに。悲しい時はいつでも話を聞いてくれるって、約束したのに。

どうして私を残して死んじゃったの、おばあちゃん。

目を覚ますと、とっくに陽は高く昇っていて、時間を確認すると正午過ぎだった。

体温を測ると、結果は三十七度八分。昨日より大分マシになった感じはするが、喉《のど》にいがらっぽい違和感があって頻繁に咳込《せきこ》んでしまい、落ち着かない。

あの後、眠れない私は深夜二時過ぎまで粘ったが、十三年前のおばあちゃんから再び電話が掛かってくることはなかった。夜になれば過去のおばあちゃんがもう一度電話を掛けてくれるのか、それともあれっきりでおしまいなのか。もっと早く気付けばもっと有意義な話ができたのに……と後悔するも、無理もないと諦《あきら》める自分もいる。一夜明けた今でも、あれが現実に起こった出来事だと確信を持てずにいるのだから。

いつまでもスマホと睨《にら》めっこするわけにもいかないので、私はベッドから降りて台所を漁《あさ》った。働かざる者食うべからずとは言うものの、働かなくても腹は減る。お茶は潤沢だが、真空パックのご飯は切らしているし、冷蔵庫の食料ストックも心許《こころもと》ない。コンビニ弁当や外食で済ませがちだったのが仇《あだ》となった。いくら仕事後に自炊する気力が湧かないとはいえ、白米と炊飯器くらいは備えておくべきだったか。

コロナ陽性者は感染予防のため、極力外出を自粛することが求められている。確か自宅療養者向けに諸々《もろもろ》のサービスがあったはず、と調べてみると、やはりオンラインで申請すれば療養期間中の食料を配送してもらえるらしい。申請が午後になってしまったので到着は翌々日だ。どこまでも自分の迂闊《うかつ》さが嫌になるが、二日くらいなら問題ないだろう。いざとなれば出前でも頼めばいい。

目玉焼きとソーセージ二本だけの簡単な食事を用意し、私は食べながら譲にメッセージを送る。

『コロナ感染した。十日間自宅療養だって』

昼休憩中なのか、譲の返信は早かった。

『マジ？　油断してると本当にすぐうつるんだな、俺も気を付けないと』

真っ先にそんな返信を突き付けられ、私の眉間《みけん》に皺《しわ》が寄る。譲にとって彼女の安否は、自分への教訓くらいにしか捉《とら》えていないらしい。

別に私も油断していたわけじゃないんだけど、と反論したい気持ちを我慢し、代わりに質問をぶつける。

『譲、ウチに来てくれたりはしないよね』

『そんなに重症なのか？』

『ううん、今のところは軽症』

『え？　じゃあ行く必要ないじゃん』

『それはそうだけど』

『とにかく、今はゆっくり休んでろよ。悪化したら連絡して』

テンプレートのような気遣いの言葉が、会話の打ち切りの合図だった。

私は残ったソーセージを一気に頬張り、腹いせのように咀嚼《そしやく》した。譲の言葉は間違っていない。だけど何だろう、このもやもやする感じは。恋人が病気になったと知ったら、軽症だろうと心配するのが当然だと思っていたんだけど、それは私の経験不足ゆえに夢を見ているだけなんだろうか。

職場からも両親からも音沙汰《おとさた》はない。だけど私は気にしなかった。今の私が求めている電話相手は、ただ一人だけだったから。

おばあちゃんと話したい。早く夜になってほしい。たとえ電話が来なくても、それはそれで諦めが付く。

仕事が無い日に夜を待ち望むなんて、初めてのことかもしれない。

早めにシャワーと歯磨きを済ませ、私は神妙な気持ちでスマホの前で正座していた。

今夜もおばあちゃんから電話が掛かってくるか分からない。そもそもこんな非現実的な現象に期待する方が間違っているのかもしれない。だけどもしまた電話が繋《つな》がったとしても、『おばあちゃんが一年後に死ぬ未来』だけは絶対に伝えまいと、私は心に決めていた。死の恐怖に怯《おび》えながら一年を過ごすおばあちゃんの姿なんて、想像するだけで可哀想だ。昨日、あのタイミングで電話が切れてくれたのは僥倖《ぎょうこう》だった。

十九時過ぎ。昨日と同じなら、そろそろ電話が掛かってくるはず。

今か今かと待ち受けていると、十九時十五分、スマホが着信音を鳴らした。

私は百人一首大会もかくやの勢いでスマホを手に取り、息せき切って応答した。

「もしもしっ⁉」

「まぁ、その声はサナちゃん？」

聞こえてきた穏やかな声に、私は胸を高鳴らせた。

「そうだよ！　十三年後の、二十六歳の森戸紗菜だよ！　よかった、また電話してくれたんだ！」

待った甲斐《かい》があった。自然と私の声は弾み、顔も綻《ほころ》んでしまう。

しかし私の言葉を受けたおばあちゃんは、訝《いぶか》しげに呟《つぶや》いた。

「えぇ？　どういうことかしら、私、電話が鳴ったから急いで出たんだけどねぇ……」

「え？　でも私の方も、絶対におばあちゃんの方から電話が掛かってきたんだけど……」

話を聞く限りでは、おばあちゃんがボケている風でもなさそうだ。とはいえ、こんな状況で細かい整合性を求める方が間違っているのかもしれない。私とおばあちゃんの強い想いが、時空を超えた奇跡を引き起こしてくれたんだ、きっとそうだ。

「ま、いっか！　おばあちゃんと話せるなら何でも！　それよりこの電話、三十分くらいで勝手に切れちゃうみたいだから、気を付けないと」

「まぁ、そうなの。お話ししたいことはたくさんあるけれど、サナちゃんのいる十三年後の日本って、どんな感じ？」

「うーん、思ったよりも普通。空飛ぶ車もタイムマシンも出てこないし、ニュースとか政治の内容も二〇〇九年とそんなに変わってないと思うよ。はっきり変わった所と言えば携帯電話くらいかな。スマートフォンって言うんだけど、手のひらサイズの板みたいな機械をみんな持ってて……」

私は懸命に思考を巡らせるが、それ以外に大きく変化したものが本当に思い浮かばない。変化は往々にして突発的なものではなく、流動的なものなのだ。十三年間の違いを箇条書きにすれば分かるけど、その時間の中で過ごしていると意外と気付けない。消費税の増税なんか話したところで面白くも何ともないし……

と、そこで私は今の自分の状況に思い至った。すっかり日常と化していたせいで忘れていたが、これ無しに今の時代は語れない。

「そうそう、聞いてよ。新型コロナウイルスっていう感染症が二〇二〇年から世界中で流行しててさ、ホント大迷惑なんだよ。日本でも海外でも道行く人がみーんなマスクを着けて、お店に入る時もアルコールで手を消毒しなきゃいけなくて、おちおち旅行にも行けないの。信じられる？」

「あれまぁ、何だかとんでもないことになってるのねぇ」

おばあちゃんは嘆息しながらも、持ち前の前向きさで続けた。

「でも、そんなに大変な病気が世界中で流行《はや》っているなら、きっと世界中の人たちが心を一つにして力を合わせているんでしょう？」

「あー、それはどうかな……私も最初はそれをちょっと期待してたんだけどね……」

駅前やSNSの陰謀論を思い出し、私は言葉を濁した。流行当初、【家に居るだけでヒーローになれる】というキャッチフレーズに世界中が舞い上がっていた時期が、今となっては懐かしい。ワクチン開発が爆速で進んだりもしたわけだから一概に違うとは言えないけれど。

せめて明るい話をと、私は記憶を遡《さかのぼ》る。

「あぁ、そうだそうだ、二〇二一年に東京オリンピックが開かれてさ！　コロナの影響で一年延期になって開催前はドタバタしてたけど、日本がメダルいっぱい取って、選手村の料理も評判良かったみたいで、結構盛り上がったよ」

「まぁ、東京でまたオリンピックが開かれたの。前の時は子育てで手一杯で、テレビでちょっぴり見るくらいのものだったからねぇ。サナちゃんは見に行った？」

「いえ、チケット買えなかったし、実はそもそもコロナのせいで無観客だったもので……」

「えぇ？　オリンピックなのに無観客って、どういうこと？」

「ほら、人がいっぱい集まると、コロナがうつっちゃうかもしれないからさ。競技場とか沿道に観客を集めないようにして、代わりにテレビとかネットで観戦するっていう……」

「……何だか随分とヘンテコなのねぇ。想像できないわ」

「いやほんと私もそう思ってたんだけどね……意外と何とかなったりならなかったり……」

実際アレって費やした以上の経済効果あったんだろうか。機会があったら都庁勤めの譲にその辺訊《き》いてみようかな。

取り留めのないことを考えていると、おばあちゃんの方から新しい話題を振ってきた。

「東京と言えば、サナちゃん、そっちではどんなお仕事をしているの？」

「それは……」

言えない。あんな掃《は》き溜《だ》めで働いているなんて知ったら、おばあちゃんが心労で倒れてしまうかもしれない。

即断で出任せを伝えたのは、当然の帰結だった。

「もちろん、おばあちゃんと約束した通り、立派なお医者さんになったよ。大学病院でバリバリ働いて、患者さんとか看護師さんとも上手《うま》くやれてて」

「あらまぁ、それはおめでたいわねぇ。サナちゃん、本当に先生になっちゃったんだ……」

おばあちゃんの口調は心から感慨深そうなもので、私は罪悪感を抱いたが、強引に押し殺した。おばあちゃんを安心させるためだ。バレない嘘なら嘘じゃない。

心臓をバクバクさせる私など知る由もなく、おばあちゃんは続けて尋ねてきた。

「ところで、サナちゃんの専門は何科なの？」

「え、えぇと……な、内科だよ、普通に」

「内科と言ってもいろいろよね？　消化器とか循環器とか呼吸器とか糖尿病とか。サナちゃんはどれ？」

私の額に汗が流れる。やばい、適当に言いくるめるつもりだったけど、おばあちゃん結構鋭い。伊達《だて》に長生きはしていないということか。

確かおばあちゃんの持病は、血液系の疾患だったはずだから……

「じ、循環器だよ！　当然じゃん、おばあちゃんの病気を治すために頑張ったんだから！」

「そう。サナちゃん、こんなオババのために……嬉《うれ》しくて涙が出ちゃうわ」

私は別の意味で涙が出そうだった。早く別の話題をと思うものの、すっかりテンパってしまって適当な話題が思い付かない。

そうこうしている間に、おばあちゃんは容赦なく質問をぶつけてくる。

「サナちゃんが勤めている病院なら、私の病気も治せるかもしれないのね。何ていう病院なの？」

「ええと、それは、東京にある医療センターで……」

「あら？　サナちゃん、大学病院に勤めていたんじゃなかったっけ？」

「ま、間違えた！　早稲田《わせだ》大学の医学部を卒業して、そのまま附属の大学病院に……」

「……早稲田大学って、大学病院あったかしら？　聞いたことがないような……」

「えっ……」

私は慌ててスマホをスピーカーにし、爆速のフリック操作で【早稲田　医学部】でネット検索した。反射的に譲の出身大学を口走ってしまったが、ネットで調べればすぐ見付かる真実は、私に無情な現実を叩《たた》き付けてきた。

【早慶上智MARCHで医学部が設置されているのは慶應義塾《けいおうぎじゅく》大学のみです】

――こんだけ医師不足なんだから早稲田にくらい医学部設置しとこうよ！

私は内心で医療行政の怠慢を嘆いた。嘘をついている私が一番悪いのは重々承知していますけども！　っていうかおばあちゃん結構お詳しいですね！

私がどう言い訳したものかと考えあぐねている内に、おばあちゃんは自己完結してしまっていた。

「あぁ、でも十三年の間に新設されたってことなのかしら？　ぼやぼやしていると世の中はどんどん変わっていっちゃうのね……そうだ、ちょうどいいから、サナちゃんにお薬のことも相談しちゃおうかしら」

「えっ」

「いえね、今の先生を疑うわけじゃないんだけど、セカンドオピニオンっていうの？　新しいお薬があまり合わないみたいなのよねぇ。アスピリンってお薬なんだけど、飲むとすぐに頭が重くなって眠くなっちゃって。前みたいにシロスタゾールだけに戻すか、他のお薬に替えようかって思ってるんだけど、サナちゃんはどう思う？」

話を振られようにも、答えようがない。ネットで調べる？　いや、そんなのが当てになるものか。命に関わることで安請け合いなんてできない。

脳を猛回転させる私の口から、苦悶《くもん》の声が零《こぼ》れる。

「う……あう……」

「それにね、お友達のトミさんは『アスピリンは癌になるから飲んじゃダメ』って。私は長い付き合いの安藤《あんどう》先生を信じているけど、そういう話を聞くとどうしても不安になっちゃうのよねぇ。実際のところどうなの？　動脈閉塞症《へいそく》についての研究とかお薬の開発って、未来の世界で進んでいたりするのかしら？」

流石に、この辺りが限界だった。

電話越しであるにも拘《かかわ》らず、私はすっくと立ち上がり、九十度まで深々と頭を下げた。

「ごめんなさい、おばあちゃんっ！」

「どっ、どうしたの、サナちゃん？」

突然の大声にびっくりしたおばあちゃんに、私は一息に捲《まく》し立てた。

「私、本当はお医者さんなんかじゃないの！　二十六歳で東京に住んでるのは本当だけど、卒業した大学も勤め先も医療とは全然関係ないところで。でも、おばあちゃんを安心させたくて、失望させたくなくて……」

電話の向こうの沈黙が怖くて、私は声を詰まらせた。

本当に私は何てバヵなんだろう。失望させたくないって言っておきながら、下手な嘘をついたせいで余計に失望させてしまったじゃないか。

暫《しば》しの無言を経て、おばあちゃんは苦笑交じりに言った。

「何言ってるのよぉ、サナちゃん。私がそんなことでサナちゃんに失望するわけないじゃないの。お医者さんだろうとそうじゃなかろうと、サナちゃんが元気に笑顔で居てくれさえするなら、それだけで私は充分幸せよ」

おばあちゃんならそう言ってくれると思っていた。誰かに怒ったり非を問うたり、おばあちゃんはそういうことをする人じゃない。ましてや孫の私に対して。

だけど、そんな優しい言葉も、今の私には苦しい。

「……違うの」

私は洟《はな》を啜《すす》り、訥々《とつとつ》と現況を語り出す。

「元気っていうのも、本当は嘘で。さっき言ったコロナに感染しちゃって、十日間家に居ろって保健所に言われてるの。勤め先もすごいブラック企業で、お給料は安くて上司からのパワハラもひどくて、毎日のように辞めたいって思ってて、でも新しい仕事で上手くやれる自信がなくて……それに、最近はお母さんと喧嘩《けんか》して彼氏とも上手く行かなくて……」

最後の方はほとんど言葉にならなかった。

私は膝《ひざ》を抱え、惨めな気持ちで吐露する。

「本当の私は、もうどうしようもないくらいボロボロなの。自分でも何のために生きているのか分からないくらいに」

こんな話、できればしたくなかった。出任せでも空想でも、おばあちゃんといる間くらいは、優しく穏やかな気持ちに浸っていたかった。

「……そう。サナちゃん、そんな大変な目に遭っていたのね」

切実な声でおばあちゃんにそう言われると、私の無様さがより際立って感じられた。

気遣われるべきは本来逆なのに。被害者面できるような立場でもないのに。

私は涙声で、愚かな自分を嗤《わら》う。

「自業自得だよ。私、おばあちゃんに切り出されるまで、『お医者さんになる』って言ったこと忘れてたもん。あんなにおばあちゃんのことが大好きだったのに、そんな大事な約束を簡単に忘れちゃったんだもん。きっと神様のバチが当たったんだ」

「それは違うわ、サナちゃん」

自嘲《じちょう》する私の言葉を、おばあちゃんはピシャリと遮った。

決して声を荒らげるのではない、しかし有無を言わさない力強さを持った一言だった。

おばあちゃんのそんな言葉を聞くのは初めてかもしれない。

口を噤《つぐ》んだ私に、おばあちゃんは諭すように語り掛けてくる。

「神様はそんなことでバチを与えたりしない。もし可愛いサナちゃんにそんなひどいバチを与える神様なんか居たら、今すぐにでも私がとっちめてやるわ」

「……おばあちゃん、私のこと、嫌いにならないの？　約束を守らなかったどころか、忘れてたのに？」

藁《わら》にも縋《すが》る思いで私が訊《き》くと、おばあちゃんはいつもの調子で笑い飛ばした。

「嫌いになるわけないじゃない。忘れるってことは、それくらいサナちゃんが毎日頑張って生きてるってことでしょう？　私にとっては、そのことの方がずーっと嬉しいわ」

おばあちゃんの答えに、しかし私はまたも俯《うつむ》いてしまう。

生きるのに必死なのはその通りでも、私の人生はそんな綺麗《きれい》で高尚なものじゃない。

「でも、私……生きていてもつらいだけで……もうこれ以上、どう頑張ったらいいのか分からなくて……」

「大丈夫よ、サナちゃん」

尚《なお》も弱音を口にする私を、おばあちゃんは優しく勇気付けてくれる。

「気持ちは分かるわ。生きることって大変だし、不安なことだらけよね。でもね、そういう時は考え方を変えるの。笑顔で過ごしている未来のサナちゃんを想像して、それを実現するために行動してみるの。怖がらなくても大丈夫。もし空回りになったとしても、その経験は絶対に無駄になったりしないわ」

「笑顔で過ごす未来なんて、そんなの……」

「思い出してみて。学校で学んだこと、楽しかったことやつらかったこと、お父さんやお母さんのこと、先生や友達のこと、仕事のこと。これまでサナちゃんが積み重ねた時間の中に、笑顔で生きるためのヒントがあるはずだから」

おばあちゃんの台詞《せりふ》は、どこまでも自信に満ち溢《あふ》れている。たったそれだけのことで、私の中で立ち込める不安の雲が、少しずつ晴れていくように感じられる。

何一つ状況は変わっていないけれど、せめて信じてくれるおばあちゃんに少しでも報いようと、私は口を開く。

「……できるかな、私に」

「絶対にできるわ。サナちゃんが笑顔で生きられないような世界なら、いっそ滅んでしまえばいいのよ。うふふ、何てね」

笑いながら物騒なことを言うおばあちゃんが可笑《おか》しくて、私はつい噴き出してしまった。

気持ちが落ち着いた私は、不思議な気持ちでおばあちゃんに尋ねる。

「どうしておばあちゃんは、そんなに私のことを信じてくれるの？　私がおばあちゃんの孫だから？」

「それもあるけど、それだけじゃないわ。お医者さんにならなくたって、サナちゃんは私のことを救ってくれた救世主だもの」

思いがけない答えに、私は首を捻《ひね》った。迷惑を掛けたばかりで、何かしてあげられたことなんてほとんど覚えていない。

幼稚園で描いた似顔絵をあげたこと？　調理実習のクッキーをあげたこと？　喜んでもらえたのが事実だとしても、『救う』と呼ぶには程遠い。

「私が、おばあちゃんを救った、救世主……？　それっていつの話？」

私が尋ねると、おばあちゃんは含み笑いと共に告げた。

「それはもちろん、〝いつでも〟よ」

直後、プツッという切断音が鳴り、私は慌ててスマホ画面を見た。

映っているのは、何事も無かったかのようなホーム画面。迂闊《うかつ》だった、話に夢中だと時間が経つのはあっという間だ。おばあちゃんの方は気を付けていたのかもしれないけど、注意喚起した私が失念するなんて。

現在時刻は十九時五十二分。電話が掛かってきたのが十九時十五分で、昨日も同じくらいだったと思うから、おばあちゃんとの通話時間は約三十七分ということになる。何でこういろいろと中途半端なんだろう。私の名前が紗菜だから？　……まさかね。

しばらく余韻に浸った後、私はベランダに出た。体を冷やすのはよくないかもしれないが、コロナのせいか暖房のせいかおばあちゃんとの電話のせいか、私の頭はやけに火照っていた。顔を撫《な》でる真冬の冷気が心地よい。

白い息を吐き、私は星の散る夜空を見上げて独り言《ご》ちた。

「私の、これまで積み重ねてきた時間……」

――追憶2――

私たちの疎開先は山梨県日野春村《ひのはる》にある、小規模の平屋旅館だった。

朝六時半、太鼓の音で目を覚ました私たちの日常は、皇居の方角にお辞儀する宮城遥拝《ようはい》から始まる。朝の体操を終えると朝食を摂《と》り、午前中は地元のお寺で先生の授業。旅館に戻って昼食を摂ったら、午後は勤労奉仕として地元の田畑仕事の手伝いを行う。十五時を過ぎた辺りから二時間ほどの自由時間を挟み、夕食と風呂《ふろ》を済ませて二十時頃に就寝――大体そんな時間割だ。

最初はよかった。住み慣れた東京を離れて広大な山梨に移り、まるで遠足に来たかのような期待で胸がいっぱいだった。その晩、食卓に白いご飯と肉野菜入りのカレー煮、地元で採れたリンゴが出た時は、私を含めて子供たちみんなが歓声を上げた。東京にいた頃は混ぜ飯が食べられれば上等、日々の食卓は小麦粉とトウモロコシ粉を混ぜたすいとんか蒸《ふ》かし芋という有り様だったのだから。

親元を離れたことで夜に寂しさを吐露する子供もいたけど、私はむしろあのクマ女から逃れられたことを喜んでいたし、同じように考えていた子もそれなりに多かったと思う。消灯後に小さい子の啜り泣きが聞こえて、誰かが彼女を励まそうと『故郷《ふるさと》』を大声で歌い出し、みんながその後に続いた。最終的には大合唱になり、歌い終わる頃には一人残らず笑い合っていた。天気が良い日には南東の山間に綺麗な富士《ふじ》山が見え、日本の象徴を前に『やはり私は持っている』と誇らしい気分になった。

ちょっとした小旅行気分だった私の期待は、早々に打ち砕かれた。

三日目の夕方。便所から大部屋に戻る廊下を間違えてしまった私は、何やら険を伴った声に釣られて引き戸の前で聞き耳を立てた。旅館従業員の休憩室で、女将《おかみ》さんと仲居さんが話をしているようだ。

「あぁ、やだやだ。ウチは学校じゃなくて旅館だってのに、何が悲しくてあんな騒がしい子供たちのお世話をしなきゃならないのかしら。商売上がったりだわ、全く」

それは間違いなく女将さんの声色だったが、初日に愛想よく私たちを迎えてくれた時とは別人のように刺々《とげとげ》しい口調だった。

女将さんの機嫌を取ろうと、年若い仲居さんが宥《なだ》める。

「ま、まあまあ、学童疎開への協力は御国たってのお願いですし、それにあの子たちが大人になった時にお得意さんになってくれるかもしれないじゃないですか。社会貢献と実益を兼ねていると思えば……」

「そんなこと言ったって、嫌なものは嫌よ。とてもじゃないけどこんなの割に合わないわ。ああもう、やんなっちゃうやんなっちゃう」

仲居さんを素っ気なくあしらう女将さんの声が、少しずつ近付いていることに、私は気付くのが遅れてしまった。

身を隠す間もなく引き戸が開き、和装の女将さんが冷たく私を見下ろす。

「……何してんの、あんた」

「あ、あのう、部屋に戻る道を間違えちゃって……」

恐縮する私に、女将さんは愛想笑いを浮かべることもせず、私が来た方向を顎《あご》でしゃくる。

「ここは関係者以外立ち入り禁止だよ。あんたたちの部屋は突き当たりを左。次この辺りにいるのを見たら、ただじゃおかないからね」

私は無言でコクコクと頷《うなず》き、そそくさとその場を退散した。妙に煙草臭い女将さんは、今や私にとっては先生と同様の恐怖の対象だった。

去り際の私の耳に、仲居さんと女将さんのやり取りが届く。

「……聞かれたんじゃないですか？」

「ふん、関係ないわ。文句があるなら東京に帰れってのよ」

吐き捨てるような女将さんの声が、小骨のようにじくじくと私の胸に残り続けた。私たちはここでは招かれざる客で、陰口を叩かれるほどに嫌悪されている。その自覚が、私に不吉な予感をもたらしていた。

まるでその予感の答え合わせをするかのように、二週間ほどで食卓に並ぶ食事は質素なものになった。粟《あわ》と漬物、それに味気ない大根汁。ただでさえ食物繊維ばかりでお腹に溜《た》まらない上に、その量も目に見えて減っていく。自由時間に親への泣き言を手紙にしたためようとして先生に叱られる子や、先生に隠れて『お腹が空《す》いた』『お母さんに会いたい』と泣く子は、ネズミ算式に増えていった。綺麗《きれい》な富士山なんてとっくの昔にみんな見飽きてしまっていた。

私は母と仲が悪かったから泣きこそしなかったけど、一ヵ月も経つ頃には、流石に不満を募らせ始めていた。

――これじゃあ、東京にいた頃と何も変わらないじゃないか。

いや、それ以上に悪い。大部屋に子供が押し込められているせいで暑苦しい上に、布団や肌着に大量のノミやシラミが湧いて全身が痒《かゆ》くて仕方ない。自由時間が厳しく制限されているから休みの日でも全然気が休まらないし、連日の畑仕事で体はバキバキだ。何より、実家に比べて芋煮もすいとんも格段に不味《まず》い。限られた食材で母が美味《おい》しく調理してくれていたことを、不本意ながらも私は思い知らされた。

こんな生活が一体いつまで続くのか、子供たちが先生に訊《き》かない日はなかったくらいだけど、それに対する先生の答えはいつも素っ気ないものだった。

「我慢なさい、戦地で頑張っている兵隊さんはもっと苦しい思いをしているのですよ」

そんな決まり文句を持ち出されれば誰も何も言い返せなかったが、正論を言われようとも腹は減る。道端で拾ったドングリや木の実を手当たり次第に口に入れた子供が、病院沙汰《さた》になるなんてのは日常茶飯事だった。私自身も畑仕事で見付けた虫や、破れた布団からはみ出た綿を食べた結果、慢性的な下痢に悩まされていた。

秋に差し掛かった頃、私たちがいつものように空腹に鞭打《むちう》って畑仕事に勤《いそ》しんでいると、地元の悪ガキ共が冷やかしにやって来た。

「おい見ろよ、ソカイッペだぜ」

「東京人がどんなもんかと思ったら、えらいもやしじゃねぇか」

「どいつもこいつも青びょうたんだなぁ、ハハッ」

三人組で下品な笑いを浮かべながら、大きな干し柿をクチャクチャと食っている。

「あいつら、ソカイッペだの青びょうたんだの馬鹿にしやがってぇ……」

「放っときなよ、相手にしたら余計に疲れちゃうよ……」

先生から地元の子とは仲良くするように厳しく言い含められている。喧嘩《けんか》などもってのほかだ。諦《あきら》めて黙々と作業に従事する子供たちの中、私は彼らが手に持つ干し柿から目を離すことができずにいた。

大昔に食べた甘い柿の味が呼び起こされ、口の端から涎《よだれ》が垂れる。低血糖が私の脳から正常な判断力を奪っていた。

鍬《くわ》を持つ手を離し、私はふらりとそちらに歩み寄る。

「ふーっ……ふーっ……！」

「……タヱちゃん？」

異変に気付いた女の子が、私を呼び止めようとしたが、既に手遅れだった。

「うがぁーっ！」

脱兎《だつと》の勢いで私は柵《さく》を飛び越え、一番大きな干し柿を持っていた悪ガキに飛び付いた。

突然の私の行動に判断が遅れた彼は、瞬く間に私と取っ組み合いになってしまった。

「タ、タヱちゃん⁉」

「お、おい！　やめろ！」

疎開組と地元組が揃って私を止めようとし、彼もまた必死の抵抗を試みる。それでも私は止まらなかった。

獣もかくや、戦車もかくや。私を止めようと摑《つか》んでくる手を振りほどき、彼を離さないよう爪を立て、半狂乱で叫ぶ。

「うるさい！　よこせ！　その干し柿！」

「わ、分かった！　やめろって！　渡すから放せって！」

少年は観念し、その手から干し柿が落ちた。土を落とす手間も惜しみ、一心不乱にかぶり付く。

瞬間、口の中に広がった甘味に、私は感動した。まともに摂取していなかった糖分が舌から脳に染み渡り、陶酔にも似た感覚が全身を包む。東京暮らし以上の粗食が続いた分、あのボタ餅《もち》を食べた時よりもずっと美味しく、価値あるものに感じた。

あっという間に種まで食い尽くした私は人心地つき、ようやく組み伏せた悪ガキに向き直った。

「いやー、本当にうめぇな、この干し柿！　なぁ、これもっとない……の……」

私の言葉が途中で止まったのは、彼が未《いま》だに地面に倒れたまま泣いていたからだ。

「う……うぅっ……」

土にまみれ、小刻みに震える彼の姿を見て、ようやく私は自覚した。

自分が一体、何をしでかしてしまったのかを。

「あ、あの……その、ご、ごめ……」

手を差し伸べようとするも、少年は私の手を払い除け、顔を腕で隠したまま一目散《いちもくさん》に走り去ってしまう。

残る地元組の二人は、距離を取るように後ずさりしながらも、私に向けて人差し指を突き付けて気炎を上げた。

「おめぇ、こんなことして、タダで済むと思うなよ！」

「先生に言い付けてやるからな！」

言うが早いか、そのまま彼の後を追って走り出す。取り残された私は、周囲の奇異と恐れの眼差《まなざ》しに晒《さら》されながら、呆然《ぼうぜん》と立ち尽くすばかり。

子供の世界で繰り広げられた、小さな戦争と略奪。

しかしその結果は、私の勝利という形で幕引きになったにも拘《かかわ》らず、いつまでも消えないしこりを私の中に残した。

喧嘩の件は当然すぐに先生の耳に入り、私は離れの説教部屋まで引っ張られるや、無言のままビンタされた。

じんじん痛む頰を押さえる私を、先生は鷹《たか》のように鋭い目で見下ろす。

「どういうおつもりですか、地元の子と喧嘩するなんて。あなたたちは地元の方々のご協力があって、こうして疎開できているのですよ」

「だ、だってあいつら、私たちの目の前で干し柿を食べて……」

しどろもどろに説明しようとする私に、先生はもう一撃ビンタを食らわせる。もはや弁解の余地はないも同然だった。

「だから何ですか。人の物を無理やり奪うなんて言語道断、獣と同じ所業です。誇り高き皇国の少国民として恥ずかしいと思わないのですか。横川さん、罰としてあなたは今日の晩ご飯と明日《あした》の朝ご飯抜きです」

「そ、そんな、それだけはどうかご勘弁を……」

私は泣いて先生に縋《すが》った。すいとんと芋ばかりの粗食とはいえ、今の私には欠かせない生命線なのだ。

しかし先生は情け容赦なく私を突き飛ばし、そのまま一人で廊下に出る。

「問答無用。干し柿を食べたのなら、二食抜くくらい平気でしょう。自分が何をしでかしたのか、ここで一晩かけてよく考えなさい」

「先生、待って……！」

駆け寄る私を先生は三度《みたび》張り倒し、そのままピシャリと戸を閉じてしまう。外に出たら体罰が待っていることは、もはや考えるまでもないことだった。

諦めた私は、畳ですらない硬い板敷きの床の上にへたり込む。途端にどっと押し寄せた空腹を宥《なだ》めるように、私は膝《ひざ》を抱えて寝転んだ。干し柿一つと引き換えの代償は、あまりにも重かった。

死んだ虫のように無様に転がる己の現状に、私は情けなさから洟《はな》を啜《すす》る。

「……お腹空いたよぉ……」

おかしい。どうして。こんなはずじゃなかったのに。

輝かしいはずの私の物語は、どうしようもなく真っ暗で、絶望的だった。

時間の感覚もなく、さりとて床の硬さで熟睡もできずうつらうつらと微睡《まどろ》んでいた私は、どうしても小便がしたくなり、そろそろとドアを開けた。

外廊下の向こうは、明るい月夜だった。耳をそばだてても人の声はせず、もう夜も日付を跨《また》ぐほどに深まっていることは明らかだった。

深夜徘徊《はいかい》は言わずもがなご法度だったが、母屋のみならず離れにも小さな便所があるのは幸いだった。ロクに掃除もされていないらしく、ハエや便所虫がうじゃうじゃ集《たか》るような有り様だったが、贅沢《ぜいたく》は言っていられない。出来るだけ音を立てないように素早く用を足し、手も洗わず説教部屋に引き返す。一刻も早く寝て空腹を誤魔化さないと、廊下で倒れてしまいそうだった。

その帰り際でのことだった。視界の端、何か大きなものが通り過ぎて行ったのは。外廊下で、しかも月の夜だったから、外の様子がよく分かる。顔を向けると、一人の子供がまるでコソ泥のように身を縮め、裏口の方にそそくさと早歩きしていく姿が見えた。

視線に気付いたのか、その子と私の目が合った。私より年少の、しかしふくよかな体形の男の子だった。彼の顔が驚きに、続いて泣きそうに歪《ゆが》む。長引く疎開と粗食生活に耐え兼ね、逃げ出すつもりなのだろう。東京に帰りたい、お父さんとお母さんに会いたい、そういう声が子供たちの中で上がっていることは当然知っていた。

多分、『逃げるなんてこの非国民め！』などと大声を上げたり、外に出てとっ捕まえたりするのが正解だったんだと思う。実際、昨日までの私ならきっとそうしていた。だけど今の私は、不思議とそんな気分になれなかった。その子を哀れに思ったのかもしれないし、襲い来る空腹でどうでもよかったのかもしれないし、先生が困る顔を想像して痛快な気分になったのかもしれない。

とにかく私は、気付かなかった振りをして顔を背け、そのまま部屋に引き返すことにした。部屋に入る前に外を見ると、もうそこに彼の姿はなかった。

私は再び、硬い床の上に膝を抱えて寝転んだが、彼の怯《おび》えた顔を思い出すとなかなか寝付けなかった。一日と経たず二度も先生の教えに背くなんて、自分でも驚きだ。先生に黙認がバレた時の仕打ちを考えると、心臓がドクドクと鼓動を打った。

結局その子は、翌日に一人で列車に乗ろうとしたところを見付かって、あっさり連れ戻されてしまった。みんなの前でこっぴどく叱られた挙句、私と入れ替わるような形で説教部屋に閉じ込められた彼を、私も哀れに思わなかったわけではないけれど。

堅物な先生や女将《おかみ》さんたちが狼狽《うろた》えたり、子供たちが総出で彼の捜索に勤《いそ》しんだりした非日常感は、私にとって貴重な退屈凌《しの》ぎになってくれた。

返す返すも散々な干し柿事件だったが、それから地元の悪ガキ共が冷やかしに来ることがなくなったのは数少ない戦果だった。

子供というのは逞《たくま》しいもので、秋も深まる頃には食べられる木の実の知識を身に付けたり、食べ物を分けてくれる農家の情報を交換したり、サワガニや皮を剝《は》いだ蛇肉を勤労奉仕のご褒美（牛乳や果物など）と交換したりと、それなりに疎開生活に適応しつつあった。特に捕獲が容易なバッタやコオロギを食堂のコンロで焼くと、おやつ代わりになると分かったのは大きな収穫だった。よく焼けばエグみもさほど気にならないし、食感だけならエビっぽい。

十一月も終わりが近付いた頃、私がいつもの仲良しグループと木の実探しに出掛けていると、道端に捨てられた新聞を見付けた。日付は三日前。一面の大部分を占めるのは、敵空母撃沈の輝かしい戦果や神風特別攻撃隊を讃《たた》える社説だが、それよりも私たちは端に記された不穏な報道に目が吸い寄せられた。

「東京で空襲だって。被害は軽微ってあるけど、お母さんたち大丈夫かな……」

「おのれ鬼畜米英め、私が入隊したら木っ端微塵《みじん》にしてやるからな」

友達の一人が溜息《ためいき》を吐き、私が拳《こぶし》を握って気炎を上げると、弱気な女の子がおずおずと尋ねてきた。

「ねぇ……日本って、本当にアメリカに勝てるのかな？」

「はぁ？　負けるわけないよ、元寇《げんこう》にもロシアにも朝鮮にもシナにも勝った神の国なんだから。新聞でもラジオでもいつも『我が軍優勢』って言っているじゃないか」

私は呆《あき》れ顔で彼女を諭した。敗色濃厚の戦況でそんな喧伝《けんでん》をする奴がどこにいる。それじゃあ死を覚悟で敵艦に突っ込む特攻隊の若鷲《わかわし》たちや、こんな風に辺境の地で苦労を強いられている私たちがバカみたいじゃないか。

彼女は縮こまりながらも、尚《なお》も腑《ふ》に落ちなそうな表情をしている。

「そ、そうだよね……でも、優勢なのに何で東京が空襲されているのかな？　アメリカはどうして特攻しなくても日本と戦えているのかな？」

「それは……」

私は答えに詰まってしまった。実のところ、その疑問は私の中でもずっと燻《くすぶ》っていた。もう一人の友達も、不可解そうに首を傾げていて、助け舟は期待できそうにない。

私は頭を捻《ひね》り、澄み渡った高い秋空を指差して答えた。

「ほら、空は東西南北だけじゃなくて上下にも広いから、流石に全部を防ぐのは難しいんだろう。それにアメ公は所詮臆病《しょせんおくびょう》者だから、自分の国のために命を懸ける覚悟がないんだよ。そんな国に日本が負けるわけないじゃないか。そりゃあ戦争だから、時々は苦しくなることはあるけどさ、最後の最後は日本が勝つよ。そう決まってるんだよ、絶対に」

私の言葉を受け、彼女は複雑そうな表情で謝ってきた。

「そう……だよね。ごめんね、変なこと訊《き》いたね」

正直なところ、彼女は未《いま》だに納得していない様子ではあったが、それ以上異を唱えることはなかった。私もまた、この話は終わりだとばかりに新聞を元通り放り捨てる。紙を食べても腹が膨れないのはとっくに経験済みだ。

棒切れを手に威勢よく先陣を切る私は、しかしこれまでのように手放しに日本軍に全幅の信頼を置くことができずにいた。空は広いから完全防御は難しい、それはいい。だけどそれなら、日本もアメリカに同程度の空襲を仕掛けられて然《しか》るべきなんじゃないか？　大本営は毎日のように連合軍の軍艦撃沈を報じているけど、それ以上のニュースが一向に流れてこないのはどうしてなんだ？

特攻隊の兵隊さんのことは、心から尊敬している。御国のために文字通り命を捧《ささ》げた本物の英雄だと思っている。だけど、もし私が同じ立場だったら？　捨て身で軍艦に突撃して、もしそれが戦局に何の影響も与えなかったら？　私は自分の死を、意味あるものだと思えるだろうか？

一億玉砕。進め一億火の玉だ。

その〝玉砕する一億〟の中に〝私〟も含まれていることを、私はその時ようやく自覚したように思う。

十二月に入り本格的に冷え込む季節は、一言で言うなら地獄だった。

ただでさえ寒さが身に染みる山村という環境に加え、木の実も虫もすっかり姿を消して手に入らない。手のあかぎれとしもやけがひどくて、とても授業を受けられたものじゃない。風邪を引いても薬がなく、隔離もされないから、あっという間に子供たちみんなが感染してしまう。食事に関しては言うまでもなく、僅《わず》かばかりの青菜が沈んだ汁物と萎《しな》びたサツマイモという粗末なものが出されるだけで、風呂《ふろ》の時は誰も彼も腹にあばら骨が浮き出ていた。野良犬だってもうちょっと上等なものを食っていそうなものだ。

せめて外の虫と同じようにシラミもいなくなれば寒さに耐える甲斐《かい》があったものだが、彼らも寒さから逃れるためにこぞって温かい布団に潜り込んできたから、むしろ被害は悪化の一途を辿《たど》った。毎朝血を吸ったシラミを夥《おびただ》しい数潰《つぶ》したせいで、私たちの指は真っ赤っ赤だった。作業の傍ら、私の血を返せと何度怨嗟《えんさ》の声を吐いたか知れない。

この生活が続いていたら、或《あ》るいは本当に死者が出ていたかもしれないが、意外な転機が窮地の私たちを救ってくれた。

「話が違うじゃないかッ！」

ある日、東京から二人組の男女が面会にやって来た。干し柿事件の夜に見掛けた、脱走少年の両親だった。時節柄、一般人が遠路の切符を手に入れるのは難しく、疎開先まで親が面会に来るのは珍しいことだった。

あの夜にはあんなに丸々としていた少年は、今や面影もないほどに痩《や》せ細ってしまっていた。彼らは変わり果てた我が子を見て泣き崩れた後、壁を隔てても聞こえるほどの怒号で先生たちに詰め寄った。

「子供たちのために米や缶詰が充分支給されると聞いたから、俺たちは安心してユウタを預けたんだ！　この有り様は何だ！　一体どんな生活をさせたらこんな骨と皮だけになるんだ！」

「頭も体もシラミだらけじゃないですか！　こんな所にユウタを置いていたら死んでしまいます！　今すぐウチに連れて帰りますからね！」

「ちょ、ちょっと落ち着いてください、これは疎開生活を送る上で仕方のないことで……」

いつも私たち相手に厳しく振る舞っている先生や女将さんたちは、彼らの剣幕にタジタジだった。私たちが遠巻きに見守る中、両親は言葉通りにユウタくんを連れて旅館を飛び出し、二度と戻ってくることはなかった。

彼らの訪問がもたらした影響は大きく、その日を境に子供たちの脱走が相次いだ。捕まればお仕置きがあることは分かり切っていたものの、やはり母親の『死んでしまいます』という言葉は衝撃だったのだろう。すっかり感覚が麻痺《まひ》していたが、大人の目線から見てもこの環境は異常だったのだ。大半は一人で列車に乗ろうとして捕まったり、迷子になって村民に保護されたりしたものだが、稀《まれ》に帰ってこなかった者もいた。その後どうなったかは私の与《あずか》り知るところではないが。

先生たちとしても、流石にこのままでは管理責任を問われかねないと思ったのか、状況は少しずつ好転し始めた。玄米とはいえ茶碗《ちゃわん》一杯分の米と、副菜には何とサケ肉とシロップ漬けのみかんが給された。出所について疑問を持ちながらも、それ以上にまともな食事を摂《と》れる喜びの方が大きく、結局うやむやになってしまった。「こんなに寒いとお外で遊ぶのも難しいですからね」という建前で、電気蓄音機とレコードが大部屋に設置され、自由時間に『誰か故郷を想わざる』や『旅の夜風』なんかを聴いて過ごすことが許されるようになった。

これは随分後になって知ったことだが、先生や女将さんたちは子供のための食料を独り占めし、夜更けにこっそり食べたり横流しで小銭稼ぎしたりしていたらしい。道理で大人たちは揃いも揃って肉付きも肌ツヤも良かったわけだ。嘘か真《まこと》か、その裏取引によって旅館に疎開児の受け入れを継続してもらったという話もあるから、一概に悪行だとも断言できないけど。

ともあれ、地獄の冬は私にとって——あくまでそれまでの生活に比べればという注釈付きではあるものの——存外最悪というほどのものではなかった。ただ、私の中には釈然としない蟠《わだかま》りが残り続けていた。

今の状況は、間違いなくあの子の両親がきっかけでもたらされたものだ。先生の意見に逆らう、いわゆる非国民・逆賊的な人々によって。

先生だって人間だ、間違えることもあるだろう。だけどもし、私たちを一から導いてくれる先生の言葉に、意図的か否かを問わず間違いが含まれているとしたら。

私は一体どうすれば、その間違いに気付くことができるのだろう?

——そうやって何も自分の頭で考えようとしないところが子供だと言うんですッ!

母の言葉がこんなに強く思い出されるなんて、疎開が始まってから初めてのことだった。

昭和二十年(一九四五年)三月、私たち六年生は卒業および中学校進学のため、東京に一時帰宅することになった。

帰宅が決まった時の子供たちの喜びようと言ったら、みんなの歓声でボロ旅館が崩れてしまうんじゃないかと気を揉《も》んだほどだ。かく言う私もその時は母との確執を忘れ、大いに熱狂した。もうこんな無い無い尽くしの疎開生活はうんざりだった。六年生を羨《うらや》み、自分も帰ると強硬に主張した子供の数は足の指を合わせても足りない。兄弟姉妹がいる子供は、戻ったらお菓子やオモチャをたんまり持ってくると約束した。無論、二度と来るもんかと陰で悪態を吐いた例は枚挙に暇《いとま》が無いが。列車が発《た》ってからも子供たちは半年以上お世話になった疎開地に見向きもせず、一様にそわそわと立ったり座ったりを繰り返し、先生も途中から半ば注意を諦《あきら》めていた。

煤《すす》っぽい蒸気機関車から近代的な電車に乗り換え、東京都区に滑り込んだ瞬間、示し合わせるまでもなく子供たちの万歳三唱が一斉に響き渡った。彼らの親たちもまた、浅草駅で到着を今か今かと待ちわびており、車両を飛び出した我が子と抱き合って喜び合った。

親子たちの間をすり抜け、私はさっさと改札を目指す。住み慣れた町に戻ってきた嬉《うれ》しさはあるものの、親子関係が冷え切っている私にとって、その光景は見ていてあまり気分のいいものではない。

しかし、改札の出口で待ち構えていた着物姿の女性に、私は足を止めた。

頭の後ろでカッチリとひっ詰められた髪、両手を体の前で揃える佇《たたず》まいは模範的な日本女性のそれだが、その眼差《まなざ》しは獲物を見定める猛禽類《もうきんるい》のように鋭い。おしとやかとは言い難い雰囲気に周囲の人々が恐れたのか、人でごった返す駅舎にありながら、彼女の周りには不自然な空間ができている。

その空間の端で立ち止まり、私は目を合わせることなく母に言った。

「……来てたんだ」

「まずは『ただいま』でしょう、疎開で挨拶《あいさつ》までお忘れですか」

母は私の頭を軽く小突き、値踏みするように私の全身を眺める。

「……痩せましたね。まぁ、死んでいないなら上出来でしょう」

そう言うと、間髪を容《い》れずに駅の外に向かって歩き出す。私もまた横に並んで歩きながら、母に尋ねる。

「空襲、大丈夫だった？　ハナは平気？」

「幸いなことにウチは何ともありませんよ。ハナもお父さんも無事。それもいつまで続くかという感じですけどね」

家族の無事は吉報であるものの、母の口調は決して楽観的なものではなく、不安は消えない。

「なあ、母ちゃん、日本は本当に……」

戦争に勝てるのかな、と言い掛け、私は口を閉ざした。疎開生活で精神的に大分磨耗していたが、それでも母にだけは弱気な部分を見せたくなかった。第一、そんなことを母に訊《き》いたところで仕方ない。

だが、母は私が言わんとしたことを察したようだ。横目で私を見下ろし、鼻を鳴らす。

「いいですか、タヱ。あんたが負けず嫌いなのも、軍人に憧《あこが》れるのも、もう私はとやかく言いません。ですけどね、形だけの勝ち負けに囚《とら》われることはお止《よ》しよ」

母にしては珍しい、希《こいねが》うような言葉だった。

私は母を見上げて目を瞬《しばたた》く。何となく、母の体が疎開前より大きく見えた。

「形だけの勝ち負けって？　大東亜戦争のこと？」

「何事も同じですよ。喧嘩《けんか》に勝ってその瞬間だけスカッとしたって、それで刑務所送りになったり、人様の信用を失ったりしたら意味がない。戦争に勝ったって、費やした以上のお金が回収できなければ国の財政は火の車です。負けて損するなんてのは珍しくもありませんけどね、さっさと負けを認めないせいで余計に大負けしたり、勝ったのに何の得もしなかったりってことも、世の中にはごまんとあるんです。本当に重要なのは、目先の勝ち負けではなくそこから先、自分と大切な人が幸せになるために何ができるかなんですよ」

何となく分かるような、でもやっぱり分からないような、複雑な感覚だ。干し柿事件は確かに当て嵌《は》まるかもしれないが、日本が戦争に負けて幸せになる未来はまるで想像できない。アメリカに占領されれば天皇陛下は殺されて、日本人が奴隷同然に扱われるのだから、死力を尽くして戦うのは当然のことじゃないか。

「じゃあ、私はどうすればいいの？　日本が戦争に負ければ空襲は無くなるの？」

「だから私はいつも口を酸っぱくして勉強しなさいと言っているんです。あんたが毎日大変な思いをして学校に通っているのは、そういうことを考える頭を作るためなんですよ。そうやって何でもかんでも『教えてください』って甘えているようじゃ、いつまで経っても大人になんかなれないんですからね」

私が質問すると、母は早口で答えた。すっかりいつも通りの素っ気ない口調だ。母の言うことはやはりよく分からなかったけど、分からないなりに考えながら歩いたお陰で空腹は紛れてくれた。

見慣れた家の前ではハナが待っていてくれて、私は内心でホッと胸を撫《な》で下ろした。無事と聞いていても心配なものは心配だ。

「姉ちゃん、お帰りー！」

「ハナー！　元気だったかー⁉」

私は駆け寄るハナを抱き締め、くしゃりと破顔した。

ひとしきり再会を喜び合った後、私はハナに引っ張られて台所に赴いた。

指差されるままに釜《かま》の中を覗《のぞ》き込み、私は息を呑《の》んだ。山梨で見た新雪みたいに純白の生米が、釜いっぱいに敷き詰められている。夢のような光景、いや実際に空腹が見せた幻覚かと疑ったほどだ。

何度も目を擦《こす》ってみたが、やはり見間違いじゃない。

「ぎ、銀シャリ……こんなにいっぱい……？」

「私は玄米で充分だと言いましたけどね。ハナが少しずつ溜《た》めて、あんたのために一生懸命搗《つ》いてくれたんですよ。ちゃんと感謝して食べなさい」

玄米を手作業で白米にするのは根気のいる作業だ。味は格段に良くなるけど、一人分を搗き終えるまで集中しても二時間くらい掛かるから、精米せずに食べることの方が多い。国としても栄養価の高い玄米食を推奨している。

何でもよかった。玄米どころか混ぜ飯でもすいとんでも粟《あわ》でも稗《ひえ》でも芋でも、とにかく腹を下さないものをしこたま食べられるならそれでよかった。それがまさか、こんな美しい銀シャリにお出迎えしてもらえるなんて、夢にも思わなかった。

私は感極まり、両腕を広げて再びハナを抱き寄せた。

「ハナー！　あんたは本当に最高の妹だよぉー！」

「姉ちゃん、痛いよう……」

抗議の声もそっちのけで、私はハナに頰擦りする。

私が全身で感謝を示し終えると、ハナは無邪気なワクワク顔で尋ねてきた。

「山梨の生活、どうだった？」

「そりゃあもう、ひどいもんだったさ。こっちに帰って来られて本当によかっ……」

苦い顔で言い掛け、私は我に返って母の方を見た。

母が『それ見たことか』と言わんばかりのしたり顔をしているものだから、私は癪《しゃく》に障り、ボソボソとハナに耳打ちした。

「……上で話すよ」

そのまま懐かしい自室に上がろうと階段に足を掛けた私を、母が鋭く呼び止めた。

「タヱ！」

突然の大声で私の体がビクッと跳ねた。何なんだ、まだ私は何も怒られるようなことしてないぞ。

恐々と向き直った私に、母はたった一言だけ告げた。

「おかえり」

こんな時でも、母の表情はいつもの仏頂面だったけど。

その言葉に込められた想いは、私にこの上ない安心感を与えてくれた。

「うん、ただいま」


混ぜ物なしの甘い白米を心行くまで堪能《たんのう》し、芋洗いじゃない銭湯でゆったり汗を流し、シラミのいない布団で横になる夜は、涙が出るほど幸せだった。

中学校の入学式が終わったらまた疎開をさせられるらしいが、もう二度とあんな所に戻るもんか。仮病を使ってでも中学校を辞めてでも、何がなんでも東京にしがみ付いてやる。ハナのことも絶対に連れて行かせないようにしないと。

私はどちらかと言えば寝付きがいい。しかし今夜に限っては、体はクタクタなのに私の目はやけに冴《さ》えていた。一秒でも長く、我が家に帰って来られた幸せを噛《か》み締めていたかった。

私の珍しい夜更かしは、思いがけないところで功を奏した。

暗闇と無音が支配する真夜中を、唐突にけたたましいサイレンが切り裂いた。

「なっ、何⁉」

微睡《まどろ》んでいた私は即座に跳ね起き、電気を点《つ》けた。隣で寝ていたハナが、半ば寝惚《ねぼ》けた状態で目を覚ます。

サイレンに交じり、ドタドタと階段を駆け上がる音がしたかと思うと、母が血相を変えて寝室に飛び込んできた。

「あんたたち、急ぎなさい！　逃げますよ！　空襲警報です！」

「空襲⁉　こんな真夜中に⁉」

私とハナは驚きながらも、身に染み付いた動きで枕元の防空頭巾《ずきん》を引っ掴《つか》み、階段を駆け下りる。台所の水で濡《ぬ》らした頭巾を頭に被《かぶ》ると、母は十キロもある大きな非常袋（通帳や食料や軟膏《なんこう》などの物資が入っている）を、私たちは一回り小さな非常袋を担ぎ、玄関を蹴破《けやぶ》る勢いで外に出た。

私は言葉を失った。確かに町のあちこちで火の手が上がり、人々が悲鳴を上げながら右へ左へ逃げていく。低空飛行しているのか、B29の機体はやけに大きく見え、飛行音も鼓膜が破れそうなほどに喧《やかま》しい。それも夥《おびただ》しい数だ。

「お前たち、何してる！　早く逃げろ！」

不覚にも呆然《ぼうぜん》とさせられた私たちに声を掛けてきたのは、夜勤で警察署に詰めていた父だった。家族を案じて戻ってきてくれたのだ。

駆け寄った父は東を指差し、肩で息をしながら指示した。

「西はもうダメだ！　燃えやすいものを避けて、まっすぐ東に行って川を越えろ！　今回の空襲はこれまでと桁違《けたちが》いだ！　とにかく走って、防空壕《ぼうくうごう》には絶対入るな！」

「あんたは!?」

「俺はここでやることがある！　お前ら死ぬなよ！　さあ行け！」

母の問い掛けに短く答え、返事も待たず父は西に走り去った。

父は警察官として、避難誘導と警防団の指揮を執らなければならない。分かっていても、私は父と一緒に逃げたかった。遠ざかる父の背中が、まるで死を覚悟しているかのように見えてならなかった。この大混乱だ、どうせ一人くらい逃げたって誰も気付きやしない。

だが、母は父を呼び止めようとしなかった。立ち去った父の後ろ姿から目を背け、私たちの手を引いて東に走り出した。

「いいかい、あんたたち、死んでも手ぇ離すんじゃありませんよ！」

悍《おぞ》ましい風切り音を上げて焼夷弾《しょうぃだん》が落ちてくる。爆音と共に、パッパッと花が咲くように木造家屋が燃えていく。零時過ぎだというのに、照明弾と爆炎と人々の絶叫で、まるで昼間のような大騒動だ。風が火の粉を運んで目の前をよぎるたび、私は生きた心地がしなかった。

逃げても逃げても、業火が追い掛けてくる気がしてならない。無限にこの空襲が続くような気がしてならない。私でさえそう思うのだから、ハナが音を上げたのも当然のことだった。

「母ちゃん、疲れた、ちょっと休ませて……」

「泣き言はお止《よ》し！　この生きるか死ぬかの瀬戸際で踏ん張らなきゃ、いつ踏ん張るのですか！」

それでも火事場の馬鹿力にも限界がある。ハナがもう走れないと察した母は、大通りから逸《そ》れて寺の敷地に入り込み、そこでハナを背におぶうことにした。

母の非常袋を背に担ぎ、これまで背負っていた方を肩に掛けたところで、私は寺の敷地内に公共の地下防空壕があることに気付いた。既に人でいっぱいのようだが、息子を連れた母親が、どうか中に入れてくれと必死に懇願している。願いは聞き入れられ、母親に促された息子がおっかなびっくり一歩踏み込む。

その時、私の視線に気付いたのか、男の子がこちらを振り向いた。

「あ、あの子……」

干し柿事件の夜に脱走した少年、ユウタくん。空襲の炎に照らされた彼の顔が、一瞬はっきりと私の目に映った。

声を掛けるべきか迷った。防空壕に入ってはいけない。一緒に逃げよう。しかし、彼が申し訳なさそうに目を背けたせいで、言葉は喉元《のどもと》で止まってしまった。

ハナをおぶった母は、私の手を取って有無を言わさず駆け出した。

「何してるんですか！　タエ、走りますよ！」

「う、うん！」

母に急《せ》かされ、私は反射的に足を動かした。去り際にもう一度目を遣《や》ると、防空壕の入り口は既に閉ざされていた。

走りながら私は、こんな状況にも拘《かかわ》らずムカムカした気持ちを抱えていた。何だ、あの『お前にここは渡さない』って言いたげな顔は。私はあんたを見逃してやったのに、あんたは恩知らずにもそういう態度を取るわけか。みんなより一足早く家に帰って良い思いをしていた分際で。いいさいいさ、別に私はあんたの施しを受けようなんてこれっぽっちも――

その時、橋を渡っていた私たちの背後に焼夷弾が落下し、欄干に火が付いてしまった。木造の橋は瞬く間に燃え上がり、橋桁《はしげた》が焼けたことで大きく傾く。すんでの所で渡り切ることができたものの、橋の境目を越える時に躓《つまず》いて転んでしまった。したたかに顔を打ち付け、口中に血の味が広がる。

私は立ち上がる暇も惜しみ、這《は》うようにして橋から距離を置く。橋を渡り切れなかった人々が火に飲まれ、燃え崩れる橋と共に荒川《あらかわ》に飲まれていく。

その視線の先、煌々《こうこう》と燃え上がる下町を、私は不覚にも『美しい』と思ってしまった。

――現代3――

　おばあちゃんは亡くなる半年前に、サービス付き高齢者向け住宅への入居を決めていた。たまにお父さんたちと顔を合わせる限りでは元気に見えたけど、おばあちゃんなりに死期を悟っていたのかもしれない。

　正直に言うと、おばあちゃんのお葬式の日のことを、既に私は忘れかけている。お葬式の流れも、葬儀場で振る舞われた精進料理の献立も、今となっては正確に思い出すことができずにいる。あんなに大好きだったのに、これじゃあ恩知らずなんて言われるのも当然なのかもしれない。

　ただ、死に化粧を施されたおばあちゃんが、今にも目を覚ましそうなほど綺麗《きれい》だったのは覚えている。親族一同で遺体を棺《ひつぎ》に納める時も、眠りこけたおばあちゃんをみんなでベッドに運ぶような心持ちで、意外と重い体をうっかり落とさないよう細心の注意を払っていた。棺の蓋《ふた》が閉じられる段になって、私はようやくおばあちゃんとはもう二度と会えないんだということを実感した。

　火葬場でおばあちゃんをお見送りする時、お母さんは啜《すす》り泣いていた。悲しい気持ちは私も同じだったけど、私は泣かなかった。『サナちゃんはいつも笑顔でいなさいね』というおばあちゃんの教えを破ったら、それこそ死んだおばあちゃんを心配させると思ったから。火葬後のお骨上げは、二年前のおじいちゃんの時と合わせて二回目だったけど、あの独特の熱気は何度経験しても慣れないと思う。

それで、全部終わって家に帰る時、車の中で何かあった気がするんだけど……あれは結局何だったんだっけ？


昨晩は重めの咳《せき》と熱が出てしまい、なかなか寝付けなかった。

短い時間とはいえ、やはり体を冷やしたのは良くなかったようだ。できる限り喉《のど》を潤し、ありったけの毛布と服を取り出してミノムシのように包《くる》まる。

未明頃になってようやく微睡み始め、目を覚ましたのは十四時過ぎだった。すっかり昼夜逆転生活になってしまったが、明日《あした》は食料配送が来るから早々に直さなければ。

ラインで保健所に体調報告をしたり、スマホでぼーっと動画を見たりしながら迎えた、十九時十五分。

スマホを手にその時を待っていた私は、スマホが震えるや流れるような動きで応答した。

「こんばんは、おばあちゃん」

「ええ、こんばんは。サナちゃん、体は平気？」

「うん、昨日の夜はちょっと寝不足気味だったけど、昼過ぎまで寝てたお陰で今は平気。喉がいがらっぽいから時々咳《せき》込んじゃうかもしれないけど」

「そう、あんまり無理はしないでね」

おばあちゃんは優しく言ってくれたが、私は体に鞭《むち》打ってでもおばあちゃんと話すつもりでいた。この穏やかな時間だけは、コロナの症状もつらい現実も忘れさせてくれたから。

おばあちゃん側の体調についても、それとなく二、三のやり取りをした後——早期治療で一年後の死を避けられないか期待してのことだ——おばあちゃんは昨日の会話の詳細について尋ねてきた。

「サナちゃん、お母さんと喧嘩《けんか》しちゃったんだってねぇ。あんなに仲良しだったのに、何があったの？」

おばあちゃんの気遣いが痛み入り、私は重い口を動かす。

「それは、おばあちゃんのめい……」

「めい？」

「べ、米寿にね！　米寿祝いのために実家に帰る予定だったんだけど、前に言ったコロナに罹《かか》ったせいで帰れなくなっちゃってさ」

不覚にも『命日』と言いかけ、私は咄嗟《とっさ》に方向転換した。年齢計算する暇なかったけど整合性取れてるかな……？

幸いなことにおばあちゃんは突っ込んでこなかったので、私はそのまま素知らぬ顔で話を続ける。

「それでお母さんに『散々お世話になったおばあちゃんのために帰って来られないなんて、この恩知らず』みたいな言い方されて、私の方もカッとなって言い返して。私は誰よりもおばあちゃんが大好きなのに何でそんな言い方するの、もう二度と帰らないからって……」

言いながら悲しくなってしまう。どうしてこうなってしまったんだろう。おばあちゃんに対する想いは、私もお母さんも変わらないはずなのに。

指先が痺《しび》れるような孤独感に、私はスマホを強く握り締める。

「でも、育ててくれたお母さんにそんなこと言うなんて、ひどい親不孝者だよね。私、もう実家から絶縁されちゃうかも……」

「あっはっは！　そんなの私に比べたらちっともよ、ちぃーっとも！」

今にも私の心を圧《お》し潰《つぶ》そうとしていた不安は、おばあちゃんの大笑いでどこかに吹っ飛んで行ってしまった。

予想だにしなかったそのリアクションに、私は目を白黒させてしまう。

「ち、ちっともって……？」

ひとしきり笑って落ち着いたおばあちゃんは、抑揚たっぷりに断言した。

「ちっとも気にしなくていいってこと。私ねぇ、恥ずかしい話だけど、母親との折り合いが悪くって悪くって、それはそれは口喧嘩《くちげんか》どころの騒ぎなんかじゃなかったわ。取っ組み合いなんてしょっちゅうだったし、最後は家も飛び出しちゃったくらいよ」

「そ、そうだったんだ……」

衝撃の告白だった。いつも笑顔で私を出迎えてくれたおばあちゃんに、そんな過去があったなんて。

言葉を失う私に、おばあちゃんは穏やかに語り掛けてくる。

「親も先生も人間だからね、気持ちとか目先の損得に流されて間違えちゃうこともあるし、正しいからって必ずしも言いなりになることはないのよ。だから、サナちゃんが本当に大切なものを守るためにお母さんに言い返したなら、謝らなくていいと思う。心にもないことを口にすると、それはサナちゃん自身を傷付けちゃうことになるからね」

おばあちゃんの言葉は、単なる私への気休めではなく、長年の人生経験に裏打ちされた含蓄があるように感じられた。

静かに耳を傾ける私に、おばあちゃんは更に滔々《とうとう》と続ける。

「でもね、間違えることがあるってのは、サナちゃんにとっても同じ。お母さんに怒る気持ちはよーく分かるけど、だからってお母さんの何もかもが悪くなるわけじゃないし、やたらめったら悪口を言うのは良くないことよ。だからもし『死ねー!』とか『このクソババアー!』とか、そういうことを言っちゃったなら、それは反省しなくちゃね」

「……うん」

相槌《あいづち》を打ちながらも、私はお母さんとの確執も忘れ、すっかり別のことに気を取られていた。

随分自然な流れで出てきたけど……おばあちゃん、自分のお母さんに『死ね』とか『クソババア』とか言ったことがあるってこと？　えっ、あの虫も殺さないような優しいおばあちゃんが？

これまでの認識が崩れていくような奇妙な感覚に見舞われた私だったが、電話口から聞こえる声の馴染《なじ》み深さは変わらない。

「とにかく、もう一度きっちり話してみたらいいんじゃないかしら？　私がこんなこと言うのも変かもしれないけど、サナちゃんと香苗《かなえ》さんは、ちょっとすれ違っちゃっただけだと思うのよ。サナちゃんの方から言いにくいって気持ちは分かるけど、多分それは香苗さんも同じだから、一度話しちゃえばきっと悪いようにはならないはずだわ」

「そっか……そうだよね」

お母さんは私とソリが合わないことはあっても理不尽な人ではない。私の言い方に落ち度があったのも事実だし、順序立てて話をすればきっと納得してくれるはずだ。

活路が見えてひとまず安堵《あんど》する私に、おばあちゃんはしみじみと呟《つぶや》く。

「でも、そう……香苗さんがねぇ。もちろん喧嘩はよくないけど、二人が私のためにそんな風に言ってくれるなんて、何だか嬉《うれ》しくなっちゃうわ。うふふ」

「おばあちゃんとお母さんって、姑《しゅうとめ》と嫁の関係なのにすごく仲が良いよね。そういうの珍しいけど」

私は生まれた時から二人の仲の良さを目の当たりにしていたから、世間一般の『嫁姑の九割は仲が悪い』という言説を知った時は耳を疑ったものだ。ウチのおばあちゃんとお母さんもひょっとして実は……と勘繰ったこともあったけど、結局は杞憂《きゆう》だったわけだし。

「香苗さんは良い人だからねぇ。私や秀太《しゅうた》には勿体《もったい》ないくらいのお嫁さんよ。まるで本当の娘のよう……いえ、それ以上ね」

やはり慕っているのはおばあちゃん側も同じようだ。今度お母さんにおばあちゃんとの思い出を訊《き》いてみてもいいかもしれない。

しかしだからこそ、おばあちゃんが実の母親と激しく仲違《なかたが》いしていたという事実にますます驚かされるわけだけど。

「おばあちゃんのお母さんって、どんな人だったの？」

「それはもう、頑固者も頑固者よ。何でも自分の思い通りに事を進めたがる人で、食事のマナーとかにも口うるさいったらありゃしなかったわ。私は私で我の強い性格だったから水と油で、喧嘩の時は妹が泣き出したり、部屋に閉じこもったりしてね」

聞けば聞くほど謎は深まる……逆にお父さんとお母さんが結婚して、私が生まれるまでの間に一体何があったの？

私がしきりに首を傾げていると、おばあちゃんは回顧するように深く息を吐いた。

「でもねぇ……そんな親子だったけど、何だかんだで最後は手紙を出し合ったり、お盆に顔を出したりするくらいの関係にはなれたのよねぇ。自分でも不思議だけど、やっぱり家族ってのは特別なんだろうねぇ。善いことばかりじゃないけれど、ね」

おばあちゃんの口振りには、実の母を慮《おもんぱか》る気持ちが確かに含まれていて、私は安心した。曾《ひい》おばあちゃんの顔は知らないけれど、人と人が反目し合ったままというのは、やっぱり気分のいいものではない。

すっかり温まった私の心に、おばあちゃんの優しくも力強い言葉が差し込まれる。

「だから大丈夫。私ですらそうだったんだもの。サナちゃんと香苗さんなら、すぐに仲直りできるわよ」

太鼓判を捺《お》してもらった私は、電話であるにも拘《かかわ》らず大きく頷《うなず》いて答えた。

「ありがとう。私、もう一回話し合ってみる」

私は電話の設定画面を開き、お母さんの着信拒否を解除すると、発信ボタンに指を伸ばした。

着拒したこと、怒っているだろうか。そもそも私になんて、もう連絡すらしていないだろうか。電話をかけたら、また心無い言葉を掛けられてしまうのだろうか。悪い想像をし始めるとキリがないし、気が滅入《めい》る。

でも……ここで動かなかったら、背中を押してくれたおばあちゃんに顔向けできない。

どうせこれ以上関係は悪くなりようがないんだ、どうにでもなれ。破れかぶれな気持ちで発信ボタンをタップすると、五回目のコールで電話が繋《つな》がった。

「もしもし、お母さん？」

「紗菜、コロナは大丈夫なの？」

上擦った声で挨拶《あいさつ》すると、お母さんは予想に反し、真っ先に私を気遣う言葉を掛けてくれた。

声の気配にも怒っている様子はなく、私はちょっとだけ安堵する。

「うん、それは今のところ平気。それよりも話しておきたいことがあって」

私は深く息を吸ってから、意を決してお母さんに謝罪した。

「この前は、ごめん。おばあちゃんのことを持ち出されて、ついカッとなっちゃって。熱くなって言い返しちゃったことは、悪いことだって思ってる」

一拍置いたが、お母さんから相槌や返事はない。

私は思うままの言葉で、お母さんに語り掛け続ける。

「でも、これだけは分かってほしいの。私はおばあちゃんのことを嫌いになったり、恩を忘れたりすることは絶対にしない。コロナに罹《かか》って帰れなくなったのは、私にとっても本当につらいことなんだよ。その気持ちを踏みにじられたことは、私にとってもすごくつらいことで、だから」

「うん、そうだよね。分かってる。謝らなきゃいけないのは私の方。本当にごめんなさい」

やがて洟《はな》を啜《すす》る音と共に、お母さんは潤んだ声でそう言った。泣いていたせいですぐに返事ができなかったようだ。

ややあって、お母さんは私に問い掛けてきた。

「ねぇ、紗菜。覚えてる？　おばあちゃんのお葬式の日、私があなたに言ったこと」

「うん？　えぇと……ごめん、何だっけ」

すぐに思い出せず訊き返すと、お母さんは申し訳なさそうに続ける。

「あの日、私はおばあちゃんをお見送りする時、どうしても我慢できなくて泣いちゃったけど、紗菜は火葬が終わっても泣かなかった。それで私、家に帰る車の中でつい言っちゃったのよ。『おばあちゃんが死んだのに、紗菜はどうして平気なの？　悲しくないの？』って。そしたら紗菜、『悲しくないわけないでしょ！　何でそんなひどいこと言うの！』って、泣いて怒ったのよね。それから何日も口を利いてくれなくて……」

「あぁ、そういえば……」

そんな一幕もあった気がする。考えてみれば、実家の居心地が悪く感じられるようになったのもそれからだったか。理由を深く意識したことはほとんどなかった。

思うことはお母さんも同じだったようだ。

「今思えば、進学の時に紗菜がやたらと上京にこだわったのも、あの日のアレがきっかけだったと思うのよね。あんな喧嘩《けんか》しちゃったんだから当然よね」

「まぁ、それが理由の全てじゃないし、もう気に病まなくていいよ」

「体に気を付けて、何か必要なものがあるならすぐに連絡しなさいね。……あ、お父さんが替わってほしいって。スピーカーにするわね」

スマホを置く音に次いで、お父さんの声が流れてきた。

「もしもし、紗菜か」

「お父さん、どうかしたの？」

お父さんが私と電話で話したがるなんて珍しい。コロナ感染を心配してくれているのだろうか。

「いや、済まん。あの日の話をしていると聞いて、どうしても一つ言っておきたいことがあってな」

お父さんは咳払《せきばら》いを一つしてから、神妙な口調で切り出した。

「悪かった。あの日、俺も母さんが言い過ぎだと思っていたけど、最後まで間に入れなかったんだ。ただでさえ落ち込んだ空気だったから、俺が口出しをして余計に雰囲気を悪くしたら良くないなって――」

お父さんの言葉が、不自然な位置で切れた。首を横に振ったことが、受話口の気配だけで伝わってくる。

「いや、違う。俺は怖かったんだ。二人の間に割り込んで、上手《うま》く仲裁するだけの勇気が出なかったんだ。そのせいで紗菜に苦しい思いをさせたこと、本当に済まなかったと思っている」

あまりにも恐縮し切った様子でそう言われたものだから、私はこんな状況にも拘らず可笑《おか》しく思えてしまった。

お父さんを安心させるべく、私は明るい調子で応じる。

「大袈裟《おおげさ》だよ。お父さんだってつらかったでしょ、自分のお母さんが死んじゃったわけだし。その二年前におじいちゃんのお葬式をしたばっかりだったのに、お父さんはよくやったと思うよ」

「そう、まさにそれが俺の言いたいところでな」

お父さんは力強く相槌《あいづち》を打ち、話を続ける。

「あの日、お前が取り乱さずに冷静で居てくれたこと、俺はずっと感謝していたんだ。娘が気丈に振る舞っているのに、父親の俺が落ち込んでいるわけにはいかないって自分を奮い立たせることができた」

思いがけない告白に私が言葉を失っていると、お父さんは慈愛に満ちた優しい声で言った。

「随分遅くなったけど、紗菜、あの時は本当にありがとうな」

「……うん」

目頭が熱くなり、私はそれだけ答えるのが精一杯だった。

嬉《うれ》しかった。何の価値もないと思っていた自分にも、誰かの救いになるような行動ができていたという事実が。

スマホの向こうで、お母さんが当時を懐かしむようにしみじみと呟《つぶや》く。

「でも紗菜、本当に偉かったわよね。中学生なのにしっかりしてて」

「おばあちゃんのお陰だよ。いつも『サナちゃんはいつも笑顔でいなさいね』って言われてたから、泣いて見送ったらおばあちゃんが悲しむと思って」

「そうだったのね。それなのに私、すごく無神経なことを……」

「だからそれはもういいって。ともかく、二人ともコロナに気を付けてよ。オミクロンは感染しやすいって話なんだし」

「紗菜もな。重症化したら、すぐに救急車を呼ぶんだぞ」

それからお互いに軽い近況報告を済ませ、私は通話を切る。掛ける前とは比べ物にならないくらい、私の心は満たされていた。

——明日《あした》になったら、おばあちゃんにお礼を言わなきゃな。

病の身にも拘らず、ベッドに横になる私は、ここ数年で最も安らかな気持ちだった。

――追憶3――

昭和二十年（一九四五年）三月十日未明、約三百機に及ぶB29が深夜の東京上空を低空飛行し、下町にM69焼夷弾《しょういだん》を投下した。

ナパーム《ジェル状ガソリン》を詰め込んだ三十八発のM69を束ねて巨大な集束焼夷弾とし、投下数秒でバンドが解けて広範囲にM69がばら撒《ま》かれる。着弾と同時にTNT爆薬が起爆し、撒き散らされたナパームが発火、一瞬にして三十メートル四方が火の海に変わる。ユタ州のダグウェイ実験場に日本の木造家屋を再現することで実験・開発され、その効果は実戦においても十全すぎるほどに発揮された。

B29一機につき千五百二十発のM69焼夷弾（集束焼夷弾四十発分）が搭載され、約二時間半で三十二万発ものM69が東京に投下された。燃焼力と粘着性の高いナパームは一度火が付くと消火は困難で、また北西からの強風が災いしたこともあり火の手は凄《すさ》まじい勢いで広がり、延焼を食い止めるべく残った者は次々と業火の餌食《えじき》になった。

たった一晩にして、本所・深川《ふかがわ》・浅草を中心に東京の下町はほぼ完全な焦土と化し、十万人もの住民の命が奪われた。焼死だけではなく、狭い橋上での押し合いへし合いの末、或《ある》いは体に付いた火を消そうとして川に転落し、三月上旬の冷水に体温を奪われて凍死や溺《でき》死《し》した者もおり、夜が明けると荒川や隅田川の水面には大量の水死体が浮かんでいた。

都内の国民学校の六年生が卒業のため、ちょうど疎開先から続々と帰ってきたタイミングだったのも最悪に拍車を掛けた。懐かしい我が家で仲睦《なかむつ》まじく夕餉《ゆうげ》を囲み、それが今生の別れとなった者が大勢いた。帰る家も通う学校もほぼ壊滅状態だったため、言わずもがな卒業式や入学式を開けるような状況ではなかった。

熾《し》烈《れつ》を極めたその空襲は、後に『東京大空襲』と呼称されるようになる。

荒川を越えて更に東に進むと空襲は幾分か落ち着き、私たちは公園の木を囲んで一夜を明かすことにした。公園には私たちと同じように下町から逃げてきた人たちが大勢おり、子供や赤ん坊がひどく泣き喚《わめ》くものだから、とてもおちおちと休めたものではなかった。もっとも仮に静まり返っていたところで、いつ焼夷弾が落ちてくるか分からない状況下で熟睡できたかは定かではないが。

朝になり、非常袋の乾パンと水、そして塩を舐《な》めるだけの粗末な朝食を摂《と》ると、私たちは本所区に引き返した。当然ながらハナは嫌がったが、自宅と父の安否を確かめないわけにはいかなかったし、神奈川に住む父の兄を頼るためには、いずれにせよ下町を突っ切る他なかった。

荒川を越えるべく焼け落ちた橋を迂回《うかい》していると、水面に浮かぶ水死体とそれを舟で引き上げる人々が嫌でも目に付き、私は無理やり視線を背けた。紙一重で私がああなっていた可能性もあったのだと思うと、今歩いている自分がまるで別人であるかのように思えた。

そして、荒川の向こうはもはや昨日とは別世界だった。

視界を遮るものが何もない、だだっ広い更地が広がっている。あんなに密集していた木造家屋は悉く《ことごと》瓦礫《がれき》と化し、残っている物はコンクリート造りの役所や郵便局程度で、それもガラスが全て割れて廃墟《はいきょ》の様相を呈していた。ぽつぽつと立つ電柱が、まるで趣味の悪い墓標のようで怖気《おぞけ》が走る。

冷え込む春の朝方なのに、地面から立ち上る熱気は汗が滲《にじ》むほどで、焦げ臭くて呼吸すらおちおちできたものじゃない。そこかしこに転がっている焼死体は、肉が焦げた死人というより、もはや黒いマネキン人形とでも表現すべき悍《おぞ》ましいモノだった。

私たちは無言だった。母も私もハナも、自宅や父の安否について一言も話そうとしなかった。こんな有り様を見せ付けられて尚《なお》、『ウチはきっと大丈夫だよね』『父ちゃんはきっと生きてるよね』なんて無邪気に話せるほど、私たちは呑気《のんき》ではなかった。

「私たち、これからどうなるんだろう」

「どうもこうもあるものですか、なるようになるだけですよ」

沈黙に耐え兼ねた私が独り言ちた《ご》が、母のその答えが全てだった。

と、そこで隣を歩いていたハナが何かを蹴《け》っ飛ばし、それを追い掛けて拾い上げた。しげしげとそれを眺めた後、私に差し出してくる。

「姉ちゃん、これ、何？」

受け取ると妙に重量感がある。何だろう、でもどこかで見たことあるような……と首を傾げていた私は、直後に総毛立った。

それは五銭硬貨だった。ただし、複数枚の硬貨が溶けてくっ付いて一つの金属塊を成しており、どこまでが一枚分なのか、そもそも何枚くっ付いているのかすら判然としない。既にお金としての役割を果たせないことは考えるまでもなかった。

途端、私の指も同じようにくっ付いてしまうような錯覚に見舞われ、私は恐怖心から〝硬貨だったもの〟を放り捨てた。

「あーっ、何で捨てちゃったのさ……」

ハナの抗議の声も聞こえない。金属すらこんな風に容易《たやす》く捻《ね》じ曲げてしまう焼夷弾が、一歩間違えれば私に直撃していたかもしれないなんて――

私たちの隣を、憔悴《しょうすい》し切った男性が通り過ぎたのは、そんな折のことだった。

「ユウタ、チヨ……どこに行ったんだぁ……ごめんなぁ、ユウタ、俺が無理やり東京に呼び戻したばっかりに……」

譫言《うわごと》のように繰り返される『ユウタ』という名前に私の脚が竦《すく》んだ。私は母とハナの制止も聞かず、記憶を頼りにあの寺に向かう。

結果は推して知るべしだった。木造の寺が跡形もなく焼け崩れていたのは当然のこと、煙が燻《くすぶ》る防空壕《ぼうくうごう》もまた入り口が焼け落ちていて、黒々とした塊が遠目に窺《うかが》えた。焦げた肉の異臭が、否《いや》が応でもその正体を私に突き付けてくる。

「うっ……」

私は体を折り、その場で激しくえずいた。あの時は『どうにでもなれ』と腹を立てていたけど、見知った少年が炎に焼かれて黒焦げになる様は、想像するだけで途轍《とてつ》もない胸焼けを起こすものだった。しかも彼は、ある意味で私が見殺しにしたも同然なのだ。たった一言でよかった。それだけで救えたかもしれない命だった。それを私が一時の感情で握り潰《つぶ》したばっかりに、ユウタくんはこんな無惨な末路を迎えてしまった。暗い防空壕で死を悟ったユウタくんは一体何を思っただろう。蒸し焼きにされて、息ができなくなって皮膚が爛《ただ》れて、あの硬貨のように隣の人と体が溶けてくっ付いて――

「姉ちゃん、大丈夫？」

そこで私はようやくハナに背中を摩《さす》られていることに気付いた。

せっかく食べた乾パンを戻してしまった。私は口元を拭《ぬぐ》い、ハナに礼を言う。

「ごめん、もう大丈夫だから……」

「吐きたいなら思いっきり吐きなさい。こんな有り様では、どうせ誰も咎《とが》めやしません」

私の嘔吐《おうと》物に足で無造作に砂を掛けると、母は私の額に指を突き付けて言った。

「その代わり、吐く度にその身に刻みなさい。これが戦争するということなんですよ」

小刻みに震える私は、小さく頷《うなず》くのが精一杯だった。

苦心して辿《たど》り着いた自宅は、例に漏れず全壊状態だった。母の嫁入り道具の桐箪笥《たんす》も、一家団欒《だんらん》したちゃぶ台も、私とハナのオモチャを入れていた道具箱も、なけなしの砂糖や味噌《みそ》が入った壺《つぼ》も、屋根や梁《はり》と混ざってグチャグチャになっている。

台無しになった我が家を見ても、母は至って冷静だった。腰に手を当てて鼻を鳴らすと、粛々と指示を出してくる。

「私は警察署に行って、お父さんについて訊《き》いてきます。あんたたちはここで待って、使えそうなものがあったら集めておきなさい」

こんな時に何だが、瓦礫の中からいろいろ引っ張り出す作業は存外楽しいものだった。鍋《なべ》や包丁やブリキのバケツなど、燃えないものは意外とそのまま残っていて、さながら宝探しのようだった。お気に入りのお茶碗《ちゃわん》が奇跡的に無傷で発掘された時は、私もハナも現状を忘れて笑い合った。

ただ、それも母が戻ってくるまでの、束の間の楽しさだった。

父が空襲対応中に焼死したことを知らされ、私とハナは抱き合って泣き崩れた。

家と父を失った私たちは、緊急避難先である神奈川の父方の伯父《おじ》を頼ることになった。下町の線路は使い物にならなかったから、更に日本橋《にほんばし》辺りまで歩く羽目になった。昨晩から走り通しの歩き通しで、やっとの思いで電車に乗り込んだ私とハナは、安心してぐっすり眠りこけてしまった。

伯父の家がある横須賀《よこすか》に辿り着いた時は、すっかり日が傾いてしまっていた。煤《すす》と土煙で汚れた家族三人を見た伯母《おば》さんは、口元を手で押さえ、家に招き入れてくれた。

「まあまあ、大変だったわねぇ、狭いけどゆっくりしていってちょうだいね」

伯父さんの家の暮らしは、それなりに快適なものだった。薪も手に入らず銭湯通いだった実家と異なり、二、三日に一度とはいえお風呂《ふろ》に入ることができ、大きな軍港ゆえか食事や物資も東京の下町より豊かだった。海軍で働いていた伯父さんも、弟の死を心から悼み、「困ったときはお互い様だからな」と言ってくれた。私たちは納屋の四畳半に三人で雑魚《ざこ》寝《ね》し、一生懸命お手伝いや仕事に邁進《まいしん》した。伯母さんは「ウチの子と違ってよく働いてくれて助かるわぁ」なんて言ってくれたし、いとこの兄妹《きょうだい》も最初のうちは物珍しがって仲良く遊んでくれた。

ただ、東京大空襲からアメリカ軍の空襲は激しさを増し、それは海軍の要衝である横須賀も例外ではなかった。七月十八日の横須賀空襲により、繋留《けいりゅう》中の戦艦長門《ながと》は大打撃を受け、乗組員だった伯父さんも巻き添えになって死亡してしまった。

仏壇の前で悲嘆に暮れる伯母さんに、どうにか寄り添おうと母が切り出した言葉が仇《あだ》となった。

「……タツヒコさんのこと、心よりお悔やみ申し上げます。同じ旦那《だんな》を失った者として、キミコさんのお気持ちは痛いほど――」

って、伯母さんの顔は、今や面影を感じないほどに歪《ゆが》んでしまっている。

当初はあんなに穏やかだった伯母さんの顔は、今や面影を感じないほどに歪んでしまっている。倒れた母に馬乗りになり、伯母さんは容赦なく手を上げ続けた。

「あんたに何が分かるってのよ！　旦那が警察官だったあんたに、娘しかいないあんたなんかに、私の気持ちが分かって堪《たま》るものですかッ！　タツヒコさんも、予科練生のツヨシも、中学生のサトルも、みんな命懸けなのよ！　いつだって死と隣り合わせで生きているのよ！　あんたのとこみたいなお気楽な女所帯と一緒にしないでよ！　ずるいわ、卑怯《ひきよう》だわ、不平等だわ！　この非国民め！　御国のお荷物め！」

「ごめんなさい、私が悪うございました……堪忍を、どうかご堪忍を……」

無抵抗で謝罪する母を、怒り狂う伯母さんは一顧だにせず叩《たた》きのめす。人間が豹変《ひようへん》する瞬間を目の当たりにし、私は強い恐怖を感じた。それはある意味、あの大空襲以上だった。戦争がもたらす悲しみと怒りは、親族にさえ平気で暴力を振るわせてしまうのだ。

その日を境に伯母さんの情緒は一層不安定になり、私たちに対する八つ当たりは日増しに強くなっていった。

「あんたたちなんかねぇ、もう親戚《しんせき》でも何でもないの！　それなのに我が物顔でいつまでも居座って、私たちがどんなに迷惑してると思っているのよ！　大変なのはこっちも同じなのよ！　父親と一緒に焼かれて死ねばよかったのに！　さっさと帰りなさいよ東京に！」

ほとんどが理不尽な怒りだったけど、いつも強気な母はそれに対して一度として言い返すことなく、ただ申し訳なさそうに頭を下げるばかりだった。伯父さんの子供たちも彼女に倣うように、納屋を荒らしたり水を掛けてきたりの嫌がらせをしてくるようになったけど、私もハナもじっと耐えていた。ここに残る以外、私たちが生きる術《すべ》はないのだから。

ただ、私の周りの〝当たり前〟が壊れる度、私は心臓の皮を剝《は》がれるような激痛に襲われて。

その痛みに慣れることだけは、終《つい》ぞできなかった。

滑稽《こっけい》な話ではあるが、私はこの期に及んで、日本にはまだアメリカに勝てる可能性が残されていると信じていた。

根拠など何もない、強いて言うなら、ただ『戦争が今も続いている』というそれだけの理由だ。確かに東京大空襲ではひどい被害を受けた。だけど、日本はあれだけの被害を受けながらも、降参することなく戦い続けている。それはつまり勝算があるからだ。あれは私たちの知らないところで、実はアメリカに同等の損害を与えているんだ。あれはアメアメリカの最後《さいご》っ屁《ぺ》のようなもので、今に戦局は大きく変わるに違いない。

戦い続ける限りは、負けない。

そんな言葉遊びみたいな希望的観測を、恐らく私以外の多くの大人たちも持っていたから、あんな大惨事となってしまったのだ。

八月六日、広島にアメリカ軍の新型爆弾が落とされたことが報じられた。B29数機による焼夷弾《しょういだん》爆撃で、被害は調査中とのことだったが、それから間もなくアメリカ軍が日本上空から大量の伝単《ビラ》をばら撒《ま》いた。

『即刻都市より退避せよ!』という見出しが躍るその紙には、あのB29三百機の大編隊がもたらした東京大空襲に匹敵する損害を、たった一個の原子爆弾がもたらしたと書かれていた。その伝単を見た時の私の心境は、恐怖よりも非現実的な可笑《おか》しさの方が勝った。

そんなのいくら何でも有り得ない。だってそんなものがあるなら、最初っから使ってなきゃおかしいじゃないか。大量の軍用機を駆り出してちまちま機銃掃射や焼夷弾爆撃をする意味なんてないじゃないか。そんなわけない、如何《いか》にアメリカが強敵だとしても、それほどの力の差が隔たっているわけがない。私は通達に従い、拾った伝単を全て憲兵に届けた。

渡す時、憲兵の顔が妙に強張《こわば》っていたように見えたのは、気のせいだと思うことにした。

しかし、八月九日に長崎に同じ爆弾が落とされたことが報じられ、私の楽観視は反転した。紙面にこそ被害僅少《きんしょう》と書かれているものの、もはや私は言葉通りにそれを受け止めることができずにいた。被害僅少の空襲を何で大々的に報道するの。新型爆弾って結局何なの。新聞やラジオは知りたいことを何も教えてくれず、伝単の信憑性《しんぴょうせい》は私の中で急速に高まっていった。

時を同じくして、ソ連の対日宣戦布告と満州国への攻撃開始が報じられたことで、私の絶望は決定的なものとなった。

もうおしまいだ。アメリカは完全に日本を滅ぼすつもりでいる。新型爆弾で日本中を焼き払う気でいる。ソ連まで敵に回ったら勝てっこない。島国の日本に逃げ場なんてどこにもない。私も母もハナも、一億火の玉の謳《うた》い文句通りに死んでしまう。

「姉ちゃん、怖いよう、私、死にたくないよう……」

胸元にしがみ付いて泣きじゃくるハナを、私は精一杯の気丈さで抱き締めることしかできなかった。


そして、運命の八月十五日。

私たち家族三人は、母に連れられて近所のお寺に向かった。何でも天皇陛下から国民へ、ラジオを通して大事なお話があるそうだ。ラジオは伯父さんの家にもあったけど、伯母さんは私たちが一緒に聴くことを頑として許さなかった。

お寺の広場には、大勢の人々が集まって地べたに正座しており、私たちも空いている所に同じように正座する。みんなが同じ方向を向いており、視線の先には一台のラジオが布を敷かれた卓上に鎮座している。あれほど崇拝していた天皇陛下の御声を聴けるというのに、私の胸中は不安でいっぱいだった。

日本は勝ったのか、それとも負けたのか、これから私たちはどうなるのか。

そのまま、どれくらいそうしていたことだろう。正午の時報が鳴った後、ラジオから放送員の声が流れ、彼の指示に従って私たちは起立と国歌斉唱を行う。天皇陛下の詔書が読み上げられる段になり、全員再び正座し、頭《こうべ》を垂れた。

私たちもまた、額を擦るほどに深々と平伏し、天皇陛下のお話に耳を傾ける。

「朕は帝国政府をして、米英支蘇《そ》四国に対し、其《そ》の共同宣言を受諾する旨、通告せしめたり……」

正直、言葉が難しくて仰《おつしや》っていることはよく分からない。ただ、何かとんでもないことが起きているんだということは直感できた。それこそ、日本の歴史が大きく覆ってしまうくらいの。

「然《しか》れども朕は、時運の趨《おもむ》く所、堪え難きを堪え、忍び難きを忍び、以て万世の為に太平を開かんと欲す……」

いつの間にか広場には、平伏しながら号泣する人々の嗚咽《おえつ》が満ちていて、私たちの位置からでは天皇陛下の御声がほとんど聞こえないほどだった。

玉音放送が終わった後も、しばらく立ち上がる者はいなかった。地に伏し、滂沱《ぼうだ》の涙を流す大人たちの姿は、どう考えても戦勝国のそれではなかった。

律儀に平伏したままの私とハナを、唐突に母が抱き寄せた。

骨が軋《きし》むほどの力で私たちを抱き締め、母は絞り出すような声で言う。

「タヱ、ハナ、終わりましたよ。戦争は終わったんですよ」

「終わったって、どういうこと？　日本は負けたの？　私たち、これからどうなるの？」

頭の整理が追い付かず、矢継ぎ早に尋ねた。

戦争が終わった。日本の敗北によって。戦争と共に育った私にとって、それはまるで遠い別世界の出来事のように思えてならなかった。

母は一層私たちを抱く手に力を込め、切実な声で語り掛けてくる。

「そんなの、私に分かるものですか。でも、でもね、もうあんな空襲が来ることはないんですよ。若い子が戦争で死ぬことも。それだけですよ、今はただそれだけが……！」

母の言葉が不自然に途切れた。不思議に思って母を見た私は、驚愕《きょうがく》した。

母は泣いていた。家が無くなった時も、父が死んだ時も、伯母《おば》さんにどんな嫌がらせをされても泣かなかった母が、顔をグシャグシャにして、私の肩に顔を埋《うず》めるようにして。

強き母が娘の前で見せた、それが最初で最後の涙だった。

最後の砦《とりで》が崩れた気分だった。私とハナは、どちらからともなく泣いた。理由も分からず、ただ母と周りの人々の咽《むせ》び泣きに釣られるように、無防備に泣き続けた。

横川タヱ、十三歳の夏。

私が信じた神の国『大日本帝国』は、昭和二十年（一九四五年）八月十五日にポツダム宣言を受諾し、三年と八ヵ月にわたる大東亜戦争に敗北した。

――現代4――

水分を取り、体を温めて早めに寝たことが功を奏したようで、喉《のど》の痛みと咳《せき》は随分とマシになった。体温は相変わらず三十七度九分とやや高めだが、昨晩のお母さんとの和解もあり、私の心持ちは穏やかなものだった。病は気からというのは本当らしい。

食料配送を座して待つ時間、私は手持ち無沙汰《ぶさた》にスマホのカメラロールを見返していた。コロナ禍からこっち、旅行の写真は数えるほどしかないけれど、昔の記録をいろいろ辿《たど》るのは結構楽しい。心身共に磨耗していたから、こんな風に写真をゆっくり眺めることすら久々だった。

先輩は今どうしてるんだろう、そういえばこのお店また行ってみたいな、とか考えながらスワイプしていると、譲と遊園地に行った写真に差し掛かり、私は一気に複雑な思いになった。この頃はまだ楽しそうに笑顔でピースなんてしてくれていたのに、何がどうして今みたいになってしまったんだろう。

私はスマホを置き、頬杖《ほおづえ》を突いて窓の外を眺めた。

――譲とも昨日のお母さんみたいに、仲直りできるのかなぁ……

譲が今の彼氏になる前、私は他の男の人と付き合っていた。

大学一年生が終わった春休み、バイト先の書店に入ってきた『小暮陽人《こぐれはると》』がその人だった。第一印象としては、丸顔と眼鏡のちょっと冴《さ》えない感じだったけど、最初の自己紹介で私と同じ大学の同学年生だと判明したことで親近感が湧いた。

休憩中にバックヤードでやり取りを交わす内、陽人は恥ずかしそうに言った。

「実は僕、小説家になりたくて、文学賞に応募するための小説を書いているんだよね。それで、書店ならいろんな役に立つ情報が入ってくると思ってさ」

「すごいじゃん！　それって芥川賞《あくたがわしょう》とか直木賞《なおきしょう》とか？」

「あはは、まぁ、いつかはそういうのも獲《と》ってみたいと思ってるけどね」

陽人に異性としての興味が出てきたのは、そのやり取りがきっかけだった。私は書店員ながら小説にあまり詳しくなかったけど（自宅からの距離とシフトの自由度で選んだだけだった）、これと言って特技も取り柄もない私にとって、何か大きなことに取り組もうとする陽人はとても立派な人であるように思えた。

それに、ロクな出会いもないまま大学二年生に差し掛かり、焦っていたこともある。このままだとまたバイトに駆り出されるだけの悲しい夏休みやクリスマスを迎えてしまう、と。二度目の食事で私から切り出してみたところ、成り行きで私たちは付き合うことになった。

付き合い始めて間もなく、私は陽人に執筆中の小説を読ませてもらった。一応広義のミステリーということになるのだろうか。登場人物が多い上に難しい単語がやたらと使われていて、正直私には良さがよく分からなかったけど、それでも夢のために確かに行動している陽人には尊敬の念を抱かされた。『応援してるよ』と言った時、陽人は照れたように笑っていた。

陽人との交際は、それなりに上手《うま》く行っていたと思う。ちょっと気弱で頼りないところはあったけど、高圧的に振る舞われることはなかったし、一緒にご飯を食べたり遊びに出掛けたりして気疲れしない程度には楽しいと感じていた。いわゆるイケメンとはちょっと違ったけど、作家志望という属性込みで見る陽人の姿は、理知的で格好良く見えた。

友達からは「紗菜ってこういうのがタイプなの？」みたいに言われることもあったが、私は気にしなかった。むしろ顔だけで彼氏を選ぶようなあんたとは違うんだよ、陽人はいずれ大作家になるんだから、と内心でドヤ顔すらしていた。

雲行きが怪しくなってきたのは、三年生も終わりが近付いてきた頃のことだ。

かつて私に見せてくれた小説は、結局新人賞で落選してしまったらしいが、それはいい。そんな簡単に小説家になれたら誰も苦労しないわけで当然だ。問題なのは、陽人がそれ以降新しい小説を書いている素振りを全く見せていないことだった。小説に集中するという体でバイトも辞めたのに、新しい小説についての内容が訊《き》く度に変わっている。

実際に書いていないだろうことは、容易に想像が付いた。

そして三月、陽人が留年したという話を聞いて、いよいよ私の心配は本格的なものになった。陽人は実家の仕送りでバイト無しでも生活には困らないらしいが、だからと言って学業を疎《おろそ》かにしていいという話ではない。魚の獲り方を学ばなければ、困るのは陽人自身なのだ。

OB訪問を終え、リクルートスーツのまま陽人の家を訪れた私は、淹《い》れてもらったコーヒーに手も付けず訊く。

「陽人、留年って本当に大丈夫なの？」

「大丈夫大丈夫、作家に学歴は関係ないから。留年どころか、高卒とか大学中退の名作家だって珍しくないんだよ」

ソファにもたれてコーヒーを飲む陽人からは、些《いささ》かの緊張感も見られない。

彼の悠長さが焦《じ》れったくなり、私は少し踏み込んで訊いてみる。

「そんなこと言って、新しいの書けてないんじゃないの？」

「名作を生み出すには時間が掛かるんだよ。今は充電期間中。次こそはきっとミリオンセラー間違いなしの傑作になるぞー」

その時、私は自分の気持ちが冷めていることに気付いてしまった。

私は、陽人を異性として好きだったんじゃない。ただ小説というよく分からないものに挑む陽人を、よく分からないますごい人だと思い込んでいただけなんだな、と。

陽人が落選してもめげずに小説を書き続けていれば、今の体たらくにも多少は納得できたかもしれない。或《ある》いは小説家になる夢をすっぱり諦《あきら》めて、勉強や就活に集中してくれたなら、私も『仕方ないよね』で済ませたかもしれない。だけど今の私には、陽人が【夢】という錦《にしき》の御旗《みはた》を掲げて、つらい現実から目を背けているだけの情けない男に見えてならなかった。

私は陽人の前に膝《ひざ》を突き、尋ねた。

「そのミリオンセラー間違いなしの傑作って、どんなお話なの？」

「それはまだ教えられないよ。まだアイデア段階だから、書き始めるにしてももうちょっと細部を詰めないと――」

「ダメ、今すぐ教えて。アイデア段階でいいから」

私は陽人の頰を両手で挟み、無理やりこちらを向かせた。

唐突な私の行動に驚いた陽人は、眼鏡の奥から抗議の眼差《まなざ》しを向けてくる。

「ど、どうしたんだよ、いきなり、だから企業秘密で教えられないんだって。森戸さんを疑うわけじゃないけど、万が一にも漏れた時のリスクを考えるのは作家として常識で……」

陽人の泳いだ視線は、言葉よりも雄弁に本心を物語っていた。

私は虚無感から溜息《ためいき》を吐き、立ち上がった。

「……分かってるよ。そう言って、どうせ今回も書かないんでしょ」

部屋の隅に置いたバッグを荒っぽく肩に掛け、私は背中越しに陽人に言う。

「時間が掛かる、傑作になる、ミリオンセラー間違いなし。私は小説を書いたことないけど、言うだけだったら私にもできるよ」

「僕はちゃんと書き上げたじゃないか！　今はまだそういう流れが来ていないだけなんだって。だからこうしていろんな本を読んでブームを勉強して――」

「また何もしない言い訳ばっかり。今の陽人、すごくダサい。陽人が小説家になりたいと思っているってことは、同じように小説家になりたいと思っている人も、そのために陽人よりずっと努力している人も世の中にはたくさんいるってことなんだよ。そういう人たちの存在とか一緒に競っていくことの意味を、陽人は一度でも考えたことあるの？」

積み上げた本に躓《つまず》きながら駆け寄ろうとする陽人に、私は振り返り、三下り半を突き付けた。

「ごめん、私、もう無理」

呆然《ぼうぜん》とする陽人をそのままに、私はアパートを出た。ちょっとだけ期待したが、陽人が走って追い掛けてくることはなかった。

角を曲がってアパートが見えなくなった時、私は涙が流れていることに気付き、目元を拭《ぬぐ》った。堕落する陽人に失望したためか、ダメ男を摑《つか》んでしまった自分自身への苛立《いらだ》ちか、今後の恋人事情への不安ゆえか、正しい理由は今でも分からない。

ともあれ、その日から勤め先の書店に陽人が本を買いに来ることはなくなり、スマホに連絡も来なくなり、学部が別ということもあって、私と陽人は二度と顔を合わせないまま卒業の日を迎えてしまった。

入社から一年後の異業種合コンで、私が都庁勤務の譲に惹《ひ》かれたのは、あの二年にわたる交際の影響もあったのかもしれない。

陽人の話をすると、譲は苦い顔をして吐き捨てた。

「ひどい男だね。別れて正解だよ。作家なんてデビューできたところで売れなきゃフリーター、いや無職も同然なんだから」

「え、そうなの……？」

「そりゃそうだよ、一昔前ならまだしも今は出版不況で、一冊しか出せずに消える奴だって珍しくないんだ。どうせそいつ、実家が恵まれているから好きなことして生きていけるって考えてたんだろ。俺、そういう甘ったれた世間知らずとか身の程知らずな奴がこの世で一番嫌いなんだよね」

譲は陽人をこれでもかと扱《こ》き下ろしてきたが、悪い気はしなかった。会社で精神的にしんどかったこともあって、私にとっては自分を肯定してもらえたことの嬉《うれ》しさの方が大きく、流れでそのまま譲と付き合うことになった。

親が会社経営に失敗したため経済的に厳しい幼少期を過ごした譲は、堅実な物の考え方をしていて、デートでも常にリードしてくれて、陽人とは対極のような人だった。あぁ、これがちゃんとした人と付き合うってことなんだ、やっぱり陽人とは別れて正解だったなと、付き合って間もない頃はそう思っていた。

だけど今、その譲とも関係が拗《こじ》れかけてしまっている。人を好きになることがどういうことか、私にはだんだん分からなくなってきていた。多少の不満に目を瞑《つぶ》れば譲と円満な家庭を築けるのか、それとも遠からず陽人と同じように破局してしまうのか。

考えるのも億劫《おっくう》になり、私は溜息を吐いた。

「……陽人、今何してんだろな」


そして、やって来た十九時十五分。

私はおばあちゃんへの挨拶《あいさつ》もそこそこに、早速昨晩のお母さんとの和解について嬉々《きき》として報告した。

「本当にありがとう、全部おばあちゃんのお陰だよ」

「やぁねぇ、私は何もしてないわ。サナちゃんが良い子だからお母さんも分かってくれたのよ……でも、仲直りできたなら本当に良かったわ。人といがみ合ったっていいことなんて何もないものね」

おばあちゃんが心から安堵《あんど》したようにそう言ってくれるから、私の中の嬉しさも数倍増しに感じられるほどだ。

喜びの余韻に浸る私に、おばあちゃんが尋ねてくる。

「そういえばサナちゃんって、お付き合いしている人はいたんだったかしら？　それとも、もう結婚しちゃってたり？」

「えーっと……結婚はしてないんだけど、付き合ってる人なら一応」

少しだけ答えに詰まってしまったが、おばあちゃんは嬉しそうに声を弾ませた。

「まぁ、それはいいことね。素敵な人？」

「悪い人じゃないんだけど……最近ちょっと思うところがあって」

そして、私は譲との馴《な》れ初《そ》めから今に至る経緯を掻《か》い摘《つま》んで話し始めた。公務員で堅実な譲に惹かれたこと、しかし最近すれ違いを感じ始めていること、私がコロナに感染してからも心配する素振りを見せてくれないこと。

話の合間に挟まれるおばあちゃんの相槌《あいづち》は、心なしか次第に硬いものになりつつあるように思えた。一通り話し終えると、おばあちゃんは言いにくそうに訊《き》いてきた。

「ううん……サナちゃん、気を悪くさせたらごめんなさいね。だけど、その人って本当に信じられるの？　サナちゃんが病気で苦しんでいるのに看病の一つもしないなんて、それ、ちょっとどうなってるのかしら」

「まぁ、そこは今のご時世だと仕方ないかなって気もするんだよね。コロナは感染力が強くて油断すると一気に広がっちゃうから、政府と医師会が大々的に『外出を自粛しろ』って言ってるくらいだし、譲は都庁に勤めているから特に感染に気を遣ってるみたいだし」

おばあちゃんの意見に同意する部分もあったものの、私はそのように譲を弁護した。十三年前のおばあちゃんと現在の譲ではコロナへの認識も大きく違うだろうし、欠席裁判は良くない。

しかし、おばあちゃんは尚《なお》も納得できなそうに小さく唸《うな》っている。

「でも、お仕事には行っているのよね？　直接会うのが難しくても、せめて玄関に来て励ましてあげるくらいのことはしてもいいんじゃないかしらねぇ……つらい時に寄り添ってくれるからこその好きな人でしょうに……」

「あー、うん、それはそう……」

核心を突いた指摘に反論も思い浮かばず、今度は曖昧《あいまい》に肯定せざるを得なかった。年の功ゆえか、おばあちゃんはのんびり屋に思えて結構鋭い。

私は溜息を吐き、これまで抱えていた弱音を曝《さら》け出した。

「正直なところ、譲と本当に長続きするか不安はあるよ。でも、新しい恋人が作れるのか、その人と譲より上手《うま》くやっていけるのかも分からないし、早く結婚して子供を産まないとお母さんとお父さんも心配させるし、結婚適齢期も過ぎちゃうし……」

「サナちゃん、よく聞いて」

私の言葉半ばで、おばあちゃんはそう切り出した。

口を噤《つぐ》んだ私に、後期高齢者とは思えない力強い口調で諭してくる。

「結婚はゴールじゃないのよ。結婚しても子供を産んでも、それからずーっとサナちゃんの人生は続いていくの。親がどうとか適齢期がこうとか、そんなことは何にも気にしなくていいのよ。娘夫婦である前に孫である前に、サナちゃんの旦那《だんな》さんで子供で家族で人生なんだからね。幸せになるための結婚で不幸になるなんて、絶対にあっちゃいけないわ」

おばあちゃんの熱弁を聞いた私は、拍子抜けした気持ちでこめかみをポリポリと掻く。

「……こう言うとアレだけど、なんか意外。私、てっきりおばあちゃんに『結婚は女にとって一番の喜びよ、だからサナちゃんも早くいい人を見付けなさいね』とか『早く曾《ひ》孫《まご》の顔を見たいわ』とか言われるかと思ってた」

「もちろん、そういう気持ちがないわけじゃないけど、サナちゃんが納得できない人と結婚したって本末転倒だもの。世間様は小姑《こじゅうと》みたいなものだから、『いい歳になったら結婚しろ』とか『女はああしろこうしろ』とか指図してくるかもしれないけどね。そういう人たちはサナちゃんのことをなーんにも考えてないし、責任も取ってくれないからそうやって好き勝手言えるの。だからそんな言葉に振り回されて慌てる必要なんて全然ないわ。心の中で『何様のつもりだ』ってベロ出しとけばいいのよ」

冗談めかしてそう言ってから、おばあちゃんは嘆息する。

「ええ、本当に……焦って男を決めることほど馬鹿げたことはないわ」

それがあまりにも真に迫った言い方だったので、私は尋ねずにはいられなかった。

「それっておじいちゃんのこと？　それとも、その前におばあちゃんが付き合っていた人のこと?」

「爺《じい》さんの前の人のことだけどね……それはもう痛い目に遭ったわ」

おばあちゃんの語り口は、初めて聞くような苦々しい声音だ。

珍しい話が聞けそうな予感に、私の背筋が自然と伸びる。

「私ね、戦後に中学を中退して、上野《うえの》闇市のお蕎麦屋《そばや》さんで働いていて、その人とはそこで出会ったの。あのアホウは占領軍が放出する珍しいものを高く売っていてねぇ、最初はトントン拍子だったんだけど、いつの間にかほとんどプータローみたいになって、しまいには怪しいクスリみたいな危ないものを平気で売るようになって。私が何言ってもボカスカ叩《たた》くばっかりで、結局私は夜逃げみたいに東京を離れたの。サナちゃんの爺さんと出会ったのはその後のことよ」

「そ、そうだったんだ……」

想像もしていなかった波瀾《はらん》万丈の人生に、私は啞然《あぜん》とさせられてしまった。

おばあちゃんは過去の自分を疎むように深い息を吐く。

「それでも、なぜか最初の内は好きだったのよねぇ。私が働いて稼いだお金を全部取り上げるようなろくでなしだったのに、本気で結婚するつもりでもいたし、それに反対する母親と大喧嘩《おおげんか》にもなったわ。今になってみても、本当に何であんなのを好きになったんだろうねぇ……」

おばあちゃんは過去の自分に心底困惑しているようだったが、私はそれを他人事《ひとごと》だと思えなかった。方向性は違えども、陽人を好きになった私とシチュエーションは似ている。スケールが大きく感じる人は魅力的に見えるし、一度好きになってしまうとなかなか抜け出せないものだ。それは恋人への愛情や執着のみならず、過去の自分の過ちを認めることに対する心理的抵抗も含まれていると思う。

ただ、おばあちゃんにもそういう過去があるというのは意外だった。

「何て言うか……昨日の話でも思ったけど、昔のおばあちゃんって結構アグレッシブだったんだね。ちょっと想像できないかも」

私が率直な感想を口にすると、おばあちゃんは愉快そうにクスクス笑う。

「そりゃあ、私だって昔はいろいろあったわよぉ。男とかお仕事とか家族との関係で失敗もたくさんしたし、中には人に言えないようなことだって……ね」

多分、誰でも一度は考えることだ。子供と大人、善人と悪人という人種は、実は別々に存在しているんじゃないかと。私は体が大きくなっても本質的にはずっと子供のままで、おばあちゃんは生まれながらに優しいおばあちゃんであって、善人も悪人も生まれながらにその運命が定まっているんじゃないかと。

でも、当たり前のことだけど、そんなことはない。聖母のようなおばあちゃんにだって子供時代があって、後ろめたいことを考えたりやったりもして、その末に私が知るおばあちゃんが存在しているんだ。そう思うと、何となく生きることに自信が湧いてくるような気がしてきた。

「ねぇ、おばあちゃんなりの結婚の極意ってのはある？」

人生の大先輩にアドバイスを求めると、おばあちゃんは苦笑の気配を漂わせながらぼやいた。

「ううん、偉そうなこと言っちゃったけど、私も私であの人だったからねぇ。サナちゃんにはもっと良い人と出会ってほしいものだけれど……」

「え？　おじいちゃんとおばあちゃんって、仲悪かったの？」

「悪いって言うのもちょっと、ねぇ……まぁ、結局死ぬまで一緒に居たわけだから、それなりに相性は良かったのかもしれないねぇ」

生前のおじいちゃんを懐かしむように呟《つぶや》いてから、おばあちゃんは本題に移る。

「あくまで私とお友達の意見だけどね、夫婦仲がすれ違う理由って、実はすごく地味〜なものなのよ。おトイレを汚く使うとか、ご飯をクチャクチャ食べるとか、飲み干した麦茶のポットを冷蔵庫にそのままにしておくとか、余計な一言をいちいち言ってくるとか、そういうちっちゃい『嫌だなぁ』の積み重ねなの。最初は大したことないって思ってても、それがずーっと続くことを考えたら大変よ。そういう根っこの心掛けってなかなか直らないし、他人と同じ屋根の下で一緒にいるってのは、ただでさえすごく気を遣うことだから」

おばあちゃんの言うことはよく分かる。いわゆる『恋愛は加点、結婚は減点』論だろう。心細さを感じることもあるけれど、生活リズムを自由に決められる一人暮らしは、実家暮らしとは比較にならない気楽さだ。

それはつまり、その気楽さを補って余りあるような人でなければ、一緒に居続けるのは難しいということでもあるのだけれど。

「でも、何もかも合う人を探すってなると、それも難しいよね……」

私が複雑な気持ちでそう言うと、おばあちゃんは即座に肯定する。

「ええ、もちろん。だから大事なのは、サナちゃんの『嫌だなぁ』をイライラしたりカーッとしたりせずに受け止めてくれる人ってことと、どんな小さなことでも『ありがとう』と『ごめんなさい』が言える人ってこと。特に怒る奴なんてのは最低よ。どんなにお金持ちでも男前でも、そういう人とは絶対長続きしないわ、ぜーったい。サナちゃん、男選びで大事なのは性格よ、性格」

「あはは、肝に銘じます」

あまりにも真剣な口調で言われたものだから、私は却《かえ》って可笑《おか》しくなってしまった。

物のついでに、私はおばあちゃんに尋ねた。

「おばあちゃんは、おじいちゃんについて何か不満なことってあった？」

「まぁ、癇癪《かんしゃく》持ちじゃなかったのはよかったけど、ご飯を食べている時に平気で屁《へ》ぇこくのは勘弁してほしかったわねぇ。うふふ」

不満ゼロとはいかずとも、笑い話にできる程度には仲が良かったようだ。戦後のダメ男の話を聞いてしまっただけに、おばあちゃんがそういう人と出会ってくれたことを喜ばしく思う。

時間の流れは速いもので、三十七分が経過しようとしている。おばあちゃんもそのことに気付いたらしく、当初の話題に立ち返って言った。

「サナちゃん、今お付き合いしている人のことだけど、しばらく会えないのよね。それ、むしろちょうどいいんじゃないかしら？」

「ちょうどいい？」

私が復唱すると、おばあちゃんは噛《か》んで含めるように続ける。

「ええ。私もそうだったんだけどね、『この人しかいない！』って思い込むと、いろんなことに気付けなくなっちゃうのよ。しばらく離れてみて、それでもサナちゃんと彼氏さんが一緒になりたいって思えるなら、その気持ちは本物ってことになるじゃない？」

おばあちゃんのアドバイスは正鵠《せいこく》を射ているように思えた。考えてみれば陽人の時もそうだった。男性経験の少なさも手伝って、私は冷静な判断ができなくなっているのかもしれない。

そんな私の内心を見透かしたように、おばあちゃんは優しい言葉を掛けてくれる。

「慌てなくていいけれど、そんなに怖がらなくても大丈夫よ。結婚している人もそうでない人も、世の中にはたーくさんいるんだからね」

「うん、ありがとう」

おばあちゃんが言ってくれた当たり前の事実は、私の心を幾分か軽くしてくれた。

おばあちゃんとの電話後、私は少し時間を置いて自分を落ち着かせてから、譲に電話を掛けた。

残業していたら出られないかな、という予想に反し、譲は三コールほどで出てくれた。

「夜遅くにごめんね、譲」

「紗菜か？　どうした、コロナ悪化したのか？」

電話越しに聞こえる音は、繁華街のような喧騒《けんそう》だった。少なくとも職場にいないことは間違いなさそうだ。

こういう時に限って真っ先に心配の言葉を掛けてくれる譲が憎らしくて、私は多少の逡巡《しゅんじゅん》を余儀なくされたが。

「今のところ大丈夫だよ。それよりちょっと話したいことがあって」

私は深呼吸を一つしてから、腹を括《くく》って譲に提案した。

「あのね、譲。私たち、ちょっと距離を置いてみない？」

「……えっ？　何それ、別れるってこと？　何で？」

一瞬の沈黙の後、早口に問い返してきた。

譲の動揺が伝わり、『これでいいのかな』と思いながらも、私は話を続ける。

「ううん、別れるってわけじゃなくて、何ヵ月か距離を置いてみたらどうかなって。その間に付き合いたい人ができれば自由に付き合っていいし、それが過ぎてもお互いの気持ちが変わらなければ、また元通りの関係になるって感じで」

「紗菜、お前、他に好きな奴ができたのか？」

私の言葉も待たず、譲は食い気味に詰問してきた。

こちらの非を疑うような譲の言い草に、流石にムッとさせられてしまう。

「だから違うって。私はむしろ譲の方に無理させてるんじゃないかって心配してるんだよ」

「何で俺のせいになるんだよ」

「だって譲、私が感染してから全然家に来てくれないし、メッセージもくれないじゃん」

「だからさ、それは前にも言っただろ。俺は公務員だから万が一にも濃厚接触者になるわけにはいかないんだって。俺まで感染したらそれこそいざって時に紗菜を助けられないだろ。それに、メッセージ送っても紗菜が寝る邪魔になるだけだと思って控えてたんだよ」

お互いがお互いの熱に当てられ、どんどん口調がヒートアップしていく。

どうしていつも譲とは微妙に会話が噛み合わないんだろう。仕事で取っている電話と変わらないようなやり取りに、私はげんなりしてしまう。

「直接看病してくれなくても、玄関に差し入れするとか、ドア越しにちょっと話すとか、それだけでも私はすごく嬉《うれ》しいんだよ」

「あのさぁ、やめてくれよ、いい歳してそういう重いやつ。差し入れなら自治体が配送してくれるんだろ？　話がしたいならビデオ通話を使えばいいじゃん。紗菜の家、ウチと反対方向だし、仕事終わりに気軽に行けないんだよ。そもそも看病も何も、紗菜はそんな重症じゃないんだろ？」

矢継ぎ早に畳み掛けてから、譲は薄く笑いながら訊《き》いてくる。

「俺、なんか間違ったこと言ってる？　言ってるなら教えてほしいんだけど」

私は深く息を吐き、譲を肯定する。

「うん、そうだね。譲の言っていることは正しいよ」

「だったら――」

「でもね、その正しさが私には苦しいの。譲って、いつも正しさを押し付けるばっかりで、私の心に寄り添ってくれている気がしないんだよ」

精一杯の勇気を振り絞って伝えた私の気持ちは、しかし譲の逆鱗《げきりん》に触れてしまったらしい。

譲は電話越しでも分かるほどあからさまに不機嫌になり、声高に問い詰めてくる。

「はぁ？　何だよ、正しさの押し付けって。正しいことが通るのは当たり前のことだろ。じゃあ俺が間違ったことを言って間違ったことをすれば紗菜は満足なのか？」

「そういう意味じゃなくて……」

ようやく自覚した。私は、譲のこういうところが苦手なんだ。私が何か言うと大抵否定から入る。自分の意にそぐわないと、すぐに極論に持って行こうとする。彼とこれから何十年と笑顔で寄り添えるイメージが全く湧いてこない。

そしてそれは、譲も同じ考えだったようだ。

聞こえよがしの溜息《ためいき》を吐くと、こちらの返事も聞かずに早口で捲《まく》し立てる。

「訳分かんね。もういいよ、そんなに俺が嫌ならもう別れよう。他に好きな奴ができたからキープなんて女、こっちから願い下げだ」

「ちょっと待って、それは誤解だって……」

反射的にそんな言葉が口を衝《つ》いて出たが、応《こた》えは無機質な切断音だけだった。

一気に無気力になり、私はスマホを持った手をベッドに落とした。激しい口論の後で、部屋の静けさがより深く感じられる。

「これでよかった……のかな」

頭では分かっている。仮にこのまま譲と付き合い続けていても、どうせ長続きしなかっただろう。別れの時が多少早まっただけだ。価値観の相違があっただけで、誰が悪いわけでもない。私だって譲の方からいきなりこんな話をされたら、三下り半を突き付けていたかも分からない。

それでも……失望されたり、敵意を向けられたりするのは、つらい。自分の味方は世界のどこにもいないんじゃないかって、そんな錯覚をしてしまうくらいに。

惨めな気持ちだった。膝《ひざ》を抱え、洟《はな》を啜《すす》る。

ふと、大学時代の元彼を思い出す。丸顔で眼鏡で穏やかで理想主義的で、だけど肝心の小説はなかなか書こうとしないで。スタイリッシュで現実主義的な譲とは対極の人だった。譲と陽人、二人とも上手《うま》く行かなかった私は、いよいよ誰とも結婚できないのではないだろうか。

こてん、と膝を抱えたままベッドに転がり、私はぼんやりと独り言《ご》ちる。

「陽人も私に振られた時、こんな気持ちだったのかな……」

そういえばはっきりとした別れの言葉は伝えていない気がする。考え出すと、無性に陽人と話したい気分が湧いてきた。

電話帳をスクロールし、【小暮陽人】の名前をタップする。嫌味や不満の一つでも言われるだろうが、譲とのあのやり取りを終えた後だ。恐れることは何もない。

コールが長い。着信拒否されてしまったんだろうか。また改めて掛け直そうと思った直後、電話が繋《つな》がり、私は慌ててスマホを耳に当て直す。

「もしもし、陽人？　私、紗菜だけど」

「えっ、誰……あれっ、もしかして森戸さん？」

驚いた様子の陽人は、付き合っていた頃と同じ苗字《みょうじ》呼びをしてくれた。

陽人に拒絶されていないらしいことに私は安堵《あんど》する。破局したとは言っても無闇に嫌われるのはやっぱり嫌だ。

「うん、ちょっと話したくなって。今、大丈夫？」

「ごめん、今編集さんとリモート打ち合わせ中だから、ちょっとだけ待ってもらえる？　十分くらいで折り返すから」

「編集さん？　……うん、分かったよ」

陽人が随分早口だったこともあり、私は素直に通話を切った。

デートで撮った写真を見返したり、ケトルでお湯を沸かしたりしながらのんびり待つ。

予告通り十分ほどで陽人からの折り返しが来た。

スマホを取って応答すると、陽人は早速不思議そうに尋ねてきた。

「お待たせ、急にどうしたの？　電話帳消しちゃってたから一瞬誰か分からなかったよ」

「あはは、ごめんね。過去の女がいきなり押しかけて」

「いや、てっきり森戸さんは二度と僕なんかとは話もしたくないって思ってるのかと……」

答える陽人は恐縮し切った様子だ。良く言うなら謙虚、悪く言うなら卑屈なところも相変わらずなようだ。

ささやかな誤解が解けたところで、今度は私が陽人に尋ねる。

「陽人、編集さんと打ち合わせって、もしかして作家デビューしたの？」

「あ、うん……二年前に新人賞を受賞して、一応本も出たんだ。今は二作目の刊行の目《め》途《ど》がどうにか立ち始めたってところで」

「えーっ、すっごいじゃん！」

私は手放しに陽人を賞賛した。別れた後の陽人が気にならなかったわけではないが、ペンネームを使っていたらしく私は全然知らなかった。

恋仲が終わったとしても、知り合いが活躍しているのは純粋に嬉しい。

「デビュー作、何て本なの？　買いに行くよ」

「『ナイトの残照』ってタイトル。まぁ、発売から日が経ってるから書店にあるかは微妙だけど、通販か電子書籍で買ってもらえれば」

私は早速スマホで検索してみる。小暮陽人をもじったような【月見《つきみ》雨人《あまと》】というペンネームで確かに単行本が刊行されており、アマゾンレビューでも割かし好評なようだ。

夢中であらすじを読みながら感慨に浸っていると、陽人が本題の催促をしてきた。

「僕のことより、森戸さんはどうしたの？」

「大したことじゃないんだけど、ね。別れた時のことを思い出したから」

私はパジャマの裾《すそ》をギュッと握り、陽人に謝罪した。

「ごめんね。あの時、口ばっかりで何もしていないように見えた陽人にイラッとして、ひどいこと言っちゃった。嫌な気持ちになったよね」

「いやいや、あれは森戸さんが正しかったよ。当時は実際何もしていなかったわけだし、本当にお恥ずかしい限りで」

陽人は全く気にしていない風に笑ったが、私の気は収まらない。つい先刻『譲の正しさが苦しい』と言ったのは他でもない私なのだ。

「うん、正しくても言い方とか、言っちゃダメなことってあると思う。『どうせ書かないんでしょ』とか『ダサい』とか、必要以上に嗤《わら》ったり扱《こ》き下ろしたりするような言葉は使うべきじゃなかったんだよ。偉そうにそんなこと言った私だって、全然大した人間なんかじゃないんだから」

私は自分と陽人の現状を比べ、自嘲《じちょう》する。全く、ダサいのはどっちなんだか。

「それで今の彼氏からは振られるし、陽人は作家先生になっちゃったし、本当に私って見る目がないなぁって」

「それは違うよ、森戸さん」

異議を唱える陽人は、いつになく強い口調だった。

意表を衝かれて口を閉ざすと、陽人は滔々《とうとう》と語り出した。

「僕さ、育ったのが結構厳しい家庭で、勉強ばっかりで好きなことをさせてもらえなかったんだよね。その反動かな、大学に入って一人暮らしを始めてから、手当たり次第にいろいろやるようになって。ＹｏｕＴｕｂｅｒとか音楽とか漫画とか、結局どれも長続きしなくて、唯一ちょっとだけ可能性を感じたのが小説だった。森戸さんの前ではご大層なこと言ってたけど、小説に特別強いこだわりがあったわけじゃないんだ。ただ僕にもやれるかなっていうくらいの軽い動機で、ぶっちゃけ舐《な》めてたんだよ」

初めて聞く陽人の身の上話、そして自己批判だった。

黙して耳を傾ける私に、陽人は饒舌《じょうぜつ》に続ける。

「僕が作家になれたのは、森戸さんのお陰だよ。僕、森戸さんって恋人が出来て、完全に浮かれていたんだ。森戸さんはいつも僕に優しくしてくれたから、その善意にすっかり甘えていた。そんな君に厳しい言葉を突き付けられたから、自堕落だった僕はこのままじゃダメだって思えたんだ。『森戸さんにすら嫌われちゃったら、僕は二度と誰からも好かれないんじゃないか』って……あそこで森戸さんに別れを切り出されていなければ、多分僕は一生小説を書かないまま、ニートみたいな生活を送っていたと思う」

振られた相手であるにも拘《かかわ》らず、陽人はこの上なく爽《さわ》やかな声音で言い切った。

「今さら何だよって思われるかもだけど、本当にありがとう、森戸さん」

「……そっか、よかった」

感極まった私は、それだけ口にするのがやっとだった。

多少の脚色や結果論は含まれているだろう。それでも陽人が、私との思い出を悪く思わずにいてくれていたのは、すごく嬉《うれ》しいことだった。

今夜こうして電話をしなければ、多分一生気付けなかった。不思議な巡り合わせに感謝していると、陽人が一転しておずおずといった調子で切り出してきた。

「その、さ……もしよかったら、また僕と付き合ってみない？」

「えっ？」

予想外の提案に私が素《す》っ頓狂《とんきょう》な声を上げると、陽人はすっかりテンパった様子で言葉を重ねてきた。きっと対面していたら落ち着きなく手を振り回していることだろう。

「あっ、もちろん嫌なら断ってもらって全然構わないけど！　振られた弱みに付け込むとか思われちゃうかもだけど、一応賞金と印税でそれなりの蓄えはできたし、ちょっとは顔向けできるようになったかなって。そりゃまぁ安定とは程遠いし、今後の収入的にもまだまだ不安があるけど……」

自信無げに言い終えた陽人に、反射的に肯定の返事をしかけ、私は思い留《とど》まる。

悩んだ挙句、私は言った。

「しばらく、考えさせてくれないかな」

陽人に再び惹《ひ》かれているのは事実だが、ここで単にヨリを戻すだけでは元の木阿弥《もくあみ》な気がする。話が思いのほか盛り上がってしまったからこそ、今はお互いにクールダウンの時間が必要だ。

その結果として陽人の心が離れるとしても、また後悔するよりずっといい。

「陽人の気持ちは、すごく嬉しい。だけど最近、人を好きになることとか、結婚するってことがどういうことか分からなくなってきててさ。今はまだ誰かを一途《いちず》に愛する自信がなくて」

「それでいいよ。また友達から始めよう。半年でも、一年でも、森戸さんの納得がいくまでじっくり考えて」

陽人は優しく応じてくれた。謝るつもりで電話を掛けたのに、気を遣ってもらってばかりで申し訳なくなってしまう。

「ごめんね。待たせちゃうかもだけど、陽人も他に気になる人ができたら遠慮しなくていいから」

「大丈夫大丈夫、どうせ職業作家なんて大してモテないから」

電話を切って伸びをする私は、晴れ晴れとした気持ちだった。

おばあちゃんとの不思議な電話が始まってからというもの、いろいろなことが良い方向に向かっている気がする。感染初日、あんなに死にたいって悩んでいたのが嘘みたいだ。

安心したらお腹が空《す》いてきた。意気揚々と冷蔵庫を開けたが、中にあるのはお茶と調味料だけ。ならばと冷凍庫を開けるが、そちらも氷と霜が詰まっている以外は似たり寄ったりだ。

そこで私は、ずっと失念していた事実をようやく思い出した。

「……そういえば、食料配送は？」

——追憶4——

戦争が終わり、身の回りにぽつぽつと変化が訪れた。まず、四年振りくらいに天気予報を聞いた。気象情報は軍事機密としても扱われるため、戦時中は国民にも秘匿されて、台風情報すら把握できなかったのだ。

また、燈火《とうか》管制が無くなったことで窓や電球の遮蔽《しゃへい》幕が外され、夜が明るくなった。戦争が終わったことを最も実感したのは、明るい夜の町を見た時かもしれない。

玉音放送から二週間ほど経ち、空襲が本当に来なくなったと確信した頃に、私たちは横須賀の伯父《おじ》さんの家を出て東京に戻った。終戦後から伯母《おば》さんの態度は少しずつ軟化して、理不尽な暴力を振るったことを謝罪し、家を出ることを話した時には「落ち着くまでここにいてもいいのよ」と引き留めさえしてくれた。伯母さんも悪意を持って私たちに攻撃していたのではなく、夫を失った悲しみと戦争のストレスを解消するにはそうするしかなかったのだろうと、私は子供心に同情していた。伯母さんの申し出を母が固辞したのは、やはり彼女から受けた仕打ちを根に持っていたせいだろうけど。

私もハナも知らなかったが、母はかつて郵便電信局で働いていて国家資格も有していたらしく、その伝手《つて》を辿《たど》って下谷《したや》区上野の寮付き郵便局に滑り込むことができた。単身者用の寮だから三人で暮らすと窮屈なことこの上なかったが、粗末なバラック小屋や劣悪な戦災者収容所、野宿生活に比べれば破格も破格だった。遠縁の親戚《しんせき》を頼らなかったのは伯父さんの家の一件もあったことだろうが、後に戦災者の親族家での待遇を伝え聞いた限りでは、それは正しい判断だったように思う。どこもかしこも自分の家族を養うのに手一杯で、他所《よそ》の子の面倒を見ている余裕なんてなかったのだ。戦後に態度を軟化させた伯母さんだって、あのまま私たちと一緒に過ごしていたら、いつまた戦時中のように豹変《ひょうへん》したか分かったものじゃない。

とはいえ、私たちの暮らしぶりも平穏無事とは程遠いものだ。サツマイモの蔓《つる》なんてものを平気で配る配給制を当てにできるわけもなく、さりとて闇市は高すぎて気軽に買えたものじゃない。ハナにはさせなかったが、私は疎開生活のサバイバル術を活《い》かし、虫や草を食べることで自分の食費を無理やり浮かせた。道を歩いていると、たまに焼夷《しょうい》弾《だん》の弾頭や機銃の弾丸があったから、見付けた側から持って帰った。何もない時代だったから何でも売れたし、中でも金属は貴重品だった。

終戦から初めての冬を迎える頃、私は母と正面切って向かい合っていた。

「母ちゃん、私、中学辞めるよ」

いつもであればすぐに反論してきただろう母が、珍しく黙って耳を傾けていたのは、私の言葉を予期していたからなのかもしれない。

私は正座したまま、身を乗り出すようにして母に訴える。

「父ちゃんが死んで、家が無くなって、挙句の果てに戦争に負けちまって、こんな時に呑気《のんき》に学校なんか行ってられない。その代わりハナには高校、いや大学まで行かせてやりたいんだ。そのためにはとにかく働いていっぱい金を稼がないと。母ちゃん、分かってくれるだろ」

「……そうですね。本当はこんなこと言いたくはありませんでしたけど、背に腹は替えられませんものね」

母は眉尻《まゆじり》を下げ、済まなそうに言った。

「苦労を掛けますけど、頼りにしていますよ、タヱ」

「へへ、任せときなって」

ハナを大学に行かせてやりたいのは本心だ。だが、私が中学校に通わず働くことを選んだ理由は、それだけじゃなかった。

九月二日の戦艦ミズーリでの降伏文書調印以降、町中でアメリカ進駐軍の軍人を見掛けることは珍しくなくなった。アメリカ人は日本の成人男性よりもずっと背が高く、がっしりした体格をしていて、それ一つ取っても日本の敗因の片鱗《へんりん》が窺《うかが》えた。アメリカと日本では、そもそも食事の質からして天地の差があったのだ。徽章《きしょう》を毟《むし》り取った軍服姿の復員兵が、屈強な彼らの傍をトボトボと通り過ぎていくのを見ると、私まで惨めな気持ちにさせられてしまった。

そんな屈強なアメリカ軍人に、年端もいかない子供たちがわらわらと駆け寄り、「ぎぶみーちょこれーと」とたどたどしい英語でお菓子をねだる。軍人たちは顔を見合わせて笑い、英語で何かやり取りした後、紙包装の菓子をポケットから取り出して愛想よく配っていく。受け取った子供は笑顔でお礼を言い、三々五々散っていく。

一見微笑ましいその光景は、まるで犬や鳩に餌をやっているように見えてならず、私は見掛ける度に無性に胸がムカムカした。チョコレートはハナに貰《もら》ったものを一度食べたきり、意地でも口に入れないようにしていた。

アメリカは、戦中の日本が散々喧伝《けんでん》していたような野蛮な国ではなかった。母が言った通り、玉音放送から空襲はピタリと止み、アメリカ軍が日本に駐留するようになっても日本人を虐殺するようなことはしなかった。それどころか先の子供たちとのやり取りが典型だが、町行くアメリカ人は日本人に対して割合紳士的に接してくれ、日本人もまたそんな彼らに好意的な印象を持っているようだった。若い女の人が「アメリカ人って本当に男前よねぇ」「ウチの旦那《だんな》と取っ換えたいくらいだわ」なんて話しているのも、今日までに何度も聞いた。数ヵ月前までは国を挙げて鬼畜米英と罵《のの》っていたのにだ。

学校教育も激変した。私みたいに教科書を新調するお金がなかった生徒は、卒業生のお下がりの教科書を譲り受けて勉強していたけど、戦争にまつわる記述は全て墨で塗り潰《つぶ》すよう先生から指示された。御真影が安置された奉安殿には暗幕が下ろされていて、私がいつものように最敬礼したら、なぜか先生からひどく叱られた。その理由も分からないうちに、いつの間にか奉安殿は学校から撤去されてしまった。『七生報国』『八紘一宇《はっこういちう》』が口癖だった学校の先生たちは、打って変わって民主主義と博愛主義を唱えるようになった。私と同世代の子供たちは疑問を抱く様子もなく、唯々諾々と新しい教えを受け入れていた。

そんな環境の変化に、私一人だけがどうしても馴染《なじ》めなかった。

——どうしてみんな、そんな簡単に切り替えられるの？

実はみんな心の中で政府に対して不満を募らせていて、だからこそアメリカ軍や新しい教育を快く受け入れたとするなら、理屈としては理解できる。だけどそれなら敗戦を喫した今、戦争を主導した者に対して大々的に怒りや非難を表明する人がいて然《しか》るべきだろう。それなのに、私の身の回りでは特段そういった動きは見られなかった。ただみんな、まるで台風でも去ったかのように『戦争が終わってよかった』と喜ぶばかりだった。

もし仮に、駐留米軍が前評判通り残虐に振る舞っていたら——言わずもがなそれは悲劇だが——少なくとも私は納得できただろう。『あぁ、やっぱりあの局面まで戦って正解だったんだな』と。だけどこんな現実を見せられたら、何のために軍人や特攻隊員が命を賭《と》し、何のために私たちが爪に火を点《とも》すような極限生活を強いられたのか分かったものじゃない。誰もそのことについて先生に訊《き》かないから、私が先生に質問したら、

「今はもうそういう時代じゃないのよ」と諭されただけだった。私一人だけが "そういう時代" に取り残されたままだった。

平和は有り難い。死ななくてよかった。話し合いが大切。そんなものは私にとっても、誰にとっても同じだ。なればこそ私の中には、釈然としない思いが蟠っていた。

何で戦争したの。何で嘘ついたの。何で言うことがコロコロ変わるの。あの地獄の疎開と空襲は何だったの。勝てないと分かっていたなら何でもっと早く降伏しなかったの。

知りたいことは山ほどあるのに、誰も教えてくれない。私は国をあんなにも信じていたのに、国は私のことを何一つ信じてくれなかったわけだ。

そして、そんなことすら教えてくれない学校に、私は通う価値を見出せなかった。

学が無い子供の私がお金を稼ぐには、人一倍体を動かすしかない。裸足同然の藁草履で町を一日中練り歩きながら、クズ鉄集めや靴磨きに邁進し、クタクタで寮に着くや泥のように眠る。これほど疲れる思いをしても、稼げるお金はせいぜい食費一〜二食分。『お前はこの程度の価値しかない人間なんだ』と、数字で示されているようだった。自分は誰からも必要とされていない人間なんじゃないかと、こんなつらい思いをしてまで生きる価値なんてあるのかと、そう思わなかった日の方が少ない。気が立っている大人から理不尽な罵声や暴力を受け、あまつさえ稼ぎを巻き上げられるなんてことは日常茶飯事で、精神的にもひどく磨耗していた。それでも、『私がハナを支えるんだ』という強烈な義務感が、私をギリギリの所で生かし続けてくれていた。

春先に行き付けの闇市で、蕎麦屋《そばや》のおばさんの計らいで働かせてもらえるようになったのは僥倖《ぎょうこう》だった。安賃金とはいえ定期収入が入るようになったし、賄いとして一食の蕎麦を振る舞ってもらえた。蕎麦粉が足りないからトウモロコシ粉や小麦粉が大量に混ぜられていて、蕎麦の風味もへったくれもない紛《まが》い物だったけど、虫や草とは比較にならない上等品だ。仕込みに洗い物に清掃に会計に、おまけに食い逃げ犯の取り押さえに と、調理に関わらない雑用はおよそ全て任されたけど、お店に必要とされている喜び、そして飢えないという安心感が私を仕事に駆り立てていた。

昭和二十二年（一九四七年）三月、私たちが住む下谷区は、浅草区と合併して台東《たいとう》区と名称が変更された。かつて住んでいた本所区も、向島《むこうじま》区と合併して墨田《すみだ》区となった。板橋《いたばし》区を分割する形で練馬《ねりま》区が新設され、東京二十三区と呼ばれる行政区分ができたのもこの年だ。まるで私の子供時代が無かったことになったようで、そして下町を焼き払ったあの東京大空襲を無かったことにしているようで、私は良い気分にはなれなかった。

昭和二十三年（一九四八年）、東京裁判の判決が下り、年末にA級戦犯七名の死刑が執行された。新聞では大々的に報道されたけど、私の周囲にはさほど関心を寄せている人はいなかったし、お金を稼ぐのにいっぱいいっぱいの私も同様だった。喜びとも悔しさとも言えない、「あぁ、これで本当に終わったんだな」という想いがあるだけだった。

生活への影響という意味では、昭和二十四年（一九四九年）の財政政策の方が遥《はる》かに大きかった。ドッジ・ラインと呼ばれる財政政策により、税制改革や単一為替レートの設定、預金封鎖などが実施された。預金の引き出し制限がされたところでウチにはそのお金もなかったし、正直私には意味がよく分からなかったけど、バカ高かった闇市の物価が秋頃には大幅に下落したため、以前ほど物不足に苦しむことはなくなった。

町中で古臭い国民服やモンペを着る人は日を追うごとに減り、代わりに洒脱《しゃだつ》なスーツやワンピースといった洋装が擡頭《たいとう》するようになった。人々の装いが洗練されるにつれて、私は白黒の世界が少しずつ色付いていくような、時代の潮流を目の当たりにしているような、そんな不思議な感覚を味わっていた。その陰でデフレや国鉄の首切りが社会問題にもなったりしたから、一概にハッピーエンドとは言えないかもしれないけれど。

大きな変化というものは続くもので、昭和二十五年（一九五〇年）に朝鮮戦争が勃発《ぼっぱつ》した。軍が解体された日本は参戦こそしなかったけど、アメリカ軍の前線基地であったため、貴重な供給源としての役割を最大限に担った。食料や鉄はもちろん、車の部品や建築資材、木材、麻袋、石鹸《せっけん》、衣服、歯ブラシ、負傷兵の医療サービスまで、およそ人間が使うものであれば何でも飛ぶように売れ、日本は空前の特需景気に沸いた。

あんなひどい目に遭った戦争で金儲《かねもう》けをして喜ぶなんて……と思わなかったわけじゃないけど、当時の私たちにとってそれは何にも代えがたい〝神風〟だった。それまで安い古着と繕いで間に合わせていた私とハナは、十年振りくらいに服を新品で買い揃えた。糊《のり》の香りが漂う純白のブラウスを手にした時は、涙が出るほどの感慨を覚えたものだ。

そして、ちょうどその頃だった。母が私たちに、大事な話を持ち掛けてきたのは。

「あんたたち、聞きなさい。近いうちに引っ越すから準備しておきなさいよ」

「えっ、引っ越すって、どこに？　何で？」

帰るや否やそう切り出した母に、私は矢継ぎ早に質問した。

母が答えるより、ハナが期待に満ちた目で尋ねる方が早かった。

「もしかして……お母さん、再婚するの？」

「ええ、局員さんに素敵な人を紹介してもらいましてね。貿易会社の社員さんで、愛想もよくて信用できる人ですよ。娘が二人いることを話しても全然煙たがらなくて、二人とも大学に行かせてやれるように頑張りたいって。このご時世に有り難いことですよ」

語る母は珍しく上機嫌だった。ハナもまた、諸手《もろて》を挙げて無邪気に喜んでいる。

「やったー！　お姉ちゃん、大学だって！　……お姉ちゃん？」

ハナの不思議そうな声で、私は自分が険しい表情をしていることに気付いた。

混乱冷めやらぬまま、私は母に訊く。

「再婚って……どうして？」

「そりゃあ、いつまでもこんな狭い所に、女子供だけで生きていけないでしょう。学校に通うにせよそうでないにせよ、安定した稼ぎのある旦那はどうしても必要なんですよ」

母は当然のように答えたが、私が訊きたいのはそんなことじゃない。

稼ぎのある旦那が必要？　必要だから結婚するって、どういう了見だ。

「……お父さんは？死んだお父さんのことは、どうするの？」

しかし、タブーに触れる覚悟の私の質問にも、母は何のこともないように答えるだけ。

「どうもこうもありませんよ。これまで通り家族みんなで、お父さんが仏様になって見守ってくれるのを祈るだけです。そんなことよりタヱ、今からでもちゃんと勉強しなさいよ。あんたはただでさえ昔から出来が悪いんですから」

私は頷《うなず》くことができなかった。新しい父親がどんな金持ちだろうと、聖人君子だろうと、彼と一家団欒《だんらん》を築ける未来は想像できない。私にとって父親とは、後にも先にも一人しか有り得ないのだ。

藁《わら》にも縋《すが》る思いで、私は母を説き伏せようと試みる。

「ねぇ、無理に結婚しなくても、今のままでもいいんじゃない？　私、もっと頑張って働くよ。大学も別に行かなくていい。だから、このまま三人で……」

「バカおっしゃい！『別に行かなくていい』なんて、無学の小娘が一体何様のおつもりですか。身の程知らずも大概になさい。勉強したくないからってワガママ言うのはお止《よ》し。あんたが何を言おうと、結婚はもう決まったことなんですからね」

母に徹底的に否定されてしまえば、もはや言葉を交わすことに意味はない。

蟠る感情を飲み下し、私は刺々《とげとげ》しく言い放つ。

「……そう、ならもういいよ」

わざと足音を鳴らしながら流し台に向かい、私は荒っぽい手付きで洗い物を始めた。

そんな私に、ハナは不安そうに声を掛けてくる。

「お姉ちゃん？　どうしたの？」

「別にどうもしてない」

ハナの朴訥《ぼくとつ》な疑問は、既にハナが私ではなく母側の存在であることを告げていて、それが余計に私の癇《かん》に障った。

虫の居所が悪かったのは、心のどこかに『ウチだけは違う』という気持ちがあったからだと思う。父と母は生まれながらにして夫婦で、私の両親で、たとえどちらかが死んでもそれは変わらないんだろうな、と。父が死んで五年が経つけど、母が再婚するかもしれないと思ったことは一度もなかった。

もちろん、私はもう子供じゃないから、そんなわけないってことは分かっている。こんなコブ付き女と結婚してくれる男性なんて渡りに船だ。母の言う通り、いくら暮らし向きが上向いたとはいえ、このまま女手だけで生きていくのにも限界がある。

それでも、どうしても納得がいかなかった。自分と子供の暮らしのために結婚すると悪びれもせず公言した母が、まるでお金に集《たか》る性悪女に思えてならなかった。

その晩、ボタ餅《もち》をくれた父の横顔を思い出し、なかなか寝付くことができずにいた。

——愛って、何なんだろう。

母が再婚を報告した日から、私は「仕事が忙しいから泊まり込む」という名目で家を空けがちになった。私たちのためだと言いながらも、身も蓋《ふた》もない話をするなら、母はお金のために好きでもない人と結婚するようなものなのだ。強い母が、突然醜く汚いものに変わってしまったように思えて、同じ屋根の下に居たいと思えなくなってしまった。

その頃、私は母やハナには内緒で付き合っている人がいた。蕎麦屋の常連客のケンジというその男は、埼玉からの上京者で、私よりいくらか年上の若者だった。

何度目かのお会計の時、ケンジは愛想よく言った。

「ごっそさん！　あんたのとこの蕎麦はやっぱり格別だな」

「あ、ありがとうございます。作ってるのは私じゃないですけど……」

「いやぁ、そんなことないって。看板娘のあんたがいてこそのこの味だよ。な、みんな？」

ケンジの音頭で店内の男衆が口々に同調する。慣れない賞賛に、私はくすぐったい気持ちにさせられてしまった。

そんなやり取りがきっかけで、私とケンジは込み入った話をするようになり、やがて誘われるまま彼の家に入り浸るようになった。不用心と言えばその通りだったと思うけど、当時の私は他人から興味を持たれていること、そして何より女として見られていることが嬉《うれ》しかった。

学が浅く世間知らずな私に、英語が記された革ジャケットを羽織るケンジは、事あるごとに得意げに持論を呈した。

「つまりな、今はもうあくせく働くような時代じゃないんだよ。いい歳して未《いま》だにそういう仕事をしているような奴はな、はっきり言っちまえばノロマでバカなんだ」

「働く時代じゃないってどういうこと？　働かないとお金は稼げないんじゃないの？」

「もちろん何もしなくてもいいってわけじゃない。必要なのは、価値あるものをいち早く見抜く力。それさえあれば、金なんていくらでも簡単に入ってくるんだよ」

その言葉通り、ケンジは日がな一日町をふらついて遊び歩いているように見えていたが、金に困った様子は一切なかった。占領軍の缶詰・酒類・洋服といった放出品を独自のルートで仲間に回収させ、それを売り捌《さば》くことで大きな利益を上げているのだそうだ。同世代の若者であるにも拘《かかわ》らず、汗水流して働かずにお金を稼ぐケンジの存在は、当時の私にとって衝撃的だった。

ただ、ケンジに心惹《こころひ》かれたのは、お金だけじゃない。

ある夜の逢瀬《おうせ》で、私がケンジに母親への不信感を吐露すると、ケンジは親身に話を聞き、同情してくれた。この日に初めて知ったことだが、ケンジも家業を強要してくる親に嫌気が差し、埼玉の実家を捨てる形で上京してきたらしい。偶然出会ったケンジが似たような境遇に置かれていることに、私は運命めいたものを感じた。

そしてそれは、ケンジの方も同じだったようだ。

「タエ、そんなに母親が嫌なら、もう俺の所に来いよ。そんな家、逃げちまえ」

「私もそうしたいよ。でも、やっぱりお母さんとハナを放っておくわけには……」

ケンジの真剣な提案を受け、しかし私は目を背けて曖昧《あいまい》に濁した。腐っても母には今日まで育ててもらった恩義がある。泣き虫のハナのことだって、せめて大学に入るまでは見届けてあげたい。

私の逡巡《しゅんじゅん》を見抜いたケンジは、竹を割ったような口調で諭してくる。

「何を躊躇《ためら》うことがあるんだよ。俺たちは大人の言いなりになった結果、あんな惨めな思いを強いられたんだぜ。あの戦争で嫌ってほど分かっただろ。結局お利口さんでいたってな、都合よく利用されて食い物にされるだけなんだ。お前はそれでいいのかよ？」

ケンジの台詞《せりふ》で、私はこれまで潜り抜けた苦境の数々を思い出す。ひもじい生活、学童疎開、東京大空襲、伯母《おば》さんの嫌がらせ――

途端、脳内にカッと熱いものが込み上げた。そうだ、考えてみればケンジの言う通りだ。国や先生に言われるがままの〝良い子〟でいて、それが何になった？　私は一体どれだけその恩恵に与《あずか》れた？　何にもならず、何も得ず、全てを失った。それが現実じゃないか。

ずるい。卑怯《ひきょう》だ。不平等だ。大人たちのやりたい放題に振り回された結果、私たち子供は我慢を強いられて、何もかも奪われて。この上どうして私ばっかり、大人の指図で不便を強いられなきゃならないんだ。今、ケンジと結ばれる機会を逃して、じゃあ母や他の大人がより良い未来を保証してくれるのか？　答えは否だ。

私の頭を撫《な》で、ケンジは優しく、そして力強く断言した。

「いい加減、タヱも親離れしようぜ。戦争が終わった今、俺たちは自由に生きていいんだ。いや、自由に生きるべきなんだ」

答える代わりに、私はケンジの逞《たくま》しい胸板に頭を預ける。

肌越しに感じられるケンジの鼓動は、新しい人生の胎動のように感じられた。

その日から、私は急速にケンジと結婚したいという気持ちが強まっていった。それは純粋な恋心というより、母や再婚相手と同じ屋根の下にいたくないという気持ちも多分にあっただろうけど、ともかく私は一刻も早く家を出たかった。

私は喫茶店に母を呼び、ケンジを紹介した。ケンジは無遠慮に煙草を吸い、母は露骨に顔を顰《しか》めたが、私はさほど気にしていなかった。それくらい、私の母に対する感情は冷え切っていた。

「お母さん、私ね、この人と結婚したいと思うの」

私が口火を切ると、ケンジは場違いな声を上げた。

「あれ、お父さんは？　仕事ですか？」

「……タヱ、そんなことも話していないのですか」

母にジロリと睨《にら》まれ、私はケンジに言う。

「そんなわけないじゃない、前に話したでしょう、空襲で死んだって。まぁ、もうじき再婚するんだけど」

「あぁ、そうだったかな。でも何で空襲？　高射砲部隊に詰めてたのか？」

「夫は警察官ですよ。東京大空襲の時、避難誘導と消火作業で命を落としたんです」

母の硬い声を聞き、ケンジは鼻で笑う。

「警察官？　あの時代に憲兵じゃなくて警察官とは。ははぁ、上手《うま》いこと軍属をすり抜けたのに結局死ぬなんて、それはご愁傷様でしたなぁ」

「……何ですって？」

「あぁ、すみませんね。俺、思ったことをすぐに口に出してしまうタチなもので。いやぁ、しかしやっぱり可哀想ですなぁ。せめて戦場で戦死したなら英霊として祀《まつ》られて、恩給だってしこたま貰《もら》えたでしょうに、警察官じゃ知れたものでしょう。やっぱり戦場を前にして日和《ひよ》ったバチが当たったんでしょうかなぁ」

母の機嫌が急速に悪くなっていることは、火を見るよりも明らかだった。

アイスコーヒーを豪快に呷《あお》った母は、力任せにグラスを机に叩《たた》き付ける。

「夫の話は、もう結構。今聞きたいのはタヱのことです」

母は値踏みするようにケンジを見据え、尋ねた。

「ケンジさんと仰《おっしゃ》いましたね。あなたは本気でタヱを幸せにするつもりでいるのですか？　家族として一生寄り添って、命を懸けて守る覚悟はできているのですか？」

「そりゃあもう、当然ですよ！　そんじょそこらの偽者と違って、俺の中には金稼ぎの計画が腐るほどあるんですから！　何ならお義母《かあ》さんも養ってあげましょうか？　いろいろと入り用でしょう？」

「余計なお世話です。それに、あなたにお義母さんと呼ばれる筋合いはありませんよ」

「そうですか？　俺とは良い関係作っといた方が得だと思いますがねぇ」

ケンジは母のみすぼらしい服を見て、薄く笑う。

それからケンジは自分のビジネスについて饒舌《じょうぜつ》に喋《しゃべ》りまくったが、母は雑に相槌《あいづち》を打つばかりで、最後の方は目を合わせようとすらしなかった。

「タヱ、あんな男との結婚、私は認めませんからね」

ケンジと別れてから一度も喋らなかった母は、寮のドアが閉まるや、強張《こわば》った声で切り出した。

私が何か言うより早く、母は厳しい目付きで私を睨み、声を荒らげた。

「何ですか、あの男は！　礼儀もマナーもなっていない鼻垂れ小僧が、人のことを舐《な》めて！　タヱ、私は信じられませんよ！　あんな男のどこを好きになったんですか！」

母の叱責《しっせき》を受けても、私の頭は冷めていた。

どの口で言うんだという思いを胸に、私は臆《おく》することなく平然と切り返す。

「お母さんが時代遅れなだけだって。今はああいう崩れたスタイルが主流なんだよ。それだけお母さんに気を許してるってことでさ」

「私が言いたいのはそんなことではありません！　空襲の恐ろしさも知らない小僧に、あの人をあんな風にバカにされて、悔しくないのですか！」

「そりゃあ言い方はちょっと悪かったかもしれないけど、お父さんはもう死んじゃったわけだし。それに言ってることも全部的外れってわけじゃないでしょう。軍に入るのが怖くて警察に入ったって。それを悪く言うつもりはないけどさ」

「ふざけるのも大概におしッ！　あんた、お父さんがそれを聞いたらどう思うか、一度でも考えたことがあるんですかッ！」

「お父さんは死んだって言ってるじゃない！　お母さんみたいな裏切り者に、そんな偉そうな説教される筋合いないわ！」

部屋が、シンと不気味に静まり返った。

暗雲の中の雷のように、母は低く轟《とどろ》く声で問い質《ただ》す。

「……タヱ、自分が何を言っているのか、分かっているのですか」

直後、母は私の胸ぐらを摑《つか》み、口角泡を飛ばして怒鳴り散らしてきた。

「何が裏切り者ですか！　私がいつ、誰を裏切ったと言いますか！　えぇ⁉」

「裏切り者じゃないか！　お金のために好きでもない男と結婚して、死んだお父さんのことなんてほったらかして、それがお父さんへの裏切りじゃなかったらなんだってのさ！」

私は母を摑み返して抵抗した。体格に差がなくなったことで、幼い頃よりも対等に渡り合えていた。

いつの間にか帰ってきていたハナが、泣きながら私たちを止めようとしてくる。

「お母さん、お姉ちゃんも、もうやめてよ！　喧嘩《けんか》しないでよ！　もういいから！　高校も大学も私、もうどうでもいいから！」

しかし、ヒートアップした私と母は、もはやハナの言葉を聞いてもいなかった。

取っ組み合いの中、母は目を血走らせて声を振り絞る。

「好きでもないなんて滅多なこと言うんじゃありません！　死んだお父さんのことを忘れたことなんて一度だってあるものですか！　だけど、女手だけで生きていけるほど世の中甘くないんですよ！　終わったことにいつまでも囚《とら》われていたら、あの人だって浮かばれないでしょうがッ！」

「へぇ、そっちはそうやって死んだお父さんを都合よく使うんだ！　その人が死んだら、次は別の男を見付けてお金を集《たか》るんだ！　どうせ本音じゃ、稼ぎの悪いお父さんが死んでくれてラッキーだったなんて思ってんじゃないの⁉　空襲の時、一度もお父さんのことを呼び止めようとしなかったものね――」

私の挑発に我慢の限界を迎えた母は、力任せに私を投げ飛ばし、玄関に叩き付けた。

痛みに呻《うめ》く私の頭上から、母の金切り声が突き刺さる。

「出てお行きッ！　あんたなんか、もう娘でも何でもないッ！　二度と戻って来るんじゃありませんよ！　さっさと出てけ、今すぐ出てけ――ッ！」

「言われなくたって、こっちから出て行ってやるわ――ッ！」

私は肺の底から罵声《ばせい》を張り上げ、力任せにドアを開けた。家を出る瞬間、獣のように肩で息をする母と、さめざめと泣くハナの姿が見えたが、それはすぐにドアに遮られて見えなくなった。

ちょうどいい、せいせいした。肩の荷が下りた気分だ。ハナのことは多少気掛かりではあるけど、母の再婚相手が裕福なら、もう私の力など必要ないだろう。

これからだ。ようやく私は、自由な人生の一歩を踏み出したんだ。


昭和三十年（一九五五年）から、日本はいわゆる神武《じんむ》景気に突入した。『もはや戦後ではない』の言葉通り、日本の経済水準は第二次世界大戦前まで回復し、大きなビルやマンションが雨後の筍《たけのこ》のようにバカスカ建ち始めた。外に出るたび、東京の街並みは生き物さながらに変遷していった。東京タワーの建設が始まったのもこの頃だ。

しかし、世の中の動向に反して、ケンジのビジネスは素人目にも上手くいっているようには見えなかった。昭和二十七年（一九五二年）にGHQが撤収したことで、ケンジのそれまでの主たる収入源だった占領軍の放出品が手に入りにくくなり、同時に陰で行っていた米兵への性風俗斡旋《あっせん》業も暗礁に乗り上げてしまったのだ。闇市も昭和二十六年（一九五一年）の物価統制撤廃により消滅し、横流しに頼らずとも上等な外国製品が手に入るようになったことで、ケンジのビジネススタイルそのものが時代遅れとなりつつあった。日本を占領したアメリカ軍がこんなに早く撤収することも、完膚なきまでに叩きのめされた日本がこれほどの速度で経済成長を果たすことも、ケンジにとっては想定外だったようだ。

ここでさっさと見切りを付け、適当な会社に勤める方向にシフトしていれば、傷は浅く済んだだろう。だが、プライドの高いケンジはそれを是としなかった。一度楽に金儲《かねもう》けすることを覚えた人間は、地道に働くことができなくなってしまうのだ。さっさと負けを認める価値を見抜けないバカはケンジのことで、同時に私のことだった。さっさと負けを認めないがために余計に大負けする——過去の母の言葉が、不意に私の頭をよぎった。

「あぁ、クッソ、ふざけんじゃねぇよ……」

澱《よど》んだ目で深酒に耽《ふけ》り、露骨にイライラした様子のケンジに、私はおずおずと話し掛ける。

「ね、ねぇケンジ、そんなに飲んだら体に障るわよ——」

「うるせぇ！　何も知らねぇバカ女が、俺に指図すんな！」

下手な会話を試みれば、いや会話をせずとも、突発的な癇癪《かんしゃく》で暴力を振るわれるのが常だった。

それでも私がケンジの傍を離れようとしなかったのは、ケンジが私のために頑張ってくれていると信じて疑わなかったからだ。

「なぁタヱ、本当の俺はこんなもんじゃないんだよ。今はまだ世の中が俺の正しい価値を認めてくれていないだけなんだ。分かってくれるだろ？」

「……そうだね、ケンジは頑張ってるって、私は分かってるよ」

「そうだよな、タヱだけはずっと俺の味方だよな……」

同衾《どうきん》するケンジが別人のように弱音を吐いているのを見ると、どうしても非情になり切れなかった。曲がりなりにも私を自由にしてくれたことには感謝していたし、『この人は私がいなければダメなんだ』という特別感に酔ってもいた。ケンジが私との籍をなかなか入れたがらなかったのは、他に女がいたからだと私はとっくに知っていたが、それも彼のビジネスのためには必要なことなんだろうと見て見ぬ振りをしていた。

家を出てから蕎麦屋《そばや》の仕事を辞めた私だったが、ケンジの収入と貯金が心許《こころもと》なくなったため、デパートのレストランで働くようになった。一日中立ちんぼで掃除や皿洗いを行い、あかぎれた手で受け取った給与は、その全てがケンジによって没収・管理された。

「偉いぞ、タヱ！　お前は本当に最高の女だよ」

お金を渡す時だけ見せてくれる笑顔と労《ねぎら》いの言葉が、私には嬉《うれ》しかった。たったそれだけのことで報われた気分になっていたし、ケンジの横暴を疑問に思うことも減っていった。有り体に言うなら麻痺《まひ》――否、洗脳されてしまっていた。

その洗脳に転機が訪れたのは、皮肉にもケンジが金を稼ぐようになってのことだ。

ケンジは生活費の大半を投資や博打《ばくち》に注ぎ込んでは失っていたが、昭和三十二年（一九五七年）の夏、突如として私に「迷惑を掛けた詫《わ》び」という体でルイ・ヴィトンのバッグをプレゼントしてくれた。一体どうやって手に入れたのかと驚く私を、ケンジは高級ホテルに連れて行き、併設されたブティックで靴や服を気前よく買い与えてくれた。訳も分からないままレストランでフレンチのフルコースなんてものまで振る舞われ、目を白黒させる私に、ケンジは自信満々の笑みを湛《たた》えて言った。

「言っただろ？　俺はこんなもんじゃないって」

その言葉を聞き、私は内心で快哉《かいさい》を叫んだ。ケンジはやっぱり私が見込んだ通りの男だった。彼を信じてよかった。苦労の末に、新しい事業が上手《うま》く行ったんだ。ケンジは「お前に話してもどうせ分からないから」と収入源を明言しなかったけど、オンボロ長屋から立派な借家に引っ越したことに加え、電気冷蔵庫・洗濯機・白黒テレビの三種の神器までも買い揃えてくれたものだから、私はそのことを不満に思うこともなかった。

化けの皮はすぐに剝《は》がれた。暑さが和らぐ頃、ケンジの不在中に彼宛ての荷物を受け取った私は、うっかり手を滑らせて落としてしまった。破れた段ボールから床に滑り落ちたものを見て、私は訝《いぶか》しく思った。

油紙で個包装されたそれは、一見すると菓子でも入っていそうな見掛けをしている。興味本位で中身を覗《のぞ》いた私は、息が止まるほどに驚愕《きょうがく》した。

粘つくような甘い臭気を放つ白い粉は、どう考えても砂糖や小麦粉の類《たぐい》ではない。段ボールに入っている紙包装は締めて百を下らないが、恐らく全て同じものだろう。この大量の謎の粉が、ケンジの突然の稼ぎと結び付いていることは、火を見るよりも明らかなことだった。

帰宅したケンジに私が震えながら粉の正体について尋ねると、ケンジは烈火のごとく怒り狂った。

「俺宛ての荷物を勝手に開けてんじゃねぇ！　誰のお陰で食っていけていると思ってんだ、この恩知らずのバカ女！　言っとくけどな、このことをサツにチクったら、お前もムショ行きなんだからな！」

私は床に蹲《うずくま》り、正気を失ったケンジの暴力と罵声をやり過ごすことしかできなかった。

他に帰る家も寄る辺もない私は、しばらくケンジの逆鱗《げきりん》に触れないよう見て見ぬ振りに徹していたが、それも間もなく限界を迎えた。夕方、買い物のために外に出た時、スーツ姿の二人組の男とすれ違ったのだ。

サングラスの奥の、私を値踏みするような目を見た瞬間、私は根源的な恐怖に駆られた。考えまいとしていたあの粉の正体を、その二人の目は何よりも雄弁に物語っていた。

会釈して通り過ぎようとした私の背に、剣呑《けんのん》な声が掛けられる。

「おい、お前……」

それ以上の言葉を拒絶するように、私は買い物袋を放り出し、駅に向かって一目散に走り出した。

走っても走っても、怒声が付いてくる気がしてならない。振り向くのが怖くて、私は一心不乱に走った。人が多い駅舎に着いてもまるで安心できず、私は財布に残っていたお金で買える限界の切符を購入し、電車に飛び乗った。

遠く、とにかく遠くへ、あの人の目が届かないどこか遠くへ——


ホームで夜を明かしながら電車を乗り継ぎ、最終的に着いた先は山梨の日野春駅だった。

何も考えずに電車に乗ったつもりだったけど、その結果が『二度と来るもんか』と息巻いていた疎開地に来てしまうのだから、つくづく人生はままならない。

ヤケクソになった私は、空腹を抱えたまま歩いて疎開先の平屋旅館に向かった。別に行って何をしようと思ったわけでもない。ただ、もう帰る場所などなかった私には、それくらいしかやれることがなかった。

しかし、私たちが泊まった平屋旅館は相当前に潰《つぶ》れてしまったらしく、廃墟《はいきょ》と化していた。蜘蛛《くも》の巣が張り、ガラスがバリバリに割れた旅館を見た私の中に、何とも言えない虚無感が去来した。忌々しい思い出の成れの果ては、今の自分を見ているかのようだった。

あの頃の恨みを晴らすべく、私はヴィトンのバッグを旅館の窓に投げ付ける。けたたましい音を立ててガラスが更に割れ、煌《きら》びやかなブランドバッグは向こう側に消える。

財布が入ったままだったが、もはやどうでもよかった。虚《むな》しさだけが私の胸を満たしていた。

——あぁ、私もそろそろ、死んだ方がいいんだろうな。

小卒で学もなく、母親と大喧嘩《おおげんか》して勘当されて、その末に結ばれた相手は怠け者のダメ男で、挙句の果てにそいつは犯罪の片棒まで担いでいて。そんな男に騙《だま》された私は同じくらいの、いやそれ以上の愚か者だ。家族にも世間様にも迷惑を掛けてばかりで、こんな私、生きている価値なんて何もない。

一度踏ん切りが付くと、案外爽《さわ》やかな気分だった。ここから見える適当な山に登って、崖《がけ》でも探して身を投げよう。今なら死んだところで誰に迷惑を掛けることもない——

「どうかなさいましたか？」

突如として声を掛けられた私は、反射的に身を庇《かば》ったものの、すぐに直った。何を驚いているんだ。どうせ死ぬつもりだったのに身の安全も何もないじゃないか。

私の振る舞いに、声を掛けた男性は苦笑して軽く手を振る。体格はがっしりしているが、顔立ちからすると同じくらいの年齢だろうか。

「あぁ、すみません、脅かすつもりはなかったんです。ただ、何か物音がして来てみたら、こんな所であなたが泣いているものですから。地元の方ですか？」

「いえ、私は……東京から来たんです。昔、ここには学童疎開で来たんですけど、懐かしくなって」

地元民と思《おぼ》しき男性は、回顧するように目を細める。

「疎開ですか。いやぁ、あの頃は大変でしたよねぇ。そういえば俺、恥ずかしながら東京からの疎開っ子に手酷《てひど》い目に遭わされたことがありまして」

ざわ、と私の心が騒いだ。

彼の顔をさり気なく覗き込み、私は尋ねる。

「……それって、どんな？」

「あぁいえ、俺が悪いんですよ。悪ガキ共と疎開っ子をからかっていたら、喧嘩になって泣かされまして、しかも女の子にですよ。いやはや、あの時ほど自分を情けなく思った日はありませんでしたなぁ」

男性は何も気付いていない様子で、頭を掻《か》いてはにかんでいる。その表情に、どことなくあの時の面影を感じる。

「もう俺もいい歳ですけど、未《いま》だにこの時期になるとここに来てしまうんですよねぇ。ここに来たらまた会えるかなぁ、会えたらちゃんと謝らなきゃなぁって思って、まぁそんな都合のいいことが起こるわけないんですけど……」

「……起こりましたよ」

私は洟《はな》を啜《すす》り、ぶっきらぼうに言った。

男性は不意を衝《つ》かれた様子で、素《す》っ頓狂《とんきょう》な声を上げる。

「……え？」

私は彼に詰め寄り、上目遣いで睨《にら》んだ。あの時とは違って、背丈は頭一つほども離れている。

「私ですよ。お腹が空《す》いて、あなたから干し柿を取り上げた、横川タヱですよ」

「え?……え? でも、あれ? そうか、確かタヱって……あれ、嘘、そんな……」

戸惑う彼の胸元に、私はしがみ付いた。大きな体だった。今、あの時と同じように彼と喧嘩したら、まるで歯が立たないことは明らかだ。

彼の胸に顔を埋《うず》めたまま、私は涙に濡《ぬ》れた声で言った。

「謝罪の言葉はいらないです、あれは私も悪かったので。その代わり、お家《うち》に泊めてくれませんか。私、もう帰る場所がないんです」

しばらく呆然《ぼうぜん》としていた様子で黙りこくっていた彼は、やがて大きな手で私を優しく撫《な》で、答えた。

「ええ、俺の家で良ければ喜んで。お互い、これまでのことをゆっくりお話ししましょう」

私が森戸清志《きよし》と結婚し、森戸タヱと改姓するのは、それから三年後の話。

――現代5――

翌日、私は受付開始時間の九時になるや、すぐさま食料配送サービスの窓口に電話を掛けた。

オンライン申請時に発行された受付番号を伝えると、担当者は困り声で唸《うな》る。

「ううん、確かに予定通り昨日配送されているはずなんですが……」

「でも、本当に届いてないんですよ。誰も来なかったし、置き配もされていないですし」

私は彼女の言葉を遮って言った。届いていたらこんな風に電話を掛けるわけがないじゃないか。無意味な押し問答に、だんだんと私の苛立《いらだ》ちが募っていく。

「そういうことでしたら、とりあえずこちらで再手配させて頂きます。オンライン申請で頂いたご住所に、明日《あした》配送させて頂きますので……」

「あの、今日中は無理ですか？　買い物に行けなくて、家の食べ物も尽きているんです」

「申し訳ありません、手続き上それはできなくて、ただ、できるだけ早く配送するように申し伝えさせては頂きますので……」

「分かりました、もうそれでいいです。次はちゃんとお願いしますよ」

うんざりした私は、答えも待たずに電話を切った。

コーンポタージュの素《もと》は辛うじて残っていたが、食べ物はもう家に残っていない。出前を頼む？　でも出前は手数料が掛かるし高い。加えて、味覚障害のせいで味はほとんど分からないのだ。昨日のうちに食料が届いていればそれで済んだ話なのに、どうして私がそんな無駄金を払わなきゃならないんだ。

せめて腹を膨れさせようとお茶をがぶ飲みし、私は思いっきり溜息《ためいき》を吐く。

「ちゃんと働いてよ、望んで就いた仕事でしょうが……」

それがかつて疎んだ台詞《せりふ》であることにも気付かないまま、私は悶々《もんもん》と考え込む。

あの担当者、まさか私のこと疑ってたの？　私が嘘をついて食料を余計に巻き上げるようなせせこましい女だとでも？　生憎《あいにく》、私はそこまで生活に困っていませんけど。そもそもそっちのミスなんだから、ちょっとくらい融通利かせたっていいと思うんですけど。

っていうか譲、コロナで仕事が忙しいなんて嘘で、もしかして他の女と会ってたんじゃないの？　だから自粛期間中なのにあんな時間に騒がしい場所に居たんじゃないの？　そうだ、きっとそうに違いない。キープなんて御免だなんて言っておきながら、結局キープしていたのは自分の方じゃないか。自分を棚に上げてよくも偉そうに。

大体、それもこれも全部新型コロナウイルスのせいだ。あれのせいで私は気晴らしの旅行も転職もままならず、挙句の果てにこんな風に軟禁されてしまっているんだ。変な団体が現れたり気味の悪い事件が頻発したりするのも全部コロナのせいだ。『ここが堪《こら》え時』『我慢の二週間』を繰り返して一体もう何波目だ。自粛って本当に意味あるのか。ちゃんとワクチン三回も接種したのに何でコロナに罹《かか》るんだよ。早く治療薬くらい作ってよ。

課長に自腹を切らされたお茶代があれば気兼ねなく出前を頼めたのに。新人の島田さんの教育担当にならなければもっと楽に仕事できたのに。リモートワークができる職場だったら感染しなくて済んだかもしれないのに。

ああ、もう何もかもにイライラする。

結局、食事に無駄金を掛けるものかと意地になった私は、無理やり寝ることで空腹をやり過ごすことにした。

お昼過ぎにコーンポタージュを作り、お茶二本を飲んだが、やはり固形物じゃないと腹はろくすっぽ膨れない。むしろお腹がたぷたぷになって余計に気分が悪くなってしまった。

十九時十五分、おばあちゃんの電話を取る私の心は、空腹でささくれ立っていた。

私の態度の変化に気付いたおばあちゃんが、気遣うように問うてくる。

「サナちゃん、どうかした？　体の調子、悪いの？」

「どうもしてない」

図星なのが余計に腹が立った。今夜に限っては、早く電話が終わってほしいと思ってすらいた。

私の苛立ちなど知らないおばあちゃんは、呑気《のんき》な調子で言う。

「サナちゃん、何があったか知らないけれど、怒っちゃダメよ。サナちゃんはかわいいんだから、プリプリ怒ったら勿体《もったい》ないわ。昔から言ってるでしょ？　サナちゃんは笑顔でいなさいねって――」

「分かってるって、そんなの！」

カッとなり、私はつい大声を上げてしまった。

一度口を衝いて出ると、堰《せき》を切ったように言葉が溢《あふ》れてくる。

「でも、仕方ないでしょ！　今はお腹が空いてそれどころじゃないんだって！　コロナのせいで買い物に行けないし、担当者のせいで食料配送も遅れるし、家には食べるものが何もないし！　十三年前のおばあちゃんは分かんないかもしれないけど、こっちは本当に大変……で……」

そこで私は遅まきに冷静さを取り戻し、口元を押さえた。電話の向こうのおばあちゃんは、私の怒りに圧倒されたように押し黙っている。

自分が誰に何を言ってしまったか、猛烈に後悔した私は、青ざめて謝罪に徹する。

「ごっ……ごめん、おばあちゃん！　違うの、私、そんなつもりじゃなくて……」

答えはない。孫の癇癪《かんしゃく》を腹に据えかねて電話を切ってしまったのだろうか、と震えていると、ややあって呻《うめ》くような声が聞こえてきた。

「おお……おお……！」

それがどういう感情に基づいた声なのか、私にはすぐに理解できなかった。

私が身構えていると、洟を啜る音に続き、悲痛な嘆きが聞こえてきた。

「何てかわいそうな！　私が呑気におせんべいを齧《かじ》っている時に、サナちゃんがそんなに飢えていたなんて！」

「お、おばあちゃん……？」

私はすっかり毒気を抜かれてしまった。おばあちゃんの台詞は大仰だが、口調は迫真そのものだ。

忙《せわ》しなく動き出したらしく、やにわに電話の向こうが騒がしくなり始める。

「こうしちゃいられないわ！　心配しないで、すぐに食べ切れないくらいのご飯を持って行ってあげるからね！　住所はどこ？　あぁでも、今はまだ東京にサナちゃんはいないのよね。じゃあこの日までに食べ物を送るように秀太に言っておかなきゃ。送るものは何がいい？　何でも好きなものを言って！　お米とお野菜？　お肉もあった方がいいわよね？　それとも日持ちする乾き物の方が、あぁもういっそ全部……」

「おっ、落ち着いて、おばあちゃん！　そんな大袈裟なアレじゃないから……」

「何が大袈裟なものよ！　サナちゃんが飢えて苦しんでいるなんて、これが天下の一大事じゃなくて何だって言うのよぉぉ――！」
「だからそれはちょっとした誤解で……」
気が動転したおばあちゃんを宥《なだ》めるのに、それからたっぷり五分以上を要した。
ようやく落ち着いたおばあちゃんが、念を押すように訊《き》いてくる。
「サナちゃん、本当に大丈夫なの？」
「うん、いざとなったらウーバーイーツとかネットスーパーとかでどうにでもなるから
……ごめんね、ついおばあちゃんに当たり散らしちゃって」
何だかんだで空腹も苛立ちもすっかり吹っ飛んでしまった。本当に何であんな些細《ささい》な
ことでイライラして心無いことを言ってしまったのか、自分でも分からない。
消沈する私に、おばあちゃんはいつものように優しく言ってくれる。
「そんなの、何も気にしなくていいのよ。こんなオババでよければいくらでも当たり散
らして頂戴《ちょうだい》。さぁ遠慮せずに」
「そう言われると逆にアレだけど……」
変な促し方をするおばあちゃんが可笑《おか》しくて、私は小さく噴き出してしまった。
私の境遇に心から同情するように、おばあちゃんはしみじみと呟《つぶや》く。
「食べるものがないって、本当につらいことよね。ひもじくて他のことなんて考えられ
なくなっちゃって。人間、何は無くともまずは美味《おい》しい食事だから」
比べ物にならない重さを伴った言葉を聞き、私は遠慮がちに問う。

「それってやっぱり、その……おばあちゃんの昔の経験？」

「えぇ。子供の頃のことで、一番強く覚えているのはご飯のこと。サナちゃんが聞いても退屈なだけだと思うけどね」

おばあちゃんの昔話を聞いたことは、実はほとんどない。おばあちゃんが話さなかったのもそうだけど、私の方からも進んで聞こうとしたことはなかった。何となくお互いに『あちらが触れたくない話題なんじゃないか』という気持ちがあったんだと思う。

だけど、聞きたくても聞けなくなる日は、いずれ必ずやって来る。いや、既にやって来てしまったのだ。

「つらいことを思い出させるかもしれないけど、おばあちゃんさえよければ聞かせてくれないかな。そういうこと、ちゃんと知っておかなきゃいけないと思うんだ」

「そう。あまり楽しい話じゃないけど、サナちゃんが言うなら喜んで」

姿勢を正して耳を傾ける私に、おばあちゃんは滑らかに語り出した。

「私、疎開先が山梨だったんだけど、毎日サツマイモばっかり作らされて食べさせられてね。今の甘いサツマイモと全然違って水っぽくて全然美味しくないし、薄いお出汁《だし》の味付けで毎日食べるのがつらくて仕方なくて。子供の数が多いから量も日に日に少なくなっていくし、木の皮とかバッタとかお布団の綿とか、とにかく口に入るものは何でも食べて、その度にお腹を壊して。戦後に身の回りが落ち着いてからも、しばらくはサツマイモを積極的に食べる気にはなれなかったわね」

穏やかな語り口からとんでもない単語が飛び出し、私は言葉を失った。

戦時中に国民がひどく困窮したことについては、もちろん教養として知っているが、自分事のように真剣に考えたことや積極的に深く知ろうとしたことはなかったと思う。むしろ幼い頃は『トウモロコシとかサツマイモが食べられたならいいじゃん、私どっちも好きだよ』みたいな舐《な》め腐ったことを考えていた時期もあったくらいだ。言うまでもなく口には出さなかったが。

木の皮にバッタに布団の綿って……疎開ってそんなにひどかったの？　引率の大人は何してたの？　それ、飢えと栄養失調で死ぬレベルじゃない？

私は腰を下ろしているベッドに敷かれた布団を見下ろす。これを食べる自分の姿、それも子供時代になんて、とてもじゃないけど想像もできない。しかし、凄惨《せいさん》な過去を語るおばあちゃんの口調は淀《よど》みなく、それが日本で実際に起きた出来事であることを嫌というほど思い知らされる。

「まぁ、戦後は戦後で大変でね。空襲で日本中が焼け野原になっちゃったし、兵隊さんの引き揚げで人がドカッと増えたから配給制なんか全然機能しなくて、配給のご飯しか食べなかった裁判官が餓死しちゃったくらい。サツマイモの蔓《つる》なんてものでまともに生きられるわけないのにね。闇市で食料の値段もすごい勢いで吊《つ》り上がって、盗みも食い逃げも日常茶飯事だったわ。そうしなきゃみんな生きられなかったのよ」

おばあちゃんは深く嘆息し、嚙《か》み締めるように言った。

『若い頃の苦労は買ってでもしろ』なんて言うけど、あんなひどい苦労は私たちだけで沢山。世界中のどこの子供にも絶対に味わわせちゃいけないわ。人間にとって……いえ、生き物全てにとって一番大事な仕事は、子供にご飯をお腹いっぱい食べさせてあげることなんだから」

人生を懸けたおばあちゃんの矜持《きょうじ》を聞き、私は得心した。

「そっか、だからおばあちゃん家《ち》に行くと、いつも食べ切れないくらいのご馳走《ちそう》を用意してくれていたんだね」

「うふふ、サナちゃんが小食だってのは分かってたけど、つい……ね。満足して帰ってもらいたかったから、張り切っていろいろ作っちゃって。カレーとかハンバーガーとか食べたい盛りだったでしょうに、野暮ったいご飯ばかりでごめんなさいね。オババの悪い癖で」

「ううん。東京で一人暮らしするようになって思ったんだけど、おばあちゃんの料理って本当にすごかったんだなって。出前とか外食とかだとどうしても割高だし、最近は何となく味気なく思えてくるようになって」

お世辞ではなく本心だ。あの深みのある味わいは、スーパーの弁当や外食チェーンなどではとてもお目に掛かれない。

言葉にしたことで急に懐かしさが込み上げてきた。自炊なんて作るのも片付けるのも面倒なだけだと思っていたけど、自分でいろいろ作れた方が何かと都合がいいかもしれない。

「こんな時にアレだけど、昆布巻きのレシピ、私にも教えてくれないかな?」

「ええ、それは構わないけど、でも……」

おばあちゃんの言葉が奇妙に途切れたので、私は先んじて言った。

「……あ、もしかして企業秘密?」

「そんなわけないじゃない。うん、何でもないわ。煮汁はお酒、砂糖、醤油《しょうゆ》、みりんを大匙《おおさじ》3杯ずつと、お酢を大匙1杯、早煮昆布の戻し汁を2カップ、それから煮干しと香り付けの青ネギを適量。この煮汁は肉じゃがとかすき焼きとかいろいろ使えて便利だから覚えて損はないわ。具はウチではニシンを使うことが多かったけど、鶏《とり》もも肉でも美味しく作れるわよ。水で戻した昆布を切って、具を包んでかんぴょうで結んで……」

昆布巻きの作り方を話すおばあちゃんは、とても生き生きとしていた。メモを取りながら、生きている時に直接教えてもらえばよかったなと、益体のない後悔に浸る。

作り方を聞き終えたところで、通話時間はもう三十七分を過ぎようとしている。私はおばあちゃんにお礼を言い、再三謝った。

「本当にごめんね、おばあちゃんは私なんかと比べ物にならないくらい大変な思いをしたのに、そんなことも知らないで……」

「サナちゃん、つらさを他の誰かと比べる必要なんてないのよ。私自身、あんなひどい戦争を経験していても、その後につらいと思ったことはいくらでもあったわ。サナちゃんの気持ちはサナちゃんだけのもの。どんな時だろうとつらいものはつらい。それしかないし、それでいいの」

おばあちゃんにきっぱりそう言われ、私の胸は陽だまりのように温かくなった。

「ありがとう。でも、お陰でいろいろ何とかなりそうな気がしてきたよ」


電話を切った私は、神妙な気持ちで深呼吸した。

おばあちゃんは『つらさを比べなくていい』って言ってくれたけど、今の私はとてもそんな気になれなかった。凄絶《せいぜつ》な戦火と飢餓を生き抜いたおばあちゃんに、無知ゆえの暴言を吐いてしまった自分が、恥ずかしいことこの上なかった。

私は一体何を恐れていたんだろう。おばあちゃんが味わった苦労に比べたら、今の会社を辞めて転職するくらい、どうってことないじゃないか。

スマホの電話帳をスクロールし、目的の人物を探す。あった、【鈴村麻紀《すずむらまき》】。うっかり消してなくてよかった。

発信すると、一度のコールですぐに応答があった。

「もしもし、麻紀先輩ですか？」

「えっ、紗菜じゃん。久し振りー、どしたの？」

麻紀先輩は私が入社した時、仕事についての指導をしてくれた人だ。面倒見が良く、憂鬱《ゆううつ》な業務中の数少ない癒《いや》しだったのだが、私が入社して一年ちょっとで転職してしまった。その時の私の絶望感は筆舌に尽くせない。辞める前に「また飲みに行こう」とは言ってくれたのだが、やはり仕事上の接点がないと気軽に連絡もできず、コロナ禍も手伝ってすっかり疎遠になってしまった。

「突然すみません、ちょっと先輩に訊《き》きたいことがあって」

「別にいいけど、何か変な絵を売るとか怪しい投資話とかはやめてよ〜？」

「あはは、そんなわけないじゃないですか」

「笑い事じゃないんだって、最近も高校時代の友達からそういうのあったばっかりで、あたしゃ人間不信になりそうだよ。コロナからこっち、みんな病んでるな〜……」

先輩との世間話に興じながら、私は次第に緊張がほぐれていくのを感じていた。

麻紀先輩は、昔と変わらないフランクさで接してくれる。たったそれだけのことが、今の私にはすごく嬉《うれ》しい。

「ま、紗菜に限ってそれはないか。で、何？」

先輩に話を振られ、私は無意識に姿勢を正す。

「先輩って、ウチ辞めた後でベンチャーに入ったんですよね。ちょっとその辺の転職事情を聞きたくて。その、私も今の仕事を続ける自信がなくて」

「あー、実は新しく入ったところも辞めちゃったんだよね。ゼミの先輩が始めたSNS運用コンサルタント的な事業だったんだけど、お高い理想に対して能力が全く付いてきていない感じのアレでさ。給料の支払いが遅れるかもってなった時に『こりゃもうダメだな』ってなって。ま、私が辞めた三ヵ月後に綺麗《きれい》さっぱり畳んだらしいけど」

「そ、そうなんですね……」

あまり良い思い出ではなかったのか、苦々しそうな先輩の表情が口調だけで容易に想像できる。

その先を訊いていいものかどうか多少判断に迷ったものの、ここで会話を打ち切ったらそれこそ失礼というものだ。

「それで、今はどうしているんですか？」

「再就職も考えたけど、何ていうか、私って人の下に付くのが根本的に向いてないみたいなんだよね。履歴書書いて面接受けるのもだんだん『何でこんな奴に私の人生を左右されなきゃならないんだろ』って思えてきてさ。んで、なんかもう全部面倒になって、結局一年前に自分で会社立ち上げちゃった」

「えっ!?」

想像を大きく外れた先輩の回答に、私はつい素っ頓狂《すっとんきょう》な声を上げてしまった。

私の反応を楽しむように、先輩は得意げに続ける。

「【食ガイド】っていうアプリで、食事に関することをいろいろやってる。訳アリ生鮮食品の産直ECとか、ユーザーのレシピの投稿とか、AI使って栄養バランスのアドバイスとか。グルメサイト系の事業にも手を伸ばそうと思ったけど、あの辺は競合が多いから厳しそうかな。でも今のところは順調だよ」

私はスマホをスピーカーにし、該当のアプリをストアで検索する。総ダウンロード数は十万を超えており、ユーザーレビューも概《おおむ》ね好評だ。

「す、すごいですね。会社で働くよりそっちの方がずっと面倒だと思いますけど……」

「まー、あいつにできたなら私にもできるんじゃね？　って思ったし、勤務体系も給料も自分で決められるから割とストレスフリーよ。案外ちょろいね、起業」

先輩の軽妙な言葉回しは、一企業の重責を背負っているプレッシャーをまるで感じさせない。向き不向きの問題もあるだろうが、私とさほど歳も変わらないのに驚くべき行動力と胆力だ。

――風変わりな人だと思っていたけど、よく三年も会社員として働けたな、この人。

私が二の句を継げずにいると、麻紀先輩は何か閃《ひらめ》いた様子で言った。

「そだ、辞めるなら紗菜もウチに来ない？　少なくともあの忌々しいクソ会社よりはお給料も出せるよん」

まるで飲みに誘うかのような気さくさでそう提案されたものだから、私は一瞬反応に困ってしまった。

言うべき言葉が咄嗟《とっさ》に見付からず、しどろもどろに訊き返す。

「えっ……私でいいんですか？」

「とか言ってー、実は期待してたんじゃないの？　ちょうど人手を増やそうと思った時に連絡して、このラッキーガールめ。で、どうする？　来るでしょ？　どっちにしろあんなところにズルズル残ったって、得るものは何もないんだし」

麻紀先輩はすっかり私が入る前提で話している。事業が上手《うま》く行っていることも、私を歓迎してくれることも、嘘ではないのだろう。勤続も転職も起業も不安がある私にとって、それは願ってもない提案だ。

だけど、『はい』というたった二文字の言葉が、なかなか私の口から出てくれない。

その理由を自分なりに分析し、私は訥々《とつとつ》と言葉を紡ぐ。

「正直、すごく嬉しいです。先輩の事業、私の興味が出てきたこととびっくりするくらいマッチしてそうですし、社長が麻紀先輩なら安心ですし。でも……本当にいいんでしょうか」

「はぁ？　いいに決まってんでしょ、社長の私がそう言ってるんだから」

「そうじゃなくて、こんな棚ぼたみたいな形で内定を取っちゃうことが不安で」

ラッキーガール。そう、私はラッキーだ。だからこそ、ラッキーに恵まれなかった人のことを思えばこそ、どうしても素直に首を縦に振れないのだ。

何の取り柄もないくせに、コネ入社の分際で……そういう声が聞こえてくるようで。

「私より能力があるのに、転職とか就職ができずにいる人って、世の中にいくらでもいると思います。それなのに、たまたまこのタイミングで麻紀先輩に連絡したばっかりに私がその枠を奪ってしまうことが、本当に許されるのかなって。麻紀先輩に誘われなければ、私、何だかんだ理由を付けてずっとあの会社に居続けていたと思います。そんな甲斐性《かいしょう》なしの私が、行動力溢《あふ》れる麻紀先輩と一緒に働けるのかなって——」

「あーもー！　だからそういうめんどくせぇのは嫌いなんだって！」

私の切実な思いの吐露は、麻紀先輩の怒声によって強制終了を余儀なくされた。

脳を揺るがす大音声に目を白黒させていると、先輩は怒濤《どとう》の勢いで捲《まく》し立てる。

「私は短絡的すぎるかもしれないけど、紗菜、あんたはいろいろ考えすぎ！　入る気があるならとりあえず入って働け！　能力が足りないと思うなら死ぬ気で上げろ！　それでもダメだと思ったらその時に辞めろ！　私はそうした、だからあんたもそうすりゃいいの！」

「は、はい！……でも……」

反射的に出た逆接の単語に、私は自分で嫌な気持ちになった。

二度とないかもしれない大チャンスなのに、麻紀先輩がこんなに私を目に掛けてくれているのに、おばあちゃんの苦労に比べたらと自分を鼓舞したばかりなのに、私は尚《なお》もやらない理由に縋《すが》ろうとしている。本当に最低だ。それがどれだけ人の心を踏みにじっているかも知らないで。

押し黙った私に代わり、麻紀先輩は大きな溜息《ためいき》を一つ吐いてから切り出した。

「あのね、紗菜。私はあんたが単に昔の職場の後輩だから、お情けでウチに誘っているわけじゃないんだよ」

こちらの心を見透かしたような一言に、私はつい喉《のど》をひくつかせてしまった。

先ほどとは打って変わって穏やかな口調で、先輩は話を続ける。

「みんな自分のことで手一杯になってやさぐれていく中、紗菜だけは毎日笑顔で挨拶《あいさつ》してくれたよね。雑用とか面倒事とか押し付けられても腐らず引き受けてさ。報告書も丁寧で、ちゃんと読む側のことが考えられていて、新人なのにすごいなって思ってた。本当はね、私の方からもっと早く紗菜を誘うつもりだったんだ。でも、なかなか勇気が出なくて」

「えっ？」

麻紀先輩らしからぬ発言に、私は呆《ほう》けた声を上げた。

麻紀先輩が僅《わず》かにはにかんだのが、電話越しの気配だけで伝わってきた。

「ほら、私が辞めるって言った時のこと。紗菜、捨てられた子犬みたいな目で見てくるもんだから、罪悪感がすごくて。連絡もすっかり来なくなったから、ひょっとしたらあの掃《は》き溜《だ》めに取り残されたことを恨んでるんじゃないかなって」

「あぁ、あの時は死ぬほど不安でしたね……麻紀先輩なしでやっていく自信もありませんでしたし……」

私は遠い目で当時を振り返る。先輩の送別会で不安を紛らわすために吐くまで飲んだのも今となってはいい思い出……いや、やっぱり全然よくない。

「でも、恨んでるってのは完全に誤解ですよ！　新しい門出を邪魔しちゃいけないと思って連絡を控えていたのであって……そのまま随分とご無沙汰《ぶさた》になっちゃったのは不本意ですけど……」

「あはは、まぁ理由もなく連絡しにくいご時世だし、紗菜がそういう性格じゃないのは分かってるけどね。前のベンチャーの件もあったから、見通しが立つまでは誘うに誘えなくてさ。すぐ潰《つぶ》れたら格好付かないでしょ」

麻紀先輩は言葉を切り、咳払《せきばら》いする。

その瞬間、先輩の宿す雰囲気が、これまでと大きく変わったのを感じた。

神妙な気持ちで耳を傾ける私に、麻紀先輩は厳かに告げる。

「紗菜より優秀な人間は、そりゃいくらでもいるよ。でも、能力は後から頑張って上げることもできる。信用はそうはいかない。その点で私は、紗菜のことを十二分に信用している。だから紗菜が私に誘われたのは、ラッキーな偶然なんかじゃなくて、あんた自身が積み重ねた必然なの。これじゃまだ足りない?」

それは間違いなく、一企業の重責を背負う経営者としての発言だった。

先輩がこんなにも私のことを見てくれていたこと、そしてこれまでの自分の言動が報われたことに、目頭が熱くなってしまう。

私はゴシゴシと袖《そで》で目元を拭《ぬぐ》い、涙声を悟られないよう元気いっぱいに応《こた》えた。

「いえ、充分です! 誠心誠意、働かせて頂きます!」

先輩は指を鳴らし、嬉《うれ》しそうに声を弾ませた。すっかりいつもの先輩に元通りだ。

「そう来なくっちゃ！　じゃ早速、近いうちに事業とか決算状況とかお給料とか含めて軽く面接しよっか。リモートでもいいけど、久々だしやっぱり対面の方がいいかな。新《しん》宿《じゅく》と池袋《いけぶくろ》どっちがいい？」

「あ、実は私、今コロナに罹《かか》ってて。もうすぐ自宅療養も終わりますけど、念のためリモートの方がお互い安心かも……」

「えっ、マジ？　あんた大丈夫なの？」

――追憶5――

森戸清志は、山梨県長坂町《ながさかちょう》の製紙工場に勤める作業員だった。私たちの疎開先だった日野春村は、昭和三十年（一九五五年）に他二村と合併して長坂町となっていた。

私は清志さんが住んでいる工場作業員用のアパートに居候させてもらうことになった。清志さんは容姿も暮らしぶりも派手ではなかったけど、仕事には真摯《しんし》に打ち込んでいたし、当時の好景気もあって生活には困らなかった。清志さんは私の拙《つたな》い料理を「美味《うま》い」と喜んで食べてくれ、その言葉を聞くたびに私は「次はもっと美味《おい》しい料理を作ろう」と自分を奮い立たせていた。

心身が充分に落ち着きを取り戻した頃、私は工場近くの定食屋で働き始めた。清志さんは「俺が稼ぐから」と言ってくれたが、ケンジに手ひどい仕打ちを受けた私は、男に依存しすぎることの危険性、そしてある程度の自活ができることの必要性を痛感していた。戦後、母が郵便局で働くことで伯母《おば》さんの支配から逃れられた一事を、私はもっと真剣に捉《とら》えておくべきだった。清志さんは私の意志を尊重してくれ、当然お金を取り上げるようなこともせず、私の清志さんに対する信頼は着実に深まっていった。

そして、満たされた毎日を過ごすほどに、私の中では強い後悔が渦巻いていた。

昔の私は、なんて愚かだったんだろう。いっときの感情に身を任せたばっかりに、全てをなげうつ覚悟であんなダメ男と付き合い続けていたなんて、本当にどうかしていたとしか思えない。焦る必要なんて何もなかったのだ。世の中には清志さんのような、穏やかで勤勉な男の人だっているのだから。過ぎたことの取り返しは付かないけど、せめてこの巡り合わせと幸せは大事にしなければ。そして母とハナに再会した暁《あかつき》には、誠意を尽くして謝罪しなければ——母は勘当した私なんかとは口も利きたくないかもしれないけど。

清志さんからプロポーズされた時、私は母に結婚の話をするため東京に戻ったが、当然ながら郵便局の寮は退去済みで、局員に訊《き》いても足取りは摑《つか》めなかった。困り果てた私は興信所を使うことも考えたが、私と母の仲の悪さを知っていた清志さんは「籍を入れるだけだし、無理に捜さなくてもいいんじゃないか」と楽観的で、私自身も母と顔を合わせることに及び腰だったこともあり、その言葉に甘えてしまった。

お義父《とう》さんは比較的寛容な人だったが、お義母《かあ》さんは私と清志さんの結婚に頑《かたく》なに反対した。曰《いわ》く「家を飛び出して親との顔合わせもさせない、そんな素性も知れない娘と結婚なんてさせられない」とのことで、それに関しては私も返す言葉がなかった。最終的には清志さんの強硬姿勢に折れる形で結婚を承諾したが、やはり私に対する不信感は拭えずにいたようだった。

それでも第一子の秀太を授かった時は、お義母さんも私への憎しみを忘れ、手を取って喜んでくれた。立派な男の子を産んでくれてありがとう、これから大変だけど頑張ってね、私も力になるからと。子を無事に産めたことと、義母との確執が解けた二重の安《あん》堵《ど》から、私は泣いて頷《うなず》いた。

子は鎹《かすがい》。私の人生は、この子と共に始まるんだ。

泣きじゃくる我が子をあやしながら、

私はそんなことを考えていた。

時は流れ、昭和四十三年（一九六八年）。

幼稚園の年長に上がった秀太がまた問題を起こしたと電話で報告を受け、私は頭を抱えて溜息を吐いた。これでもう何度目だろう。自転車前方の子供席に次男の光司《こうじ》を乗せ、私は重いペダルを必死に漕《こ》いで幼稚園に急行する。

園の正門前で、年配の女性園長が厳《いか》めしい表情で腕組みしている。その横にはしゅんと項垂《うなだ》れる秀太の姿。自転車を押したまま、私は二人の許《もと》に駆け寄った。

私が立ち止まるのも待たずに、園長先生は眼鏡をぎらつかせて言った。

「電話でも説明した通り、秀太くんが千尋《ちひろ》ちゃんのおやつを横取りして喧嘩《けんか》になりました。幸いにも大事には至りませんでしたが、よほど怖かったようでひどく泣きじゃくって、千尋ちゃんのお母さんも現在こちらに向かっているそうです」

「すみません、すみません！　私からもきつく言い聞かせますので、どうかご勘弁を……」

深々と頭を下げる私に、園長先生は容赦のない言葉を突き付けてくる。

「何度も言っていますけどね、幼稚園は義務教育じゃないんですよ。他の子がちゃんとルールを守れている以上、失礼ですがご家庭に何か問題があるとしか思えないのです。これ以上問題を起こされるようなら、ウチではもう面倒を見かねますので、どうかそのおつもりで」

「すみません、すみません……」

居た堪《たま》れず、ひたすら同じ言葉を繰り返すことしかできない。私がいくら園長先生に謝ったところで、目の前の秀太は私の気持ちなんて知らずにまた同じ迷惑を掛けるのだろう。そう思うと、地面に埋まりたいくらい自分が惨めだった。

千尋ちゃんと彼女のお母さんに謝罪した後（もちろん秀太にも無理やり頭を下げさせた）、私は秀太の頭を叩《たた》いた。自分のしでかしたことの痛みが分かるように。

「秀太、何度言ったら分かるの！　どうしてそうやって人の物を取ったり、喧嘩して傷付けちゃったりするの！」

「だって……」

この期に及んで不貞腐《ふてくさ》れた様子の秀太が腹立たしく、私は続けざまに叩いて怒鳴った。そっちがその気なら、分かるまで徹底的に体に叩き込んでやる。

「だってじゃない！　私が子供の頃はねぇ、食べるものも寝るところも無くて、生きるか死ぬかの世界だったんだよ！　何度も言ってるけど、自分がどれだけ幸せなのかちゃんと自覚しなさい！　そんなにそういう生活がしたいってんなら、次はもう家から追い出しちゃうからッ！」

　自転車を押して帰る間、私は秀太と一度も口を利かなかった。当然、喧嘩の内容やいきさつを聞くこともなかった。大声を出したせいで光司が泣き出してしまって、私は余計にむしゃくしゃした気分だった。来年には光司も幼稚園なのに、秀太のせいで入園拒否なんてされたら堪ったものじゃない。

　気を揉《も》むのは秀太だけが原因じゃない。私と清志さんは結婚後、工場作業員用のアパートを出て義実家で暮らすことになった。狭い集合住宅で子育てするのはいろいろと無理があったし、義実家で子育てのサポートを受けられるとも思ったからだ。私自身も、秀太が生まれた後なら義母と上手《うま》くやれるかもという期待があった。

　しかし蓋《ふた》を開けてみれば、私は体のいい家政婦のように扱われるだけだった。義母は私の家事に気に食わないことがあると「味が薄い」「掃除がなってない」と難癖を付け、義父は義父で私にお茶だのお酌だのを要求するばかりで、家事や子供の世話をしてくれることなんてほとんどない。秀太の面倒だけでも手一杯だというのに、一日中この家に居ることを強いられていると気が触れそうだ。

「ホンット、あなたって私がいないと何もできないのねぇ」

　私の皿洗いが気に食わなかったらしいお義母さんは、せっかく洗った食器を全て流し台に落とし、わざとけたたましい音を立てて気を引いてきた。

大音に驚く私を忌々しげに見遣《みや》ると、お義母さんは荒っぽく食器を洗い始める。

「だから私は反対だったんだよ。素性も知れない、結婚前に両親との顔合わせもさせない女なんて絶対ロクな人じゃないって。えぇ最初っから分かり切っていましたとも」

聞き流せばいいだけの嫌味も、逃げ場のない家庭で毎日のように言われればそれなりに応《こた》える。

当然、夫に泣き付いたこともあったが、まるで結果は変わらなかった。

「ねぇ、お願いだから、あなたからもお義母さんに何か言ってよ」

「いやでも、そんなこと言われてもなぁ。お前にも落ち度はあるんだから、まずはそれを改善するべきなんじゃないか？」

仕事帰りの夫は、適当に流すばかりで取り付く島もない。一日中外にいる夫に、この環境がどれほど苦痛なのかは想像も付かないのだ。

そんな生活が続くうち、夜に寝られなくなってしまった。明日《あした》が来ないでほしい。誰にも迷惑を掛けられず、何もしなくていいこの静寂が永遠に続いてほしい。後になって思えば、それは鬱《うつ》の初期症状だったのだと思う。寝不足でイライラして、増えたミスの揚げ足を取られて……そんな悪循環がもう少し長く続いていたら、私は完全に病んでしまっていたことだろう。

頭の中に浮かんだ打開策を実行することに、私はしばらく消極的だったが。

このままこの生活を続けてもジリ貧だと判断し、夫に告げて二日ほど家を空けることにした。

夫と義両親に子供を預けて向かった先は、私が生まれ育った街、東京だった。子育てについて相談できるような人なんて、私には母かハナくらいしか心当たりがなかった。家出した手前、頼るのは癪《しゃく》だけど背に腹は替えられない。

しばらく来ない内に、東京は凄《すさ》まじい発展を遂げていた。東京駅も上野駅も、日本中の人間が集まっているのではないかと錯覚するほどの大混雑ぶり。駅周辺には幾つもの巨大なビルが建ち並び、見上げると首が痛くなってしまう。アスファルトで舗装された道路を行き交う小綺麗《こぎれい》な車、歩道を行く洋装の人々、どれを取っても終戦直後の焼け野原からは想像も付かない。

これだけたくさんの人間がいるのに、見渡しても着物や和装の人なんて一人もいない。若い女性は膝上丈《ひざうえたけ》のミニスカートなんかで生足を剝《む》き出しにしているものだから、目のやり場に困ってしまう。レコードショップから流れてくる楽曲はビートルズの『イエスタディ』、昭和四十一年（一九六六年）の来日を契機に彼らの人気はますますうなぎ上りだ。音楽だけでなく映画も『００７』だの『風と共に去りぬ』だののアメリカ製が幅を利かせているし、食事処も和食ではなくパンやナポリタンやハンバーグといった洋食を提供するようになっているし、このまま日本文化はアメリカナイズされて消えてしまうんじゃないだろうか……そんな憂慮をする私も白いブラウスとロングスカートの洋装だから世話ないのだけど。

勝手知ったる上野の街並みは、もはや私の記憶など当てにならないほど変貌《へんぼう》していた。私たちが住んでいた寮付きの郵便局も、真新しい銀行に建て替わってしまっていたため、私は早々に退散して次の目的地である墨田区に向かった。家が焼けてしまったとはいえ私の故郷だ、何か手掛かりがあるかもしれない。一縷《いちる》の望みをかけて電車を乗り継ぎ、押上《おしあげ》駅を降りたところで、私はその期待が無謀なものであることを思い知らされた。

都心部に比べれば背の高いビルこそ少ないが、それでも山梨とは比較にならないほどの家の数、そして人の数だ。手掛かりが見付かるかも、なんて甘い見通しを持っていた自分が可笑《おか》しくなってしまう。こんな中から人一人を見付け出すなんて、砂漠で蟻を探すようなものだ。お金は掛かるけど素直に興信所を頼った方がいい。

ただその前に、私はせっかくだからと街を散策することにした。街並みも店も人の格好もあの時とはまるで違うけど、ふと目に映る横道や古めかしい木造一軒家、着物姿のお年寄りに、そよ風めいた懐かしさを感じた。美化するのが間違いなのは分かっているけれど、それでも私にとっての子供時代は一つだけなのだ。結局、街並みが変わりすぎて、自分の家がどこだったかすら分からずじまいだったけれど。

私は半ば家族捜しを忘れ、すっかり東京観光に興じていた。山と川と田畑ばかりの地元と違い、飲食店はアイスクリームだのピザだのラーメンだの蕎麦《そば》だのが選《よ》り取り見取りで、そこかしこにビールやお菓子のご機嫌な看板が掲げられ、歩いているだけでも飽きない。

徒然《つれづれ》と荒川方面に歩きながら、私はこの道が〝あの場所〟に通じていることに気付いた。無意識のうちに訪れておくべきだという義務感に駆られていたのかもしれない。店舗や住宅が隙間なくひしめく中、不釣り合いな空き地がぽつんと存在しているのが見え、私は予感を胸にそこを覗《のぞ》く。

立ち入り禁止ロープの向こうにあるものは、防空壕《ぼうくうごう》だ。忘れもしない、私がユウタくんを見捨ててしまった、あの。『防空壕跡』の看板の横に立つ小さなお地蔵さんを見るに、戦災慰霊地として残されているらしい。

胸の奥に、何とも言えない想いが去来する。大人になって見るそれは、とても小さく、頼りなく思えた。こんなものであの大空襲を逃れられると思っていたなんて。命からがら逃げ込んだ先で死を覚悟したユウタくんは、一体何を思ったことだろう。

私は手を合わせ、瞑目《めいもく》した。そんなことで許されるわけもないけれど、それでもそうせずにはいられなかった。

どれくらいの時間、そのまま追悼していたことだろう。ユウタくんや亡くなった人々の冥福《めいふく》を祈っていた私は、唐突に頭をパシンと叩かれ、泡を食って顔を上げた。

何で叩かれたの？　誰が叩いたの？　ずっと目を閉じていたせいで眩《まぶ》しい。私がここに立っていることで何か迷惑を掛けてしまったのだろうか。

　慌てふためく私の耳に、聞き覚えのあるダミ声が届く。

「いつまでそうしているんですか、このバカ娘」

　心臓が止まるかと思った。目をゴシゴシと擦《こす》り、私はその人の姿を認める。

　一瞬、勘違いかと思った。記憶よりも歳を取り背が低くなっていたこともあるけど、白髪交じりの髪にはこれでもかとパーマが掛けられていたし、服も着物やモンペではなく半袖《はんそで》の黒いワンピースを着ていたから。

　しかし不機嫌そうな面持ちで仁王立ちするその佇《たたず》まいは、紛れもなく私の母だった。

　思いがけない再会に、私は幸運を喜ぶことも忘れて驚愕《きょうがく》した。

「おっ、お母さん!?　どうしてここに……!?」

「どうしても何も、住んでる街なんだから当然です。防空壕に手を合わせる殊勝な人が居るもんだと思っていたら、感心して損しました」

　仏頂面で言い終えると、母は私を顎《あご》でしゃくる。

「あんたは？　今も東京に住んでいるのですか？」

「今は……山梨に住んでる。実はケンジとは別れて、違う人と結婚して、子供もいて。あ、でも婚約した時に報告しようと思ってたんだよ、本当に！　でもその時にはお母さんも寮を出ていたから連絡先が分からなくて……」

「何を焦っているんですか、みっともない。女が家を出て十年も経てば、そりゃあ子供の一人や二人くらいこさえているでしょう。そういう覚悟を決めて、あんたは家を出て行ったんでしょうが」

母は私の言葉に割り込み、平然と言い放った。

言い回しは相変わらず皮肉たっぷりだが、母の態度が敵意一辺倒ではないことに私は安心した。飛び出した理由が理由である以上、口も利いてくれないことを覚悟していたから。

私は体の前で両手を重ね、深く頭を下げて詫《わ》びた。

「お母さん、あの時のこと、ごめん。私が世間知らずだったばっかりに、あんなひどいこと言って家を飛び出したりして」

「全くです。気が楽になりたくて謝ったなら生憎《あいにく》ですけど、許す気はありませんからね。自分が言ったことの意味を、せいぜい一生掛けて嫌になるくらいに考えなさい」

母は腰に手を当て、じっとりとした目で私を見る。

「それで、そんなことを言うために戻ってきたのですか？　離婚してウチに転がり込むなんてのは勘弁ですよ」

「そんなんじゃないよ。ただ、ちょっと相談したいことがあるんだけど、向こうじゃ話せる人がなかなかいなくて」

「……ふぅん、まぁ、よろしい。付いてきなさい」

母は鼻を鳴らし、踵《きびす》を返して歩き出した。

後に付いて歩きながら、私は母に尋ねる。

「ハナは？　元気にしてる？」

「あんたが心配するまでもありません。旦那《だんな》が自動車メーカーの出張族で、今は兵庫ですって。子供たちも随分大きくなって、年に一度は家族揃ってこっちに顔を出してくれますよ。全く、どっちが姉だか分かったものじゃない」

「そう、それならよかった」

私は素直に安堵《あんど》した。近いうちにハナとも会って話をしておかないと。

連れられた場所は、木造平屋の店舗だった。店先の立て看板には【三崎骨董《みさきこっとう》】と書かれている。今日は休業日らしい。

摺《す》りガラスの戸を開けると、年季の入った木と畳の匂いが鼻を突いた。薄暗い店舗の中には棚が並び、年代物と見られる湯呑《ゆの》みや皿や花瓶が所狭しと並べられている。

不思議な感覚だった。まるでこの店だけ、大発展した外界と隔絶されているような。

「お母さん、このお店で働いてるの？」

「ハナが大学を出た後、夫が会社を辞めて開いた店ですよ。暇さえあればあちこち目ぼしい骨董品を買い漁《あさ》りに行ってて、今は私が店主のようなものです。相変わらずだーれも来やしませんけど」

母の後に続き、店の裏手の住居部分に移動する。指示されるまま居間のちゃぶ台の前に正座していると、母は麦茶の入ったポットと二つの湯呑みを持ってきた。

母は当然のように自分の分だけ注いで飲み始めたので、私は白けた気持ちで自分のお茶を注ぐ。

「お金は大丈夫なの？」

「余計なお世話はお止《よ》し、二人分の食い扶持《ぶち》くらいどうとでもなります。今の問題はそっちじゃありません」

「問題って何？　お母さん、体が悪いの？」

「生憎、ここ何年も風邪一つ引いていませんよ。あと百年は生きられそうなくらい健康そのものです。問題というのは店の話ですよ。骨董品店という商売自体が、どうにも私の肌に合いませんものでね、食堂でも開きませんかと夫に提案しようと思っているところなんです」

母は棚から煙草とライターを取り出し、窓を開けて断りもなく吸い始めた。腐っても客商売なのによくやる。銘柄はオリーブの葉をくわえた鳩が特徴的な『PEACE』、これほど母と縁遠き単語も他になかろうに。

私は居間の入り口から、まっすぐ続いている店先を覗き見る。

「そう？　お店も商品も古風で素敵だと思うけど」

「そうですね。ここの商品は古いものばかりですけど……いえ、古いものという一点にしか価値がない。だから、お客さんが買って行っても、本来の使い方がされることはほとんどないわけです。お皿も湯呑みも時計も花瓶も、家のどこかで大切に手入れして飾られるだけ。そして何年後、何十年後かにまた新しい骨董品店で買い取ってもらって、ずっとそれが繰り返されるんですよ」

頰杖《ほおづえ》を突く母が、なぜ憂いの表情をしているのか分からず、私は重ねて尋ねる。

「古いものをずっと大切にしてもらえるなら、素敵なことじゃない。何が不満なの？」

「皿というのは料理を載せるために作られたんですよ。眺めるためではありません。どうせいつか壊れてしまうのなら、美味《おい》しい料理を何度も載せて壊れる方が、職人も皿も本望だと思いませんか」

「皿と職人の性格によるでしょ。何十年、何百年も皿が人の手に残って、嬉《うれ》しいって思うことだってあるかもしれない」

だんだん焦《じ》れったくなってきた。物を売るのにそんなことを考えて何になる。第一、そんなに言うなら自分で使えばいいじゃないか。

答える代わりに、母は天井に向かって長く煙を吐き出した。雲のように滞留する煙を、母はどこか遠い目で眺めている。

「あんた、もう忘れてしまったでしょう？　今の時代でこそ一家に一台の電話が当たり前ですけどね、昔はそうじゃなかったんですよ。電話は役場とか大きなお屋敷にしかなくて、受話器を上げると電話交換手っていう取り次ぎの人に繫《つな》がって、『どこぞの誰誰さんに繫いでください』『はいな』って一つ一つ回路を操作していたんですよ。電話を持ってない人の家には電話所の担当者に〝呼出通話券《よびだしつうわけん》〟ってものを届けてもらって、あちらさんが電話所に来て話ができるようになるまで、何十分も何時間も待たされることなんて日常茶飯事だったんですよ。そんな〝やぎさんゆうびん〟みたいな回りくどい仕事も、当時は海外からやって来た最先端の憧《あこが》れの仕事だったんです。それがどうですか、今となったら自動交換機なんてものが登場して、そんな仕事はどんどん社会の隅っこに追いやられて、若い人はだーれも知らないとくるんですから」

私はさり気なく顔を背け、溜息《ためいき》を吐いた。

これだから昔気質《むかしかたぎ》の人間は嫌いなんだ。周回遅れの古臭い知識を長々と開陳して、すぐに若者を見下そうとする。こっちが無知を指摘したら顔を真っ赤にして臍《へそ》を曲げるくせに。

「それだけ時代と技術が進んでいるってことでしょ。素晴らしいことじゃない。じゃあ何？　みんな早馬と飛脚で連絡するようになったらお母さんは満足なの？」

「……そうですね。そういう時代しか知らないままだったら、私は幸せだったかもしれませんね。腫《は》れ物《もの》に触るみたいな気の遣われ方をされても、私は何も……」

母は私の方をチラと見遣《みや》ると、短くなった煙草を灰皿に押し付け、こちらの内面を見透かしたかのように薄く笑った。

「『これだから古い人間は』とでも言いたげですね。いいでしょう。ならお望み通り、そっちの話をお聞かせなさいな」

「……相談したいことはいろいろあるんだけど、一番は子育てのことで」

話の入り方には少し釈然としなかったが、限られた時間を無駄にはできない。私は秀太の振る舞いや姑《しゅうとめ》の嫌がらせに悪戦苦闘していることを、掻《か》い摘《つま》んで説明した。思いのほか母は口を挟むことなく、黙って聞いてくれた。話し終えた私は組んだ両手に額を当て、苦慮の声を零《こぼ》す。

「もちろんちゃんと躾《しつけ》はしているのよ。言葉だけじゃなくて手を出すことだってあるし、幼稚園の先生と友達のお母さんにも謝らせているし、私の子供時代がどんなにひどいものだったかもいつも話してるし。なのにどうして秀太だけあんな風に……」

「あんたの子供時代？　そんなものを子供に教えてどうするんですか」

「えっ？」

思いがけない母の指摘に、私は素《す》っ頓狂《とんきょう》な声を上げた。

母は新しい煙草に火を点《つ》け、一＋一を懇切丁寧に教えるような調子で言った。

「子供にとってはね、親の苦労なんてどうでもいいんですよ。大事なのはご飯を食べることと遊ぶこと。体を動かしたい盛りの男の子に、じっと座ってあんたの長話を聞くなんて芸当ができるわけないでしょうが」

「だけど、だからって人様に迷惑を掛けていいわけじゃないでしょ！」

即座に私が反発すると、母は煙草の先端を私に向け、端的に訊《き》き返した。

「当然です。そこは親としてしっかり躾なくちゃなりません。それで、その話とあんたの苦労話がどう結び付くと言うんですか」

私は答えに迷った。親が昔の苦労を話すのは当然の義務だと思い込んでいた。だけどいざ母に問われると、すぐに合理的な理由が思い浮かばない。

私は言葉を探し探し、母への反論を試みる。

「それは……だって、あの頃に比べたら今なんてものすごく恵まれているじゃない。そういう苦労を知らないから秀太はワガママで乱暴な子に育って……」

「よく言いますこと。当のあんたの子供時代は、それ以上のワガママな乱暴者で、ついさっきも私の苦労話を心底退屈そうに聞き流していたじゃありませんか」

皆まで聞かず、母はそう一蹴《いっしゅう》する。私自身を引き合いに出されるとぐうの音も出ない。

黙り込んだ私に、母は滔々《とうとう》と説いて聞かせる。

「目的を履き違えるんじゃありませんよ。今のあんたは子供のため躾のためと言って、ただ自分の昔話をしたいだけの老人になっている。私は年上で苦労をしたから正しい、お前は同じ苦労をしていないから甘えている……そんな考えはさっさとお捨てなさい。私に言わせるならね、あんたもその子と変わらないくらいワガママな子供ですよ」

私は猛反論しようとしたが、思うように言葉が出て来ず、口を閉じた。一言多いきらいはあっても、母の主張に瑕疵《かし》はない。

麦茶を一気に呷《あお》り、私は唇を尖《とが》らせて問い質《ただ》す。

「じゃあ、どうすればいいの」

「全く、あんたは相変わらずですね。それが人に教えを請う態度ですか」

　母は苦々しげに私を一瞥《いちべつ》しながらも、訊かれた通りに持論を呈した。

「目的と優先順位をはっきりさせなさい。一番重要なのは『絶対にやっちゃいけないこと』を徹底的に叩《たた》き込むこと。ただ何でもかんでもダメダメってのは逆効果ですよ。あくまで最低限、理由を含めて分かりやすく教えること。『子供に何をしてほしいか』だの『どんな大人になってほしいか』だの、そんな親の都合は二の次で結構。子供なんてのは物を盗まず壊さず、人を騙《だま》さず傷付けず、そこそこ元気に生きていれば上出来、それ以上を求めるのは欲張りというものです」

　母が手慰みに指先の煙草をクルクル回すと、螺旋《らせん》状の煙が立ち上り、私は幼い頃に通った銭湯の煙突を連想した。

「言うまでもなく、善いことをしたら褒める、悪いことをしたら叱る、もちろんあんたが悪いことをした時は子供に素直に謝る。それと子供の話は最後まで聞くこと、『だってもさってもない』なんてのは論外ですよ。あとは自分で考えなさい」

　母の言葉を受け、私は自らを省みる。確かに私がいろいろ求めすぎていたせいで、秀太も何をしたら良くて何をしたらダメなのか理解できていなかったのかもしれない。一方的に怒るばかりで、秀太の話を最後まで聞こうとしなかったのも心当たりはある。

　ただ、それをよりによって母に指摘されたのがどうにも腑《ふ》に落ちず、私は疑念に満ちた目で母の横顔を見据える。

「言うほどお母さんにもできてない気がするけど……」

「私はいいんですよ。子供を育てるのも、親に育てられるのも、みんな初心者なんです。そう最初っから何でもかんでも上手《うま》くいくわけないでしょう」

母は二本目の煙草を灰皿に突っ込み、素知らぬ顔で突っ撥《ぱ》ねた。もうちょっと言い方に気を遣ってくれれば私への励ましだと受け取れたんだけど。

母は徐《おもむろ》に、値踏みするような横目で私を見てくる。

「あんた、ここに来てからずっとしかめっ面ですね」

「そんなことないよ」

眉間《みけん》をほぐしながら私が答えるも、母の追及は続く。

「まさかとは思いますけどね、子供や旦那《だんな》の前でも、いっつもそんな風に過ごしているんじゃないでしょうね？」

「そんなこと……ないよ」

不覚にも一瞬答えに詰まってしまった。

その一瞬から何かを読み取った様子で、母はやるせなさそうに首を横に振る。

「はぁ、子供が捻《ひね》くれた理由が分かりましたよ。お父さんが今のあんたを見たら、さぞ悲しむことでしょうね」

「お父さんが？」

私は目を瞬《しばたた》いた。今の会話の流れで父が出てくるとは露ほども思っていなかった。

首を傾げる私もそっちのけで、母は大袈裟《おおげさ》に嘆息する。

『女は家で笑っていろ』って、あんなに口癖のように言っていましたのにねぇ。全く、親の心子知らずとはこのことですよ」

「お父さんは子育ての苦労を知らないからそんなことが言えたんでしょ。子供を厳しく躾ないといけないって時にヘラヘラ笑っていられないよ」

絵に描いたような男尊女卑思想に、私は顔をしかめてそう切り返した。子供を産んで世話をしてご飯を作って掃除をして、その上に笑って亭主を出迎えろなんて男社会の横暴じゃないか。自分はご飯の一つも作らないで、むっつりと押し黙ってロクに話もしなかったくせに。

しかし、滅多に笑顔を見せてこなかったはずの母は、非難の眼差《まなざ》しで私を睨《にら》んでくる。

「やっぱり何も知らないんですね、あんたは」

「……何を」

出し抜けに向けられた怒気が理解できず、私は不覚にも少し尻込《しりご》みしてしまった。どうしてそんな表情をするの。お母さんは、どっちかと言えば私の意見に賛成だと思っていたのに。

母は三本目の煙草に手を掛けたが、思いとどまったように箱に戻し、言った。

「関東大震災ですよ」

「それが何だって言うの」

そんなのは私も知っている。私が生まれる十年くらい前に起きた大地震で、学校でも何度も習っている。

私の内心を知ってか知らずか、母は語り始める。

「あれは本当にひどい地震でしてね。家が煎餅《せんべい》みたいに壊れるわ、あっちこっちで大火事になるわ、橋が崩れるわ鉄道が使い物にならなくなるわで、それはもうてんやわんやの大騒動だったんですよ。東京大空襲で更地になった下町を見た時、私が真っ先に連想したのはあの地震でした。空襲と原爆を除けば、あれは間違いなく日本史上最悪の災害だったでしょうね。でも、悲劇は地震だけで終わらなかったんですよ」

「どういうこと？　地震以外の悲劇って？」

「人間ですよ。混乱の中で、根も葉もないデマが広まり出したんです。『朝鮮人が井戸に毒を入れた』なんてのに始まって、『朝鮮人が暴動を起こそうとしている』とか、『先にやらなきゃこっちがやられる』とか。訂正しようにもその手段が絶たれていて、警察も地震の対応でてんてこまいだから人手を満足に割けない。それはもう町中大わらわですよ。帰る家や愛する家族を失って、でも誰にも向けられない怒りの矛先が、一気に罪のない人たちに向かった。優しかった近所のおじさんや友達のお母さん、果ては親兄弟までもが自警団と一緒になって、その辺の道端で無抵抗の人を集団リンチしているのを、私もお父さんも何回も見てきたんですよ。私や他の大人が止めようにも、『火のない所に煙は立たないだろ』だの『悪人を庇《かば》うのか』だのの繰り返しで正当化して、聞く耳を持とうともしませんでした」

母の、そして父の言いたいことが、爪先《つまさき》から這《は》い上がるような感覚を伴って理解できた。母を直視できず、私は視線を膝《ひざ》に落とす。

聞こえる声だけでも、母が軽蔑《けいべつ》の目で私を見ているのが分かる。

「もうお分かりでしょう。怒ると人はそうなるんです。私はそういうのとは違う、私の怒りは正義だ、私がやらなきゃ誰がやるって思い込んでいる奴ほど、そうなってしまうんです。だからあの人はいつも『笑っていろ』と言っていたんです。あの人にとっての憧《あこが》れは軍神の東郷平八郎《とうごうへいはちろう》じゃなくてありふれた警察官の大川常吉《おおかわつねきち》で、だから自分も警察官を志したんです。だのにあんたときたら、昔っから何も変わりゃしないままで、一体これまでの人生で何を学んだのですか」

私は唇を引き結び、膝の上で両手を握った。これまで勝手に抱いていた父親像が百八十度変わるのを、簡単には認められなかった。

やっとの思いで私の口から出た声は、小さく震えていた。

「そんなの……そんなの、無茶苦茶じゃない。『何があっても怒らずに笑っていろ』なんて、人間として不可能だし、それこそ子供の躾《しつけ》が……」

「『怒るな』なんて言っていません。怒りのエネルギーが人生や社会を変える力を持っている、それは事実です。ただ、それはいわゆる諸刃《もろは》の剣みたいなもので、使い方を間違えればあっという間に何もかも悪い方に変えてしまうんです。早い話が『怒るなら正しい理由と適切な手段で怒れ』ということですよ」

母は唐突に私の頭を摑《つか》み、無理やり顔を上げさせた。

怯《ひる》んだ私の目と、母の峻烈《しゅんれつ》な目が間近で交差する。

「過ぎた怒りは人を簡単に狂わせる。あんたはそのことを、誰よりもよく理解できたはずだったでしょうが」

母の言葉が、私の魂深くに突き刺さる。

秀太の子育ても、母と決裂した時も、ケンジの口車に乗った時も、ユウタくんを見殺しにした時も、干し柿事件の時だってそうだ。私の人生の失敗は、いつも怒りと共にあった。

いや、それだけじゃない。もしあの戦争がもう少し長引いて、追い詰められた日本軍が女子の入隊を認めていたら。鬼畜米英への怒りを燃やしていた模範的少国民の私は、迷うことなく手を挙げていただろう。そんな些細《ささい》な違い一つで、私は今頃この世には――

唐突に母が頭から手を離し、私はその場に崩れた。

ボタ餅《もち》をくれた記憶の中の父に、私は力無く呼び掛ける。

「どうして……ちゃんと言ってくれなかったの、お父さん」

――女ってのはな、家で笑って飯作っとればそれでいいんだ。

――御免な、タヱ。

年端もいかない子供に、そんな言葉だけで、伝わるわけがないじゃないか。

死んだ父に代わり、生きている母が代弁する。

「もうあんたもいい大人なんだから分かるでしょう。アレはそういうことすら言えない、狂った時代だったんですよ」

「……分かんないよ」

握った拳《こぶし》の上に、一滴の雫《しずく》が零《こぼ》れる。

静かに泣く私の傍らで、母は励ますことも文句を言うこともせず、ただ黙って寄り添い続けるばかりだった。


気が済むまで泣き続けた結果、夕焼けが広がる時間になってしまっていた。

母から『ウチに泊まっていくかい』と提案されることを少しだけ予想していたけど、そのような言葉は終《つい》ぞ貰《もら》えなかった。元々一泊するつもりでいたし、差し当たっては今夜泊まるホテルを探さなければならない。

玄関に出た私は、改めて母に頭を下げた。

「旦那《だんな》にも子供にも会わせず、ごめん。できるだけすぐに連れて来るから」

「ふん、まぁ好きにすればいいですけどね、ちゃんと子供を躾てからにしてくださいよ。店で暴れられて大事な商品が壊されちゃ敵《かな》いませんからね」

孫と会えるというのに、母の反応は存外素っ気ないものだった。私の子だから好ましく思っているわけではないのか、それともハナの子を既に見ているからさしたる感慨もないということなのか。

いずれにせよ母が拒否しない以上、やはり一度は会わせるのが筋だろう。心配させた……かどうかはともかく、散々迷惑を掛けたのは事実なのだから。

私は別れの挨拶《あいさつ》を切り出そうとしたが、機先を制したのは母だった。

「そういえば、あんた、姑《しゅうとめ》に嫌がらせされてるんでしたっけ？　全く、いつの時代もどこでも相容《あいい》れないものですね、嫁と姑というのは」

「お母さんも姑に嫌がらせされたの？　お母さんは、どうやって横須賀のおばあちゃんと付き合ってたの？」

秀太と父の話にのめり込みすぎたあまり、私もその問題をすっかり忘れていた。

父方の祖母のことはあまり覚えていない。物心付いた頃には私は東京の下町に住んでいたし、ハナが生まれてすぐに肺結核で亡くなってしまったから。

私の質問に、母は大きく鼻を鳴らしてすげなく答える。

「どうもこうもあるものですか。あれは何やっても爆発する癇癪玉《かんしゃくだま》みたいなものですから、そもそも上手《うま》くやろうなんて考えちゃいけないんです。せいぜい祈りながら顔色を窺《うかが》って、それでもダメだったら『はいはい私が悪うござんした』で鎮火する、それだけですよ」

「結局打つ手なしってことね……」

元々どうにかなることを期待していたわけではないけど、ここまであからさまに言われると落胆させられてしまう。

気落ちする私が可笑《おか》しく見えたのか、母は薄く笑う。

「そう。打つ手がないから、考え方を変えるんですよ。嫌われたっていいじゃないですか。遠からずお迎えが来る老人が、誰からも相手にされず吼《ほ》えているだけなんですから。だからあんたは、そんな老人のことなんか放っておいて、旦那と子供と幸せになるために何をすればいいかを考えればいいんですよ」

強気の論理を示されても、私の心は浮かない。私は母とは違う。あのクソ姑のことは大嫌いだけど、親族である以上、完全な険悪状態になるのも憚《はばか》られる。

「……できるかな、私に」

思わず出た私の弱音を、母は強い語気で塗り潰《つぶ》した。

「できなくてもやるしかないんですよ。あんた、何のために東京まで来て、私の長話を聞いたんですか。これ以上お父さんの気持ちを踏みにじるような生き方をしたら、ロクな死に方できませんからね」

「そんなことしないよ。それは絶対に約束する」

私は力強く断言した。言葉にすると、少しだけ気が楽になった。これまでずっとぼやけていた〝やるべきこと〟に、ようやく焦点が合ってくれたように思える。

誓いを立てた私を、母は腕組みして眺める。

「何度も言いますけどね、目的と優先順位をはっきりさせなさい。命懸けで守るものが一つあれば、大抵のことはどうにかなるものなんです。ただみんなそのことを、あれこれ余計なことを考えて生きるうちに見失ってしまうんですよ。だからあんたは、そうなるんじゃありませんよ。今でこそ他人事《ひとごと》みたいにしていますけどね、さもないといずれ……」

母の言葉が、不自然な所で止まった。

竹を割ったような母が言葉を詰まらせたことを、私は珍しく思う。

「お母さん？」

母は短く首を振ると、まるで私を近付かせたくないかのように片手を払ってみせた。

「何でもありません、年寄りの悪い癖が出ただけです。さあ、もうお行き」

そんな急《せ》き立てなくてもいいじゃない、呼び止めたのはそっちなんだから……と言い返したいのは山々だったが、わざわざ後味の悪い別れにすることもない。私は「それじゃあ、また」と曖昧《あいまい》に言い残し、黄昏《たそがれ》の下町に繰り出した。

今夜の宿を探す私の横を、帰路に就く少年たちが疾風のように駆け抜けて行く。

街並みも人間模様もすっかり変わってしまったけど、夕暮れ時の町を駆ける子供たちの笑顔は、あの頃と寸分変わらぬままだった。

義実家への帰宅後、私は応接間に秀太を呼び出し、一対一で向かい合った。

秀太は面倒臭そうな表情を隠そうともせず、落ち着きなく身動きしながら訊《き》く。

「今度は何？　俺、まだ悪いことしてないけど」

私は深呼吸を一つしてから、正座した膝《ひざ》に両手を載せ、秀太に頭を下げた。

「秀太、ごめんなさい」

「えっ……きゅ、急にどうしたの？」

私の突然の謝罪が相当予想外だったらしく、秀太はひどく狼狽《ろうばい》している。

私は頭を下げたまま、秀太に思いの丈をぶつける。

「これまであなたの話をちゃんと聞こうとしないで、頭ごなしにガミガミ怒鳴って叩《たた》いて、イライラさせられたよね。そのことについては、私が悪かったと思ってる」

母と会う前までは、私が秀太に謝るなんて考えもしなかった。でも私にとって一番大事なことは、息子との意地の張り合いに勝つことじゃなくて、秀太が最悪の未来に進まないこと。そのためなら私のプライドなんて安いものだ。

形だけの勝ち負けにこだわらない、重要なのはその先。

かつての母の言葉を胸に、私は頭を上げる。

「でもね、分かってほしいの。私は秀太に、人を傷付けたり、物を壊したり、そういう人に育ってほしくはないの。そういうことをすると、いつか必ず自分に跳ね返ってきて、やった以上につらい思いを味わうことになるから。お母さんもそのためにどうしたらいいか分からなくて必死で、それで今までちょっと空回りしちゃったの」

秀太は何も言わない。だけど私の話に真剣に耳を傾けてくれていることは、感覚で伝わってくる。

私は秀太に、指を二本立てて見せた。

「だから、二つだけ約束してくれないかな。人を暴力と言葉で傷付けないってことと、物を壊したり盗んだりしないってこと。もし他の人からそういうことをされたり、どうしても我慢できずに秀太がやっちゃった時は、お母さんかお父さんにちゃんと説明して。それさえ守ってくれれば、お母さんは秀太のやることにとやかく口出ししないし、命を懸けて秀太を守るって約束する」

私は秀太と目線を合わせ、微笑んで問い掛けた。

「どうかな？　約束、してくれる？」

秀太の瞳《ひとみ》には、なぜだか涙が揺蕩《たゆた》っていた。それを見た私は、これまで秀太のことを本当に何も理解できなかったんだなということを思い知らされてしまう。

やがて秀太は洟《はな》を啜《すす》り、目元を拭《ぬぐ》って言った。

「……うん」

聞き逃しそうなほどにささやかな返事だったけど、それで充分だった。

応接間を出る前、私は座ったままの秀太を顧みて言った。

「それともう一つ、これはただのアドバイスだけど、女の子には優しくした方がいいわ」

「何で？」

秀太の無邪気な問い掛けに、私は意味深に含み笑いして答えた。

「その人がいつか、秀太のお嫁さんになるかもしれないからよ」

それからしばらくは平穏な日が続いた。私との約束が功を奏したらしく、秀太が幼稚園で問題を起こすことはなくなり、園で何があったか楽しそうに話してくれることも日に日に増えていった。

姑の嫌がらせは相変わらずだったけど、あしらい方のコツはだんだん摑《つか》めてきた。

「ちょっと、タヱさん！　洗濯物は乾いたらすぐに取り込みなさいっていつも言っているでしょう！　暑い時期なんだから干しすぎたらゴワゴワに……」

いつものお小言が始まるや、私は恥も外聞も掻《か》き捨てた三文芝居に徹する。

「ああ、気を配って頂いてありがとうございます！　私、お義母《かあ》さんがいないと本当にダメダメな嫁ですから……！」

「な、何よ、あなた最近やけに素直じゃない……？」

いつも塩対応な私の大袈裟《おおげさ》な感謝を奇妙に思ったのか、お義母さんはあっさり矛を収めた。『北風と太陽』さながらの顚末《てんまつ》に、私は内心で舌を出した。

もちろん、毎度毎度このように上手くいったわけではないし、嫌いな姑《しゅうとめ》相手に低姿勢でいれば自尊心もそれなりに傷付く。だけど今の私は、以前よりもそのことを苦痛に思ってはいなかった。

私自身が秀太に言ったことだ。飢餓と暴力の日々だったあの戦争に比べたら、今さら姑に小言の一つや二つ言われるくらい、何のこともないじゃないか。真っ当に働いている夫がいて、元気な子供が二人もいて、食べるものに困らず平和に過ごせている――これ以上何を望むことがあろうか。

考え方を変えると、ずっとピリピリと張り詰めていたのが嘘のように穏やかな気持ちになれた。疎開中の鬼教師やヒステリックな伯母《おば》さん、ダメ男のケンジにさえ感謝したいほどだった。彼らに散々手痛い仕打ちを受けたからこそ、今の私はこれほど満たされている。最悪な思い出しかない戦争の記憶が、皮肉にも今の私を支えてくれていた。

私の変化が、秀太の変化を生み、そして連鎖的に新たな変化をもたらした。

「お願い、あなた」

秀太と義両親が一階でテレビを見ている間に、私は帰宅した夫に二階の寝室で希《こいねが》った。

「お金のことなら私もまた働くし、もちろん家事も手を抜かないようにする。だから、お義母さんたちとは別居させてほしいの。気を悪くさせるかもしれないけど、私、お義母さんと一緒にいるとすごく苦しくて」

「うーん、ただなぁ、そうは言っても引っ越すのも簡単じゃないし……」

直接被害を受けていない夫は、予想通り難色を示している。

だが今の私には、引き下がれない理由があった。

「聞いて、あなた。秀太が幼稚園で他の子に嫌がらせするのもね、もしかしたらお義母さんが原因かもしれないの」

「何？　それ、どういうことだ？」

身を乗り出した夫に、私は万一にも義母に聞かれないよう小声で告げる。

「前に秀太がお友達のおやつを横取りした時のこと、秀太が話してくれたんだけど、『おばあちゃんが滅多にお菓子を食べさせてくれないから欲しくなっちゃった』って。お義母さん、健康のためだ何だっていろいろ厳しすぎるのよ。このまま一緒にいるのは、秀太にとっても良くないと思う」

秀太からその話を打ち明けられた時、私は心を許してくれたことを嬉《うれ》しく思うと同時に、自分の視野の狭さに辟易《へきえき》した。空腹がどれだけつらいことか私は身に染みて知っていたはずなのに、大人になった途端にこんな鈍感になるなんて。『家庭に問題があるんじゃないか』という園長先生の指摘は、ごく身近な所で的を射ていたわけだ。

夫は口元に手を当てて暫《しば》し考え込んだ後、大きく頷いて言った。

「……分かった。あまり大きな所は無理かもしれないけど、ちょっと探してみよう。正直、最近の母さんはちょっと言い過ぎだとは思っていたしな。秀太も大きくなったし、ちょうどいい頃かもしれない」

「ありがとう。すごく助かる」

私は笑顔で夫にお礼を言った。自分の子供のために最善を尽くそうとしてくれる、その心意気が嬉しかった。

私の返事を受け、夫もまた顔を綻《ほころ》ばせる。

「お前、最近いい顔をするようになったよな。そっちの方が前よりもずっといいぞ。何かあったのか？」

窓の外の星空を見上げた私は、その下のどこかにいる母を想い、呟《つぶや》いた。

「そうね、いろいろ気持ちの整理が付けられたから……かな」


正直なところ、別居の話は有耶無耶《うやむや》になる可能性も覚悟していたが、夫は思いがけず一ヵ月ほどで3LDKの賃貸マンションを見つけてくれた。値は少々張るものの、駅と小学校へのアクセスは良好で、私にとっても文句なしの物件だ。秀太の話を、夫は私の想像以上に重く捉《とら》えてくれたらしい。

一家全員の同意を得て、義両親に別居の報告をすると、お義母さんは烈火のごとく怒り狂った。

「別居って、どういうことなのッ⁉」

「母さん、もう決めたことなんだ。ちょくちょくこっちにも顔は出すようにするから」

夫が宥《なだ》めようとしても、お義母さんの激情には焼け石に水。愛情の形に問題はあれど、孫を想う気持ちは本物なのだ。

「何をそんな勝手な！　あなたからも何か言ってやってよ！　『子供が大きくなったからお前らはもう用済みだ』なんて、そんなの許せないでしょう⁉」

「いやぁ、二人が決めたことならそれでいいんじゃないか？　子供が大きくなったら、それこそウチは手狭になるだろ。ここからじゃ小学校に通うのも大変なんだし」

取り乱すお義母さんに対し、お義父《とう》さんの受け答えはのんびりしたものだ。彼に関しては騒がしい孫がいなくなって落ち着けるというのが本音かもしれない。

お義母さんは露骨に舌打ちし、尚《なお》も鼻息荒く嚙《か》み付いてくる。

「バカおっしゃい、全く役に立たない人だね！　そんなの私は認めませんからねッ！　任せられるものですか、タヱさんのような人に私の大事な孫を――」

「お義母さん」

私はお義母さんの言葉を遮り、静かに切り出す。

修羅場に似つかわしくない満面の笑みで、私はきっぱりと宣言した。

「秀太と光司は、私と清志さんの子供です。ご心配せずとも、私たちが責任を持ってきちんと育てますので」

――これで文句ないでしょ、お父さん。

――現代6――

翌日、担当者から聞いていた通り、朝一で食料配送がやって来た。

インターホン前で若い男性配送員が帽子を外し、深々と頭を下げる姿がモニターに映っている。

「大変ご迷惑をお掛けして申し訳ありませんでした！　確認したところ似た名前のアパートに誤配しておりまして、特定にお時間頂きました結果配送がずれ込んでしまい……」

「あの、本当にもう大丈夫なので、あと玄関の置き配で結構ですので……」

すごい勢いで謝ってくるものだから、私は逆に申し訳ない気分になってしまった。ただでさえ感染者が増えて慌ただしい中、無料で食料が貰《もら》えるだけでも有り難いことだ。無意味な意地なんて張らずに、ネットスーパーを使って日持ちのするレトルト食品でも買えば無駄にもならず済んだ話だ。本当に何であんなことでイライラしていたのか分からない。

段ボール箱の中身は水や缶詰やパックのご飯といった定番に始まり、各種丼物《どんぶりもの》の素《もと》やふりかけ、パスタにパスタソースにコンソメまで選《よ》り取り見取りだ。どれにしようか迷った結果、私はご飯とふりかけというシンプルな朝ご飯に決めた。

電子レンジでご飯を温め、おかかのふりかけを掛けて頂く。味覚障害の影響で薄味に感じるものの、何ということもない質素な食事が空腹に染み、我知らず私の頰を涙が伝っていた。飢えないという安心感が、これほどまでに心満たされるものだったなんて。

こんな食事すらできない生活というものは、一体どれほど惨めだったのだろう。

十九時十五分、おばあちゃんと電話をする私は、すっかり上機嫌だった。

食料が届き、新しい仕事の目途《めど》も立ち、体調も順調に快方に向かい、むしろ機嫌が悪くなる要素がない。我ながら単純だと思うものの、複雑を拗《こじ》らせて病むよりはこれくらいの方が生きやすいのかもしれない。

「……でね、先輩の会社に入らせてもらえるかもしれないことになったんだ」

「あれまぁ、それはよかったわねぇ」

「おばあちゃんのお陰だよ。おばあちゃんが味わった苦労に比べたら、転職なんて何も怖いことじゃないって」

「あらやだ、サナちゃんったら褒め上手ね。嬉しくなっちゃうわ、うふふ」

おばあちゃんは心から楽しそうに私の話を聞いてくれる。そのことが嬉しくて、私もつい話し込んでしまう。

幸せな時間だった。一息ついた私が、我知らず呟いてしまうほどに。

「ずっとおばあちゃんと、こうして話していたいよ。ずっと」

私はおばあちゃんもすぐに「そうねぇ」と相槌《あいづち》を打ってくれると思っていた。

しかし、おばあちゃんは数秒の沈黙の後、短く切り出した。

「ねぇ、サナちゃん」

その言葉は、これまでのやり取りと異なる雰囲気を宿していた。

訝《いぶか》る私に、おばあちゃんは直球で尋ねた。

「十三年後の世界では、私はもう死んじゃってるのよね？」

これまで意図的に避けていたはずの〝その件〟に踏み込まれ、私は一瞬言葉を失ってしまった。

咄嗟《とっさ》に言い訳しようにも、狼狽《ろうばい》のあまり私の口は上手《うま》く回ってくれない。

「そ、そんなこと……」

「いいのよ、誤魔化さなくて。サナちゃん、ずっと何か隠している風だったし、本当は前から気付いていたわ。私はもう死んでいて、だからサナちゃんは私と話すことをこんなに喜んでくれるんだろうなって」

その台詞《せりふ》で、私は遅まきに思い出した。

昨日、おばあちゃんに昆布巻きのレシピを聞いた時のこと。おばあちゃんが一瞬何か言いたそうにしていたのは、きっと『どうして十三年後の私に訊《き》かないの？』という疑問を抱いたからだろう。だけど質問する前に疑念は確信に変わってしまった。訊かないんじゃなく、もう訊けないのだと。

自らの死を悟った時、おばあちゃんが一体何を思ったのか。暗黒、恐怖、絶望……想像するだけでスマホを持つ手が震える。

私はバカだ。最低だ。おばあちゃんの優しさに甘えて、どこまでも自分のことばっかりで。

悪寒に見舞われる私に、おばあちゃんは世間話のように訊いてくる。

「ちなみに、私はいつ頃に死ぬのかしら？」

「……今から一年後の明日《あした》に。前に言った米寿祝い、本当は十三回忌のことなの」

私は観念し、そう白状した。おばあちゃんを悲しませたくはなかったけど、事ここに至っては、そうすることがせめてもの誠意だと思ったから。

私の答えを聞いたおばあちゃんは、しかし一切の悲愴《ひそう》感もなくあっけらかんと言った。

「あら、結構早いのね。ボケて迷惑掛ける前に死ぬならよかったわ。あんまり苦しくないといいけれど。うふふ」

「どうして!?　おばあちゃん、一年後に死んじゃうんだよ!?　何でそんな風に笑ってられるの!?」

自らの死すらもそう笑い飛ばすおばあちゃんを、私は我慢ならず問い詰めてしまった。

おばあちゃんは私の剣幕にも動じず、平然と答えてのける。

「だって、いつお迎えが来るか分からないまま怯《おび》えて生きるより、分かっていた方がいろんな準備もできるじゃない？　まぁ、大人になったサナちゃんを見られないのはちょっぴり心残りだけれど、こうして未来のサナちゃんと電話でお話しできただけでも私は幸せよ」

「そんなので満足しないでよ！　大人になった私を見てよ！　電話越しじゃなくて、振《ふり》袖《そで》を着た私と直接話してよ！」

　言い募る私は必死だった。

　今なら分かる。おばあちゃんが死ぬ半年前に実家を引き払い、老人ホームに入ったのは、この電話で未来の私が死期を伝えてしまったせいだ。間近に迫る死を知っていたから、その前に何もかもを清算しようと思ったんだ。

　私は肩で息をしながら、涙声で懇願する。

「ねぇ、今すぐに病院に行って、ちゃんとした検査を受けてよ。もしかしたら悪い所が見付かって、もっと長生きできるかもしれないじゃん。そうだよ、きっとこの電話はそのためのものなんだ――」

　駄々っ子のように捲《まく》し立てる私を、おばあちゃんは静かな声音で宥《なだ》めた。

「サナちゃん、私は一年後に死ぬんじゃないわ。七十八年も生きたのよ。私にとっては充分すぎるほど長くて、幸せな時間だったわ」

　その言葉で、私はどうしようもなく理解させられた。おばあちゃんはもう、一年後に死ぬ覚悟を決めてしまっているのだと。

私は膝《ひざ》を抱え、洟《はな》を大きく啜《すす》る。

「……分かんないよ」

不貞腐《ふてくさ》れた子供のように、そう言うのが精一杯だった。そんなことしかできない自分が情けなかった。

暫《しば》しの沈黙を経て、おばあちゃんが口火を切る。

「私の父の口癖だったの。『女は家で笑っとれ』ってのが」

無関係な話題が始まったようにも思えたけど、それがおばあちゃんにとって重要な話であることは、言葉遣いからすぐに伝わってきた。

私は口を噤《つぐ》み、じっと耳を傾ける。

「昔の私は、その言葉がすごーく嫌いでねぇ、子供扱いされているみたいで……まぁ実際どうしようもない子供だったんだけどね。結局、警察官だった父は空襲で命を落として、母からも父の話をろくすっぽ聞かないまま家を飛び出したから、あの頃はその言葉の意味を深く考えることはなかったの」

おばあちゃんの語調には、これまでとは違う種類の感情――深い悔恨が含まれているように感じられた。

おばあちゃんは深く嘆息し、更に続ける。

「でもね、しばらくしてから母に会いに行って、父の話もいろいろ聞いたのよ。私の父親ね、明治生まれだから関東大震災を経験しているんだけど、その時の大混乱がすごく印象に残っていたんだって。町の人がみんなデマに怒って、罪のない人を言葉と暴力で傷付けて、知り合いの大人や親兄弟もそれに踊らされて……後から思い出すと、地震そのもの以上に怖い経験だったみたい。戦争が始まった時も、きっと同じような雰囲気で、父は同じようなことを思ったんでしょうね。『政治家も国民もみんな何かに怒っていて、冷静に話し合おうとしない。そのせいで国が変な方向に進んでしまっている』って、母によく愚痴っていたらしいわ」

関東大震災と言えば、現在の約百年前の出来事だ。世紀を隔てるほどの遠い遠い過去の情景は、しかし奇妙なリアリティを伴って私に届いた。

同時に、私は察した。おばあちゃんがなぜ、今この話を始めたのか。

「人はね、怒ると正しい判断ができなくなるの。こいつを徹底的に苦しめてやろうとか、あいつが賛成しているから反対とか、そういう何の得にもならない選び方をするようになっちゃうの。私は父の言葉の意味を身をもって知って、それからは大事な人生の柱にするようになったわ。もっとちゃんと真意を話してくれればって思ったこともあったけど……口下手な父だったし、特高警察なんてのがあった時代だったから、ああいう言い方をするのが精一杯だったのかもしれないわね」

「そっか、だからおばあちゃんはいつも……」

頭の中で全てが繋《つな》がり、私は思わずそう声に出していた。

正直、私は歴史の授業について心のどこかで『ネットで調べれば分かる程度のもの』くらいにしか考えていなかったし、関東大震災も世界大戦も自分と無縁な別世界の出来事だと思っていた。確かに大昔はそういう大変なことも起こったけど、今はそんな時代じゃないんだと、勝手に線引きしていた。

だけど、まるっきり同じじゃないか、今の時代も。

長引くコロナ禍で蓄積された怒りが、人々を分断してしまっている。陰謀論や自粛警察に始まり、人類削減計画だとか政府と製薬会社の陰謀だとか、そんな荒唐無稽《こうとうむけい》な話が津々浦々に広まってしまうくらいに。コロナに限った話じゃない。差別だって、炎上した人の住所特定や誹謗《ひぼう》中傷だって、下らない事件を起こして逮捕される人だって、根っこの部分は同じだ。

みんな怒っている。みんな、何かに怒りたがっている。

「それにね、『笑う門には福来る』って言うけど、いつもプリプリ怒ってる人はやっぱり長い目で見ると損をするのよ。大事なことを話してもらえなかったり、どんどん人が離れていったり。そりゃそうよね、いつも不機嫌な人と一緒に居たいなんて思う人はいないもの。気付いた時には一人ぼっちで、でもどうしてそうなったかは気付けないままで……」

話し続けて少し疲れたのか、おばあちゃんは長い息を吐いた。七十七年にわたる人生経験と、諸々《もろもろ》の感情を込めて。

「サナちゃんには、そういう大人になってほしくなかったの。でも、ひょっとすると私のそんな小煩《こうるさ》いお小言が、回り回って今のサナちゃんを苦しめているのかもしれないわね。良かれと思って考えを押し付けるのがどれだけ迷惑なことか、私は嫌ってほど知っていたはずなのに……」

「そんなことないよ、おばあちゃん」

おばあちゃんの不安を払拭《ふっしょく》すべく、私は間髪を容《い》れずに断言した。

対面していたら身を乗り出していただろう語気で、私はおばあちゃんに伝える。

「正直なところ、私はおばあちゃんの言葉をこれまで本当の意味で理解してなかったんだ。周りにニコニコしていても、都合よく損な役回りを押し付けられるだけなんじゃないかって疑ってもいた。でも、ようやく分かったんだよ。おばあちゃんのその言葉に、今日までの私が陰でどれだけ支えられていたのかってことが」

お母さんとお父さんの時も、陽人の時も、麻紀先輩の時も。切れかけた縁を繋ぎ留めてくれたのは、おばあちゃんのその教えだった。やさぐれて自棄《やけ》に振る舞っていたら、きっと誰からも見放されて、正真正銘の一人ぼっちになってしまっていた。

幸福に思う。そういう人の孫として生まれてこられたことを。そして、それが幸福だと気付かせてくれたこの奇跡を。

畏敬《いけい》の念を込め、私ははっきりと言い切った。

「私もおばあちゃんみたいに生きたい。おばあちゃんの考えを、私の子供や孫に伝えていきたいんだ」

「……本当に、私には勿体《もったい》ないくらいの素敵な孫だよぉ、サナちゃんは」

洟を啜る音が微《かす》かに聞こえてきたけど、それがどのような感情に基づくかは考えるまでもないことだった。

お互いに次の言葉を告げられないまま通話が終わり、私はスマホの日時を確認する。

明日《あした》は一月二十三日。おばあちゃんの命日にして、十三回忌。

何の根拠もないけれど、区切りが近付いている気がする。

――追憶6――

昭和六十三年（一九八八年）八月、ハナから母が亡くなったと知らされた。八十一歳だった。百年は生きると豪語していたのに、現実は呆気《あっけ》ないものだ。ソリが合わなかったのか、再婚相手とはとっくに離婚していて、遺言通り遺骨は墨田区の納骨堂に納められた。

葬儀の日、私とハナは久々の再会を果たし、お互いに「老けたね」と笑い合った。嫁入りして『七尾《ななお》』姓に変わったハナは、旦那《だんな》さんとも子供とも関係は良好で、去年結婚した娘の和葉《かずは》ちゃんはそろそろ出産するそうだ。泣き虫だったハナが立派なお祖母《ばあ》さんになることが感慨深くて、私はちょっとだけ泣いてしまった。

帰りの電車の中、窓に映る自分の姿をぼーっと眺めながら、私は思慮に耽《ふけ》っていた。山梨大学を卒業し、甲府《こうふ》市の地方銀行に就職した秀太は、職場で知り合った香苗さんと付き合い出し、私たちにも一度紹介してくれた。恥ずかしそうにしていた辺り、きっと彼女と結婚するつもりなのだろう。茶化す夫を窘《たしな》めながら、秀太が他人様《ひとさま》に好いてもらえるような大人に育ってくれたことに、私は心から安堵《あんど》していた。子供の頃の私との約束を、忘れずに守ってくれた。横浜《よこはま》の建設会社に入社した光司も仕事は順調だそうだ。

無論、私たちの暮らしも平和なものだ。夫はもうじき定年退職になるが、これまで通り製紙工場の現場責任者として働き続けるつもりらしい。どこまでも仕事一筋で結構なことだ。

ともあれ、あとはこの生活が続くだけだ。平穏で、順風満帆な……

——えっ、私の人生、これで終わり？

突如としてそんな疑問が沸き上がり、私の心臓が不自然に跳ね上がった。

確かに山あり谷ありの人生だった。それでも、もう少し、もう少しくらい何かあるものかと思っていた。だけど気付けば私はもう六十手前。とても新しく何かを始めるような、新しい何かが始まるような年齢ではない。お茶を点《た》てたり、お花を嗜《たしな》んだり、せいぜいそんなささやかな趣味に興じるのが関の山だろう。

平穏で順風満帆、大変結構なことだ。世の中、そんな人生すら送れず悲惨な目に遭っている人が大勢いることは、私もよく知っている。戦中戦後の辛酸を舐《な》める思いを考えれば、むしろよくここまで辿《たど》り着けたと自分を褒めていいくらいだ。

だけど。……だけど。

——人生って、こんなものなの？

もやもやとした気持ちは、電車を降り、自宅に帰ってからも消えてくれなかった。

次男の光司が進学のために上京した後、私と夫は義両親の介護を兼ねて義実家に住んでいたが、彼らも母が亡くなる少し前にこの世を去っていた。若い頃は散々嫌な目に遭わされた姑《しゅうとめ》だったが、晩年は別人のように大人しくなってしまい、冷たくなった彼女を看取《みと》った時は寂しい気持ちだった。義実家はそのまま夫が引き継いで住むことになったが、だだっ広い一軒家に二人きりというのは、何とも言えず空虚だった。騒がしい毎日をあれほど疎んでいたはずなのに、とかく人生はままならない。

私がセールスの若い女性を抵抗なく居間に上げるようになったのは、そういう寂しさも手伝ってのことだった。いわゆる美容商品のセールスで、私自身に購入の意思はさほどなかったが、足繁く通ってくれる彼女のことが人として気に入っていた。

お茶を飲みながら、女性は愛想良く笑う。彼女の笑顔には垢抜《あかぬ》けないあどけなさがあった。

「いやぁ、それにしても奥さん、本当にお美しいですよねぇ。もうすぐ六十なんてとても信じられませんよ」

「あらまぁ、お上手なんだから」

お世辞だと分かっていても、褒められれば悪い気はしない。娘がいない私にとって、彼女との会話は新鮮な感覚だった。

女性は流れるような挙措で、いつの間にかビジネスバッグから取り出していた資料をテーブルに並べた。

「いえいえ本当に。もっといいお化粧品を使えば、今からモデルや女優を目指すことだって充分可能ですよ。こちら、都会の女性はみんな使っている商品でして、塗るだけで皺《しわ》が消える代物なんです。値段は市販品よりも少々張りますが、補って余りある効果ですよ」

世間話に差し込まれた営業トークに、私は頰に手を当てて難色を示す。

「だけどねぇ、前にも言ったけど、ウチはそれほど裕福じゃないし、今さらお化粧にお金を掛けたところでねぇ……」

自分の体のことは、自分が一番よく分かっている。もう男に媚《こび》を売るような年齢でもないし、夫もいい顔はしないだろう。

女性はずいっと身を乗り出し、耳打ちのように畳み掛けてきた。

「ここだけの話、私の母もあなたと同年代なんですが、これを使い始めてからというもの毎日本当に楽しそうで。娘の私まで嬉《うれ》しくなってしまうくらいなんですよ。奥さんが今以上にお美しくなれば、きっと旦那さんや息子さんも喜びますし、見る目も変わりますよ」

「そ、そうかしら……」

私が美しくなることが、私だけではなく夫や息子のためにもなる。考えたこともなかった論理に、私の心が初めて動いた。どうせ無駄だと思っていたけど、試す前から決め付けるのもよくない。こんなに私のことを気に掛けてくれるのなら、彼女の言うことはお世辞ではなく本当なんじゃないか。息子が家を出て生活費に余裕のある今なら、ちょっと試してみるくらいなら大丈夫なんじゃないか。『今さら私なんて』とは思っていたが、息子の結婚相手と顔合わせする時のことを考えたら、ちょっとでも美しく手入れしていた方が良い方に働くんじゃないか。

それに、こんなに私と長々とお話ししてくれるのに何の見返りもないなんて、この子が可哀想じゃないか。そう、これは言ってしまえば人助けのようなものだ。

そう結論付けた私は、資料を手に取り、その言葉を口にしてしまった。

「そこまで言うなら……ちょっとだけ、試してみようかしら？」

一度受け入れてしまうと、あっという間だった。

寝る前に顔の小皺《こじわ》に化粧品を塗りたくり、ウキウキで布団に潜り込む。朝になるのが待ち遠しくて、なかなか寝付けない。キジバトの鳴き声で起きるや否や、私はトイレよりも先に洗面台の鏡で自分を見る。確かに昨日より皺が薄くなっている気がする。いや、間違いなく効果が出ている。その事実に私は声を上げたくなるほど喜んだ。これを続けていれば、私は本当に若さと美しさを取り戻すことができるかもしれない。

こんな簡単に皺が消えてくれるなら、もっと早く買っておくんだった。あの子には感謝しなくっちゃ。お友達にも教えてあげないと。最近の技術の進歩ってすごいのね。

自然、味噌汁《みそしる》を作る手も軽やかになる。朝食を摂《と》りにダイニングにやってきた夫に、私は上機嫌で尋ねた。

「ねぇ、あなた、何か気付かない？」

「ん？　何がだ」

新聞から視線を上げ、寝ぼけ眼の夫が私を見る。

顔をまじまじ見られることを恥ずかしく思いながらも、私は自分の頬を指差して訊《き》いた。

「私の顔、前よりもちょっと変わったように思わない？」

夫はしばらく私を注視していたが、やがて興味を失ったかのように新聞に視線を戻した。

「いや、別に。それより目ヤニ付いてるぞ」

「……もう、鈍感なんだから」

いつもと変わらない態度に、私は小声でぼやき、ご飯の準備に戻る。まぁ、髪型を変えたのにも気付かない夫ならこんなものだろう。

いや、ひょっとすると照れているのかもしれない。近いうち、ご近所さんに「こんな美しい奥さんで羨《うらや》ましいわ」と言われて赤面する夫の姿を思うと、素っ気ない態度も可愛らしく思えてきた。

訪問してきた女性営業員に、私は挨拶《あいさつ》もそっちのけで感謝を述べた。

「あなた、あの商品、本当にすごい効果なのね！　びっくりしちゃったわ！」

彼女は私の勢いに驚いたのか、少し気圧《けお》された様子で答えた。

「そ、そうですかぁ！　当然ですよ！　お気に召したのなら仕事冥利《みょうり》に尽きます！　こういうのは継続が一番大事ですから、毎日欠かさず使用してくださいね」

「えぇ、もちろんよ。ねぇ、他にも良い商品はないの？」

「いろいろありますよぉ。今イチオシなのはこのシミが消える美容液でして……」

彼女はいそいそと鞄《かばん》から資料を取り出し、立て板に水の説明を始める。夢のような文言が並ぶ商品の数々に、私は薔薇色《ばらいろ》の未来を夢想した。

今ならやりたいことが何でもできる。ひょっとすると、本当に女優デビューなんてしてしまうかもしれない。そうよ、世は空前の好景気に沸いているというのに、私一人だけ何の恩恵にも与《あずか》れずに終わるなんて不公平じゃない。私の物語はこんなところで終わったりしない。戦争に奪われた青春を、今こそ取り戻してやるのよ。

私は何てラッキーなんだろう。そうなのね、私の人生はこれから始まるのね――


それから、約一年後。

大量の化粧品と契約書が並ぶ食卓で、夫は厳《いか》めしい表情で腕組みしていた。

向かい合う私はといえば、夫の顔を見る気にもなれず、膝《ひざ》の上に載せた自分の手をじっと見つめるばかり。

長い沈黙を経て、夫は食卓をコツコツと叩《たた》いて詰問した。

「お前、こういう物を買うのに、これまでいくら費やしたんだ？」

私は答えられなかった。答えようにも、生活費まで使い込んでしまったせいで、自分でもいくら支払ったのか分からなかった。

私の情緒の変化に違和感を覚えたご近所さんが、内密で夫に報告したのだ。怪しい商品の話をしているが詐欺に遭っているんじゃないか、と。聞くところによるとあの女性営業員の所属する会社は、判断能力の鈍った老人相手にサービスや商品を押し売りすることで悪名高かったらしい。

彼女が話していたことは嘘だった。大枚を叩《はた》いて購入した美容グッズは全部、市販の化粧品の同等品か、濃いめの化粧で皺やシミを一時的に隠す程度の子供騙《こどもだま》しでしかなかった。単なるプラシーボ効果だけならまだしも、シミに関しては色素が定着したせいで増えてしまった。

言い訳をするわけではないが、数ヵ月前には私自身も効果が無いんじゃないかと疑い始めていた。だけど、止める勇気が出なかった。続けてさえいれば何か変わるかもしれない、こんなものにバカ高い金を払った自分の愚かさを認めたくない、そんな気持ちが常にせめぎ合っていたせいで。

結局、私は懲りずに同じ過ちを繰り返してしまった。負けを認めないせいで余計な大負けを喫してしまった。

夫は化粧液を指で摘《つ》まみ、忌々しげに眇《すが》める。

「塗るだけでシワが消えるとか、若返るとか、そんなものあるわけないだろ……化粧をするなとは言わんが、もっと常識的に考えてくれよ」

至極真っ当な正論が自分に向けられている事実が、今の私には受け入れがたかった。

息苦しさを感じながら、私は責任逃れの言葉を並べる。

「……何で私ばっかり責めるの。悪いのは嘘をついてこんな商品を売ってる会社の方じゃない。それをしっかり取り締まらない国だって同罪よ」

「あのな、そうやって思考停止していたら悪徳業者の思う壺《つぼ》なんだよ。世の中は正直者と優しい奴らばっかりじゃないんだ。いい歳なんだから少しは危機感を持ってくれよ」

「あなたには分からないわよ。化粧もしたことない、男のあなたには」

「何だその態度は！　ちゃんと反省しているのか！　そもそも誰のせいでこんな話をしていると――」

いきり立つ夫を遮り、私は立ち上がった。

色取り取りの瓶やチューブを粗雑に取り、片っ端からゴミ袋に放っていく。瓶の割れる音が聞こえたが、知ったところではない。

「もういい。分かり切ったお説教なんて聞きたくない。契約は解除する、金輪際こういうものは買わない、それでいいでしょ」

最後に破れそうな勢いで契約書を引っ摑《つか》み、私はダイニングから立ち去ろうとする。

その私の背に向かって、夫は釘《くぎ》を刺すように言い放ってきた。

「お前、香苗さんにはそういう態度を取るなよ。せっかく秀太に素敵な嫁さんが見付かりそうって時に、姑《しゅうとめ》の嫌がらせで婚約破棄なんてことになったら目も当てられんぞ。分かってるんだろうな」

「若い女の子には優しいのね」

「分かってるかと訊いているんだ！」

どの口でそんなことを言うの。私に対する姑の嫌がらせを、散々見て見ぬ振りしてきたあなたが、一体どの口で。

込み上げる腹立たしさと一緒に、私は短く吐き捨てた。

「……分かってるわよ」


電話で契約解除の申し出をすると、翌日に女性営業員がすっ飛んできた。

女性はあの手この手で思いとどまらせようと捲《まく》し立ててきたが、私の意志は固かった。あれほどのめり込んでいた過去の自分は、今となっては別人のように思えた。

女性営業員の背後には、同じくスーツを着た強面《こわもて》の中年男性が控えていた。厳しい面持ちの私と彼に板挟みにされた女性は、脂汗を流しながら懸命に説得を試みる。

「お、奥様、一度冷静に考え直してくださいよぉ。こういうものは継続が大事だと申し上げたじゃないですか。それに契約書に書いてある通り、定期購入の途中の解除は違約金が発生しましてですね……」

「その額、違法よね。警察に相談したら、その部分は無視して解除できると聞いたわ。

いいから早く契約解除して頂戴《ちょうだい》」

私が冷静に告げると、女性は困惑した様子で視線を彷徨《さまよ》わせる。

返答に窮する女性の代わりに、強面のスーツ男がずいっと前に出た。

上等そうなストライプスーツを見せ付けるように身を乗り出し、薄笑いを浮かべながら威圧的に忠告してくる。

「困りますなぁ、奥さん。納得して契約した以上は、耳を揃えてお支払い頂かないと。約束は守る、学校でそう習いませんでしたか？　こちらには優秀な弁護士も付いているんですよ。これ以上ゴネるようなら、こちらとしては出る所に出ても――」

「人のこと舐《な》めるのも大概にしなさいよッ！」

間近に迫った彼の顔に唾《つば》が飛ぶことも厭《いと》わず、私は怒声を上げた。

これまでずっと大人しかった私の豹変《ひょうへん》に、流石のスーツ男も不意を突かれたようだ。

三歩も後退し、玄関の引き戸にしたたかに背をぶつける。

こんな風に怒りに身を任せるなんて、随分とご無沙汰《ぶさた》のことだった。これまで自分を支え続けてきた人生の矜持《きょうじ》も一時忘れ、私は呆然《ぼうぜん》と佇《たたず》む二人に容赦なく畳み掛ける。

「一年も人を騙《だま》して金を巻き上げて、まだ足りないってのかい⁉　そんな仕事で稼いだ金で食う飯が美味《うま》いかい⁉　戦争のせの字も知らない若造が一丁前に私を脅そうなんて、笑わせんじゃないよ！　生憎《あいにく》こっちはねぇ、あんたたちみたいにお気楽に学校なんか行けてないんだよ！　蜂の巣になるか火ダルマになるか飢え死ぬか、そういう世界で生きてきたんだよッ！　これ以上私から何を奪おうってんだい！　そんな情けない生きざまを、親兄弟に胸張って自慢できるってのかい！　えぇ⁉　どうなんだいッ！」

恥も外聞もない絶叫が終わると、耳鳴りがするほどの静けさが訪れた。鳥の鳴き声さえ聞こえない沈黙の中、私の荒い呼吸だけが空気を揺るがしている。

暫《しば》し圧倒されていたスーツ男は、「俺は別に契約を解除できないとは一言も……」などとボソボソ呟《つぶや》き、女性に目配せして挨拶もなく外に出て行った。取り残された女性は、私の無言の催促に従い、渋々ビジネスバッグから契約解除書類を取り出した。契約書に比べ、文面は非常に簡素なものだった。違約金の文言は、私が申し付けるまでもなく彼女自身が横線を引いて消した。

時間を掛けて内容をチェックし、私は署名と捺印《なついん》を施す。受け取った女性は、これまでの愛想の良さが嘘のように淡々と告げた。

「……では、これで契約は終了になりますので。長らくのご愛顧ありがとうございました」

そして、私と一切目を合わせようともせず背を向ける。このまま彼女が敷居を跨《また》いでしまえば、きっとこの先の人生で関わることはもうない。

だからこそ、全ての利害関係が終わった今、私は彼女に訊《き》かずにはいられなかった。

「ねぇ……私、始める前よりも綺麗《きれい》になったわよね？」

この期に及んで未練がましいのは、自分でも重々承知しているけれど。

お世辞でも「お美しくなりましたよ」と褒めてもらえれば、私は嬉《うれ》しかった。或《ある》いは「お前みたいなババア、最初っから金づるとしか思ってなかったよ」と罵倒《ばとう》されれば、それはそれで全ての諦《あきら》めが付けられた。

彼女と私の視線が、一瞬だけ合う。

私が瞬《まばた》きする間に、彼女は顔ごと視線を背け、蚊の鳴くような声で謝罪した。

「……ごめんなさい」

彼女はバッグを引っ摑み、そのまま逃げるように立ち去ってしまった。別れの挨拶《あいさつ》を告げることも、玄関を閉めることすらなかった。残された私は、彼女がいなくなった後もその場を動くことができなかった。まるで正座した膝から根が張っているかのようだった。

どうして謝るの。それは何に対する謝罪なの。私はそんな言葉が聞きたかったんじゃない。結果的に騙されたのが事実でも、私はあなたとのお話を心から楽しんでいたのよ。謝るくらいなら、初めっからあんなもの売らないでよ。謝るくらいなら、初めっから私の人生に関わらないでよ。

謝るくらいなら、初めっからありもしない希望を持たせないでよ。

香苗さんと秀太の結婚が正式に決まり、身の周りは少し慌ただしくなったが、私はその忙しさをむしろ心地よく感じていた。

息子の結婚が決まって嬉しいというのもあるが、それだけではない。やることがあれば体を動かすし、体を動かせば余計な考えは頭から消えてくれる。幸い、夫も息子も『結婚のために張り切っている』と解釈してくれたから、私は心置きなく準備に没頭することができた。

やって来た結納の日。香苗さんは緊張しながらも幸せそうに顔を綻《ほころ》ばせ、丁寧に一礼した。

「お義母《かあ》さん、不束者《ふつつか》ですが、どうかこれからよろしくお願いします！」

「ええ。……こちらこそ、息子をよろしくね」

香苗さんもご両親もとてもよく出来た人で、こちらが恐縮してしまうほどだった。息子が良い人と結ばれたことは、言うまでもなく私も純粋に嬉しかった。

手前味噌《てまえみそ》のようになるけれど、香苗さんとの関係は人並み以上には上手《うま》く行っていたと思う。義母に対する配慮もあっただろうが、香苗さんは結婚後も事に付けて私のことを慕ってくれた。母親から姑の恐ろしさについて散々聞かされていたが、お義母さんがそんな人じゃなくて安心したと後に吐露され、そのことについては私も悪い気はしなかった。

だけど、ふとした時、どうしても彼女の若さが妬《ねた》ましくなってしまうのだ。

瑞々《みずみず》しい肌、ふっくらした唇、艶《つや》やかな黒髪、長い睫毛《まつげ》。どれもこれも、今の私には持ち得ないものだ。ずるい。私にはもう、ヨボヨボに老いぼれていくだけの人生しか残されていないというのに。

そんな逆恨みのような言葉を、実際に口にしたことは当然ない。夫に言われなくたってそれくらい分かる。姑の嫁いびりで息子夫婦と絶縁なんて笑い話にもならない。あのクソ姑と同じ道だけは絶対に歩むまいと、私は別居した時に心に決めた。子供の秀太に対して偉そうに『女の子を大切にしろ』と言ったのは、他でもない私なのだ。

だけど、口に出せない思いは、次第に私の中で澱《おり》のように溜《た》まっていく。洗面所の鏡はどこまでも私が直面する現実を突き付けてきて、毎日のように私は意気消沈させられてしまう。戦争と子育てという試練を乗り越えて、全てを許し全てに感謝する菩薩《ぼさつ》の精神を手に入れたと思ったのに、香苗さんと会う時は愛想笑いで一日をどうにかやり過ごしているのが現状だ。口を衝《つ》いて出そうになった嫌味に肝を冷やしたことも、一度や二度ではない。

なぜこうなってしまったのか、その理由も本当はとっくに分かっている。

かつて母は言った。守るものがあれば大抵のことは何とかなる、と。だから私はこれまで頑張ってこられた。国を守るために疎開生活に、母と妹を守るために戦後の極貧生活に、子供を守り育てるために姑のいびりに耐えてきた。だけど戦争は終わり、妹も母もそれぞれの人生を進み、子供は成長して立派に巣立ち、今の私に残されたものは無神経な夫と老いた我が身だけ。守るものなんて何もない。

だからあの悪質なセールスに対し、私は人生の矜持も忘れて怒り狂ってしまったのだ。守るものが無くなったから、ただ自分のためだけに、後先考えない激情に身を任せることができたのだ。私は弱くなった。人に優しくできない狭量な老人になってしまった。

母があの時、言い淀《よど》んだ言葉の続きを、嫌というほどに痛感する。他人事《ひとごと》じゃなかった。あれほど疎んでいたはずの姑《しゅうとめ》は、未来の私自身だったわけだ。

我慢に耐え兼ねた私は、ある日、鏡の中の私に向かって言ってみた。

「……私って、生きてる価値、あるのかしら」

本気で言ったわけじゃない。ちょっとした一人遊び、冗談のつもりだった。可笑《おか》しくなって噴き出す、そんな自分を想像していた。

だけど、実際に言葉にして私に訪れたものは、底冷えするほどの虚《むな》しさと孤独感だった。あの疎開先の真っ暗な説教部屋に取り残され、そのまま誰からも忘れ去られてしまったかのような。

無理に笑おうとして顔が引き攣《つ》る。ほうれい線がくっきりと浮かび上がる。新しいシミが出来ているのに気付く。唇の隙間から黄ばんだ歯と銀歯が垣間《かいま》見える。

途端、目頭が熱くなり、私は両手で顔を覆った。誰もいない家の中で、私は惨めに咽《むせ》び泣いた。私の物語は、私すら気付かないまま終わってしまっていた。

私は、醜い。

――現代7――

朝起きて体温を測る。三十六度四分、文句の付けようもない平熱。喉《のど》の痛みや鼻水もなく、味覚以外はすっかり元通りだ。その味覚も少しずつ戻っているし、この調子ならあと一週間と経たず完全復活だろう。副反応を覚悟の上でワクチン接種した甲斐《かい》があったのか否か、ともあれ後遺症が残らなそうなのは幸いだった。

昼過ぎにお母さんからの着信があって、十三回忌がつつがなく終了したことと、落ち着いたタイミングでおばあちゃんに挨拶しに来なさいねという連絡を受けた。言われるまでもなく、次の週末には実家に帰ってお墓参りをするつもりでいる。ただそれよりも、私は今夜のおばあちゃんとの電話の方が気掛かりだった。

別に今日がおばあちゃんの命日だからって、それで明日《あした》から電話が来なくなるとは限らない。だけど、この電話がいつまでも続くものだとも思えない。仮にこれから毎日電話が来たとしても、過去が変わらなければおばあちゃんは一年後に死んでしまうのだから。

もし、今日が過去のおばあちゃんからの電話を受けられる最後の日だとしたら。

私は一体、おばあちゃんに何と言えばいいのだろう。

落ち着いているのかそわそわしているのか、自分でもよく分からないまま迎えた、十九時十五分。

おばあちゃんからの電話が今日も掛かってきたことに、私は一安心した。結局、言うべき言葉は思い浮かばなかったけど、電話が掛かってこなければ伝える以前の問題だ。

「サナちゃん、体は大丈夫？」

「うん、あと四日で自宅療養も終わるし、すっかり熱も咳《せき》もなく落ち着いてる。おばあちゃんがずっとお話に付き合ってくれたお陰だよ」

「やぁねぇ、私は何もしていないわ。つらい中で頑張ったのはサナちゃんよ」

「……うん」

黙り込んだ私を気遣うように、おばあちゃんが尋ねてくる。

「あら、どうかしたの？　元気がないみたいだけど、本当に大丈夫？」

「体調じゃないんだ。何ていうのかな、情けないというか、申し訳ないというか」

私は頬を掻《か》き、自虐的に呟《つぶや》く。

「私はおばあちゃんからたくさんのものをもらって、いっぱい支えてもらったのに、私は迷惑掛けるばかりで何もしてあげられなくて」

社会人として働いている今なら、子供の頃とは比べ物にならないくらいの恩返しができるのに、それはもう叶《かな》わない。言葉しか交わせないことを、今はこの上なく歯痒《はがゆ》く感じる。

力不足を痛感する私に、おばあちゃんは優しく諭してくれる。

「なーに言ってるのよぉ。私はとっくに、サナちゃんから数え切れないくらい大事なものをもらったわ」

「でも、それは……」

孫と祖母の関係だから、おばあちゃんは優しいから、贔屓目《ひいきめ》でそう言ってくれるだけで。

どこまでも卑屈な私の考えを見透かしたように、おばあちゃんは重ねて強調する。

「ううん、本当よ。サナちゃんがいなかったら、私、一体どうなっていたことか」

不穏な単語が飛び出し、聞き間違いを疑う私に、おばあちゃんは更に衝撃的な言葉を告げた。

「情けない話だけどね。私、サナちゃんが生まれる前まで、ずっと死にたいと思ってたの」

「えっ……!?」

私は思わず掠《かす》れた声を上げた。これまでも驚きの告白はたくさんあったけど、それらとは比にならない意外性だ。

当のおばあちゃんはと言えば、恥ずかしそうに含み笑いしている。

「いえね、サナちゃんに心配してもらうような大ごとじゃないのよ。ただ、自分が老けていくのが嫌で嫌で。どうしようもないことだって分かってても、毎日鏡を見るたびに気が滅入《めい》って仕方なかったの。息子にも香苗さんにも気を遣われるようになって、病院で出される薬もどんどん増えて……何のために生きているか分からなくて、イライラして夫と口を利かなくなった時期もあったわね。サナちゃんに『笑顔でいなさいね』って言っておきながらこの体たらくなんだから世話ないわ、うふふ」

私はおばあちゃんのように笑い飛ばす気にはなれなかった。戦争を生き抜いたおばあちゃんですら、そんな風に思ったことがあったなんて。

そんな過去がまるで些事《さじ》であるかのように、おばあちゃんは語り続ける。

「でもね、サナちゃんが生まれた日に、私の世界はひっくり返ったの。東京五輪や大阪万博、高度経済成長やバブル景気の時なんか比べ物にならないくらい……秀太が生まれた時より、ひょっとすると戦争が終わった時より、私の人生にとって衝撃的な日だったわ。こんな愛《いと》おしい生き物がこの世に存在するのかって、天使の生まれ変わりなんじゃないかって。それでね、初めてサナちゃんを抱っこさせてもらった瞬間に、私は理解したの」

おばあちゃんは深く息を吸うと、万感の想いを込めて、言った。

「ああ、私はこの子に会うために、今日まで生きてきたんだなぁって」

慈愛に満ちたその言葉を、私はすぐに自分事と受け止めることができなかった。

ゆっくり、たっぷりと時間を掛けて、私はおばあちゃんの言葉の意味を理解する。陽の光を浴びた時のように、全身に温《ぬく》もりが行き渡る。目の奥が熱くなり、視界がぼやける。

泣き声を零《こぼ》さないよう、私は懸命に口を引き結ぶ。電話でよかった。こんな顔、とてもじゃないけどおばあちゃんには見せられない。

必死に涙を堪《こら》える私に、おばあちゃんは歌うように語り掛けてくる。

「そして、これからはこの子の成長を見守るために生きるんだって。明日なんて来なければいいのにって思ってたのが嘘みたいに、時間の流れが楽しみで仕方なくなったの。夜はぐっすり眠れるようになって、体の調子もびっくりするくらい良くなって、ついでに夫ともいつの間にか仲直りしちゃって」

「その言い方、テレビショッピングの怪しい商品みたいだよ」

こんな状況にも拘《かかわ》らず、私は小さく噴き出してしまった。

おばあちゃんの声にもまた、楽しげな気配が滲《にじ》んでいる。

「でも本当のことよ。きっとサナちゃんじゃなかったら、私、ここまで元気になれなかったと思う。全部全部、サナちゃんが素直な良い子に育ってくれたお陰よ。それがサナちゃんがくれた一つ目の奇跡」

「一つ目？」

「ええ。去年に夫が死んでから、どうにも気分が落ち込むことが多くてね。あんなのでも人生のお供だったわけだから、サナちゃんたちの前では元気にしていたけど、実は不安で胸がいっぱいで。あの人は死んで仏様になれたのかな、そろそろ私もダメそうね、ボケて迷惑を掛けたくないなって、誰もいない家の中でずっと考えてたの。意地張って同居も老人ホームも嫌がってたけど、やっぱり一人ぼっちになると良くないわね」

おばあちゃん、やっぱり無理していたんだ。隠していたとはいえ、気付いてあげられなかった昔の自分が情けない。

「中学生のサナちゃんが励ましてくれたのはもちろん嬉《うれ》しかったけど、それもだんだん寂しさの方が大きくなって。足腰は弱くなってきたし、目も霞《かす》んできたし、サナちゃんの振袖《ふりそで》姿を見たいなんて欲張りは言わないから、せめて仏様になって見守ってあげられればって思ってたの……そんな時だったわ。一週間前に突然電話が掛かってきて、しかもその相手が十三年後の大人のサナちゃんだなんて、今でも信じられない」

「詐欺だったらどうするの……簡単に信じないで、もっと気を付けてよ」

私は複雑な気持ちでそう言った。改めて状況を整理すると、正気を疑われても仕方ないレベルだ。

私の心配もどこ吹く風、おばあちゃんは自信満々に答える。

「大丈夫よ。だってサナちゃんのことだもの、私が間違えるわけないわ」

「……騙《だま》される人はみんなそう言うんだよ」

絵に描いたようなトートロジー、呆《あき》れるほどの純朴さだ。そりゃあ信じてもらえるのは嬉しいし、私もおばあちゃんのことを言えた身ではないんだけども。

「大変な世の中で、大変な生活でも、サナちゃんは大人になってくれた。つらい目にたくさん遭って……きっと死にたいって思うようなことも何度もあったでしょうけど、それでも二十六年も生きてくれた。その事実が私にとってどんなに嬉しいことだったか、この一週間どれだけの希望を貰《もら》えたか、言葉じゃとても言い表せないわ。だから、感謝するのは私の方」

一息吐いたおばあちゃんは、一言一言、異なる感慨を込めて私に言った。

「サナちゃん、生まれてきてくれてありがとう。電話してくれてありがとう。何より——生きてくれて、ありがとうね」

ずっと瀬戸際で揺蕩《たゆた》っていた涙が、とうとう私の瞳《ひとみ》から滴り落ちる。

おばあちゃんの言葉と想いが嬉しいのは言うまでもないけど、それだけが涙の理由ではなかった。私はやっぱり、おばあちゃんの評価に見合うほどの立派な人間じゃない。社会の荒波を、おばあちゃんの優しさ無しで生き抜ける自信がない。

迷子になりかけた子供が手を強く握るように、私は年甲斐《としがい》もなく縋《すが》り付く。

「やめてよ。これが最後みたいな言い方しないでよ。明日《あした》も、明後日《あさって》も、来週も来年もその次も、私はおばあちゃんとお話ししたいよ」

「あらあら、大人になっても甘えん坊さんは相変わらずなのねぇ」

私の無茶なワガママも、おばあちゃんは大らかに受け止めてくれる。

もはや私は泣いていることを隠しもしなかった。

洟《はな》を啜《すす》り、潤んだ声で、恥も外聞もない駄々を捏《こ》ねる。

「だって、私……おばあちゃんのこと、忘れたくないよ……」

お葬式の日、私は『今日のことを絶対に忘れるもんか』と思っていたのに、実際にはたった十二年で大半を忘れかけてしまっている。この一週間のかけがえのない会話の記憶も、同様にいつか薄れてしまうと思うと、私は虚空に投げ出されたような不安でいっぱいだった。

泣きじゃくる私を、おばあちゃんはいつか聞いた言葉で励ましてくれる。

「サナちゃん、そういう時は考え方を変えるの。サナちゃんは私のことを忘れるんじゃない。お父さんとお母さんと、旦那《だんな》さんと子供とお友達と、うんとたくさんの楽しい思い出を作るのよ。こんなオババとの井戸端会議なんかとは比べ物にならないくらいの、ね」

今はまだ想像もできない、いつか辿《たど》り着けるかも分からない、私の未来。

おばあちゃんはそれを私以上に強く信じ、発破を掛けてくれる。

「忘れたっていいのよ。それはサナちゃんが、今より前に進んだ証《あかし》なんだから」

その時、突如として私の目の前に現れたもの。

縮こまる私の頭に、優しく手を置いてくれるおばあちゃんの姿を、私は幻視した。

不思議な光景を目の当たりにした私は、譫言《うわごと》のように問い掛ける。

「……ちゃんと進めるのかな」

「絶対に大丈夫よ。何てったって、サナちゃんは私にとってのヒーローなんだもの。つらいことも苦しいことも乗り越えて、最後の最後はハッピーエンド、それ以外ありえないわ」

お伽噺《とぎばなし》でしか聞かないような称号が冠せられ、私はむず痒《がゆ》くなってしまう。

どこまでも過大評価な……でも、悪い気分じゃない。

「……分かった。私、もうちょっと頑張ってみる」

私は涙を拭《ぬぐ》い、今できる精一杯の笑顔を作った。幻でも関係ない、おばあちゃんに気持ちを伝えるために私ができることは、これしかないのだから。

ありがとう。ごめんなさい。お元気で。愛してる。言いたいことは山ほどあるけれど、もしこれが最後だとするなら、相応《ふさわ》しい言葉は一つしか考えられなかった。

「私にとっても、おばあちゃんは最高のヒーローだよ」

武器を手に取り、果敢に敵と戦うだけがヒーローじゃない。

誰かの幸せを心から願い、精一杯尽くす。

それができれば、誰だってその人にとってのヒーローなんだ。

私が贈った言葉は、どうやらおばあちゃんのお気に召してくれたらしい。

「うふふ、それ、人生で一番嬉しい言葉だわ」

目の前のおばあちゃんが、最高の笑顔を私に返してくれる。きっと電話の向こうのおばあちゃんも同じ顔をしていると、私は確信した。

視界を遮る涙を払うため、私は瞬《まばた》きを一つする。

クリアになった視界には、見慣れた私の部屋が映るばかりで、当然私以外には誰もいない。気付けば既に通話も切れてしまっている。

残されたものは、水を打ったような静寂。

でも、もう孤独は感じなかった。

たとえ離れていても、たとえ死んでも、大好きなおばあちゃんが信じてくれるなら。

私はこの世界で、これからも生きていこうと思えるんだ。

——追憶7——

平成七年（一九九五年）三月七日。

元号が変わり、バブル経済はとっくに弾《はじ》け、年明け早々に阪神《はんしん》・淡路《あわじ》大震災による凄《せい》惨《さん》な被害が発生し、日本社会全体に閉塞《へいそく》した空気が漂う日々。秀太から香苗さんの出産報告を受けたのは、そんな折のことだった。

暗い世の中に素晴らしいニュースだ、生まれてきてくれてありがとう——一般的な祖父母であれば孫の誕生をそんな風に祝ったことだろうし、私もそういうものだと思い込んでいた。

しかし、夫は初孫の誕生にすっかり浮かれ切っていたものの、私は自分ですら意外なほどに冷静だった。白状するなら、冷静を通り越して会いに行くのが面倒だとすら思っていた。

「おい、早くしろ！　孫に会いたくないのか！」

「分かってる、分かってるからそんなに急《せ》かさないでって……」

殺気立つほどの語気で急き立てられ、私は億劫《おっくう》な気持ちで外出の準備をする。

せっかく子育ての煩わしさから解放されたというのに、何が悲しくてまた赤ん坊の喧《やかま》しい泣き声を聞かなきゃいけないというのだろうか。親子水入らずで喜びを分かち合いたいという時に、出産で体力を消耗し切った香苗さんも余計な迷惑だろう。まぁ、それもこの人には分からないのだろう。まともに子育てと向き合ってこなかったこの人には。

鼻息荒く車の運転をする夫を白けた気持ちで見遣《みや》り、私は小さく頭を振る。いけないいけない、こんなことじゃ。初孫の誕生祝いを姑《しゅうとめ》のヒステリーで台無しにするなんて論外よ。私の気持ちなんてどうだっていい。作り笑いでもいいから、ちゃんと笑顔で祝ってあげなくちゃ。

産後回復用の病室の前では秀太が待ち構えていた。近付くにつれ、泣き声が大きくなる。比例するように足取りが重くなる。怖い。私はちゃんと孫を愛せるだろうか。心無い言葉が口を衝《つ》いて出たりしないだろうか。

先に夫を病室に入らせたのは、私の中にそんな恐れがあったからだった。

半分起こしたベッドに横たわる香苗さんの腕に、産衣《うぶぎ》を着せられた赤ん坊が抱かれている。夫は無遠慮にズカズカと歩み寄ると、膝《ひざ》を曲げて尋ねた。

「香苗さん、その子か！　その子が俺の孫か！」

誰があんたの孫よ、秀太と香苗さんの子でしょうが。内心でそんな横槍《よこやり》を入れるくらいには、私は孫を前にしても冷めきっていた。

香苗さんは嫌な顔一つせず、笑顔で夫に孫を差し出した。

「ええ、どうぞ抱っこしてあげてください。なかなか泣き止まないんですけど」

夫は危なっかしい手付きで孫を抱え、不器用に揺らす。泣き声がもっとひどくなった気がしたが、顔を弛緩《しかん》させる夫は気にも留めていない。

「お〜、かわいいなぁ〜！　目に入れても痛くないってのはこのことだなぁ〜」

何調子付いて意味分かんないこと言ってんの、痛いに決まってるでしょ。お望みなら私があんたの目ん玉にぶち込んでやろうか。

心の中でそんな毒を吐いてから、私は笑顔で香苗さんを労《ねぎら》った。

「香苗さん、出産お疲れ様ね。これから大変だと思うけど、秀太と頑張ってね。困ったことがあったら私たちも力になるから」

「はい！　お義母《かあ》さんもどうぞ、元気な女の子ですよ」

「ええ、ありがとう……」

孫を渡す際、夫は偉そうに忠告してきた。

「おい、気を付けて抱っこしろよ！　落としたりしたら洒落《しゃれ》にならないぞ！」

誰が落とすものですか。あんたに抱かせている方がよっぽど危なくて見ていられないわ。

猫でも抱えるかのような夫から孫を受け取り、私は精一杯の笑顔で新しい命を歓迎した。

「はいこんにちは〜。初めまして〜、おばあちゃんですよ〜」

その時。

初めて孫を真正面から見たその時、私は笑顔を作るのも忘れ、まじまじと見つめた。

「……あれまぁ」

顔は皺《しわ》くちゃだし、目はほとんど開いていないし、髪はほとんど生えていないし、一見するだけでは男か女かの判断すら付かない。生まれたばかりの赤ん坊というものは有り体に言うなら無個性的で、極論どんな子を抱こうが変わり映えはないはずなのだ。

だけど、いや、だからこそ不思議に思っていた。私の腕の中で泣くその赤ん坊と目が合った途端、彼女に心が惹《ひ》かれたように感じたことを。

へぇ……何よ、思ったより可愛いじゃない。でも別に孫だからとか関係ないわ。小さい子供、それも赤ん坊なんて、誰だろうと大抵可愛く見えるものよ。赤ん坊なんて久々に見たからちょっと不意を衝かれただけよ。

私はそう自分を納得させ、猫撫《ねこな》で声《ごえ》で孫をあやすモードに入る。

「おお、よしよし。眠いのかな〜？　それともお腹が空《す》いちゃったのかな〜？」

私がそう話し掛けながら優しく腕を揺らすと、耳を劈《つんざ》くような孫の泣き声は次第に収まり、やがて完全に泣き止んだ。

落ち着いた我が子を見て、香苗さんと秀太が感嘆する。

「わぁ、すごい！　私と秀太さんがどれだけあやしても泣き止まなかったのに！」

「流石だな、年の功ってやつか」

ふん、これくらい当然よ。秀太を育てるのにどれだけ苦労したと思ってるの。まだまだ若い連中には負けてられないわ。

目尻《めじり》に小さな涙の跡を残し、ふがふがと鼻を動かす孫を見つめながら、私は尋ねる。

「……名前は？　この子の名前は、もう決まっているのかしら？」

「はい、紗菜です」

「三月七日が出産予定日だったからな、男の子だったら湊《みなと》にするつもりだったんだ」

香苗さんと秀太の答えに、夫は大きく頷《うなず》いて言った。

「三月七日生まれの、森戸紗菜か。うん、良い名前じゃないか！」

揺らす腕を止め、私は孫の紗菜ちゃんに語り掛ける。

「紗菜……そう、あなたはサナちゃんなのね……」

「あぶぅー」

応《こた》えているつもりなのか、サナちゃんは豆粒のような手を伸ばし、私の頬に触れてくる。

脳の最下層で化石となったはずの記憶が、唐突に溢《あふ》れ出す。今となっては六十年近くも昔、ハナが生まれた時のことだ。

あの頃は病院の産婦人科じゃなくて、お産婆さんが自宅で出産の手伝いをしていて、四歳の私も産湯や産衣の用意のために奔走していたっけ。新たな命の産声を聞き、初めてハナを抱えた日は、喜びと期待で胸がはち切れそうだった。私はこの子のお姉ちゃんになったんだ、私がこの子を守るんだと、子供心に決意を固めていた。あの時のハナも、こんなちんまりした手をしていたわね。

そうそう、秀太もよ。当時は姑との関係が最悪だったし、妊娠した時は不安でいっぱいだったけど、いざ生まれてみたらそんなことすっかり忘れちゃうくらい嬉《うれ》しくて、二人目も欲しいって思うほどで。毎日毎日、少しずつ大きくなっていく秀太と光司を見るのが楽しみで。やんちゃ盛りの頃には随分と手を焼かされたものだけど、そのお陰で母との確執が解けて、子供と姑との付き合い方も見直せたのよね。あの悪ガキだった秀太が立派に成長して、香苗さんと結ばれたから、サナちゃんはこうして生まれてきてくれたのよね。

いいえ、秀太と香苗さんだけじゃないわ。私が母と再会せず、父の矜持《きょうじ》を知らず生き方を改めなければ、秀太は香苗さんに好かれる大人になれただろうか。姑を反面教師にしなければ、私は香苗さんに優しく接することができず、秀太と香苗さんの結婚は実現しなかったかもしれない。憎きケンジに痛い目に遭わされて東京から逃げ出さなければ、山梨で清志さんと出会うことはなかった。そのケンジと出会ったのも、ハナを大学に行かせるために蕎麦屋《そばや》で働き出したからだわ。戦争中は飢えたり伯母《おば》さんにひどい仕打ちを受けたりと散々だったけど、そんな最悪な思い出は、時として挫《くじ》けそうになった私を奮い立たせてくれた。あの惨憺《さんたん》たる学童疎開がなければ、山梨に逃げることも清志さんと出会うこともなかった。東京大空襲でユウタくんを見殺しにした後悔がなければ、防空壕跡地で黙禱《もくとう》し、母と再会することはなかった。

人生って不思議ね。良いことも嫌なことも、一つでも欠けていたら、こうしてサナちゃんと顔を合わせることなんてなかったかもしれないんだもの。

サナちゃんは、どんな大人になるんだろう。

笑顔が素敵な優しい女の子に、育ってくれるのかしら。

遠い先のことより、まずは目先のことよね。早速子育ての基本から香苗さんに教えなくちゃ。もちろん秀太にもね。今どき子育てを嫁に任せっきりにして、料理の一つも作れない夫なんてロクなもんじゃないんだから。いろいろ入り用でしょうし、おしりふきとおむつを買って届けてあげなきゃね。それと、お食い初めの箸《はし》と器も。七五三は少し気が早すぎるかしら？　いえ、子供の成長はあっという間だし、準備は早いに越したことはないわ。ランドセルと学習机も長く使える良い物をね、それと中学のセーラー服と高校のブレザーと成人式の振袖《ふりそで》と——

「お、お義母さん、大丈夫ですか？」

「母さん、どうした？　具合でも悪いのか？」

香苗さんと秀太に声を掛けられて、私はようやく我に返った。

いつの間にか、サナちゃんの顔や産衣にたくさんの水滴が滴っていた。一体どうしてこんなことに？　雨漏り？　と思ったら、出所は私だった。それらは全部、私の涙だった。

　止めようと思っているのに、次から次から溢れて止まらない。このままではせっかく泣き止んだサナちゃんがまた泣き出してしまう。私はサナちゃんを香苗さんに渡したが、腕が震えて揺らさないようにするのに苦心した。夫の忠告が半ば的を射る形になった。

　私はパイプ椅子に置いていた手提げ鞄《かばん》からハンカチを取り出して涙を拭《ぬぐ》ったが、すぐにぐしょぐしょになって使い物にならなくなってしまった。心身共に整理が付けられないまま、私は回らない頭と口で懸命に言葉を紡ぐ。

「ご、ごめんなさいね。こんなつもりじゃなかったの、で、でも……知らなかったの、私、本当よ。え、えぇ？　そうなの？　知らなかった、だってこんなに、まさかこんなに……」

　こんなに愛《いと》おしいものが、この世に存在するなんて。

　孫を愛せないかもなんて、杞憂《きゆう》も杞憂だった。生まれてきてくれてありがとう。産んでくれてありがとう。私の心の中にあったのは、サナちゃんと出会わせてくれた全てへの、果てしないほどの感謝だった。

　忘れかけていた大事なことをたくさん思い出させてくれたサナちゃんには、一生を懸けても返し切れない大恩がある。だから私はこれから、サナちゃんの笑顔と幸せを守るために生きるんだ。先細るだけの人生で巡り合った〝守るべき存在〟が、私に生きる活力と、何もかもを許し慈しむ寛大な精神を与えてくれた。

それからというもの、会うたび会うたび、大きくなるサナちゃんが愛おしくてたまらなかった。毎週のように会いに行っていた時期は、直接苦言を呈されこそしなかったものの、流石に香苗さんも少し迷惑していたかもしれない。立派な孫煩悩婆《ばば》の完成だった。サナちゃん、立てるようになったんだ。ほんのちょっと前までハイハイしかできなかったのに、玄関までダダダーって走って行っちゃうんだもの。おばあちゃん、びっくりしちゃったわ。

幼稚園入学おめでとう。サナちゃんはセーラームーンが大好きなのね。サナちゃんのセーラー服姿も早く見たいわ。一生懸命描いてくれた似顔絵、一生の宝物にするからね。赤いランドセル、とても似合ってるよ。学校のテストで百点を取ったの？　すごいわね、サナちゃんは天才よ。将来の夢は政治家？　弁護士？　社長？　それともアイドル？　えっ、私の病気を治すためにお医者さんになってくれるの？　うふふ、すごく嬉しいわ。

サナちゃん、あぁ、大好きよサナちゃん、私の可愛いサナちゃん――

それはある程度の貯《たくわ》えができた秀太と香苗さんが、甲府市に一軒家を買う話をしに来た時の一幕だった。

秀太が差し出したカタログと見積書を、夫は仏頂面で突っ返した。

「ダメだ。同居は絶対せん」

「……え？」

当惑の声が自分から出たのか、秀太と香苗さんが発したものだったのか、私には分からなかった。

新築の戸建て住宅を二世帯式に増築し、この家を引き払って息子夫婦と住む——秀太からそう提案された時、私は一も二もなく賛成票を投じるつもりでいた。こんなボロ家を出てサナちゃんと毎日会えるなんて、私からすれば渡りに船だ。しかし、私が口を開くよりも早く、夫はノーを突き付けてしまった。

頑《かたく》なに首を横に振る夫は、私の非難の視線にも気付いていない。

「余計な気を回すな。俺もこいつも、お前に世話されるほど老いぼれちゃいない」

「あのなぁ、父さん、意地になるなよ。仕事も引退して、もういい歳なんだ。今は元気でも、何があるか分からないだろ。車の運転だっていつまでできるか分からないんだ」

「そうですよ。お義母《かあ》さんだって、紗菜と一緒に過ごせる方がいいでしょう？」

秀太と香苗さんの説得を受けた私は、当然のごとく同調するつもりでいた。せっかく私のサナちゃんと一緒に暮らせるチャンスを水に流すなんてとんでもない。

しかし喉《のど》まで出掛かった言葉は、目の端に映った夫の表情により押し留められてしまった。その表情には、老人扱いされたことへの怒りではない、何か別の感情が滲《にじ》んでいたから。

サナちゃんが好きなのは夫も同じだ。遊びに来るたびに蕩《とろ》けそうな顔で構っている。

それなのに考える間もなく拒絶した、その理由があるとするなら……

「……いえ。気持ちは有り難いけど、私も同居はしない方がいいと思うわ」

私は夫に倣い、断腸の思いで首を横に振った。

香苗さんは心配そうに眉尻《まゆじり》を下げ、尚《なお》も食い下がる。

「そんな……せっかく良い物件が見付かったんですから、遠慮しないでいいんですよ？」

「大丈夫よ。私もこの人も元気だし、今はあなたたち家族水入らずでのびのび過ごす時だと思うの。まだこれから新しい家族が増えるかもしれないのに、私たちが我が物顔で居座ってちゃ、いろいろと都合が悪いことも多いでしょう。たまにサナちゃんと遊びに来てくれれば、私はそれで満足よ」

私はそう結論付け、微笑んだ。未練を断ち切るように、努めて気丈に。

私たちの意志が固いことを察したのか、秀太は腰を上げて言った。

「まぁ……二人がそう言うなら。でも、まだ本決まりじゃないから、気が変わったら早めに言ってくれよ」

自家用車で帰る二人を外で見送り、車の影も見えなくなった頃、夫が口を開いた。

「よかったのか？　別にお前だけ同居してもいいんだぞ」

よく言うわ、私がいなけりゃロクに料理も掃除もできない癖に。

夫のご立派なお気遣いに、私は鼻を鳴らして応じる。

「いいのよ。サナちゃんと一緒に暮らすなんて、そりゃ考えただけで幸せだけどね。それは私の幸せであって、あの子たちの幸せとは限らないでしょ」

いつからか無意識に『私のサナちゃん』と考えてしまったことを、私は内心で恥じていた。これじゃまるであのクソ姑《しゅうとめ》と同じじゃないか。サナちゃんは私の所有物じゃない。サナちゃんは私の孫である前に、秀太と香苗さんの子供であり、何よりサナちゃん自身のものなんだから。独占欲を拗《こじ》らせてサナちゃんを傷付ける恐れがあるなら、離れていた方がずっといい。

まぁ、秀太に年寄り扱いされるのが癪《しゃく》なのは私も同じなんだけど。

「そう言うあんたは、同居しなくていいの？」

「バカ言うんじゃねぇ。年頃の娘っ子がこんなジジイと毎日顔を突き合わせるなんて、鬱陶《うっとう》しくて敵《かな》わんわ。ジジババってのはな、山と川と畑しかないような田舎に住んで、夏休みとか冬休みに遊びに来た孫を思いっきり甘やかしてやるのが仕事なんだよ」

答える夫は普段以上のダミ声だ。腐っても連れ添った夫婦同士、考えることは似通うのだろうか。

ひょっとすると、秀太の提案に即答したのも、私を牽制《けんせい》するためだったのかもしれない。相変わらず変なところで気が回る人だ。

時は平成十六年（二〇〇四年）。ここ長坂町が他六町村と合併し、北杜《ほくと》市と名称を変えたのは、つい先日のことだ。

戦前から戦後に。昭和から平成に。横川から森戸に。日野春村から長坂町、そして北杜市に。

時間と共に、移ろっていく。人も物も、土地も時代も。

「ねぇ、あんた」

「何だ」

素っ気ない夫に、私は優しく笑いかけた。

「今日まで一緒に生きてくれて、ありがとう。これからもよろしくね」

「おい何だよいきなり、そういう水くせぇのやめろって」

夫はそっぽを向き、大股《おおまた》で家の中へと引き返していく。慌てた仕草が可笑《おか》しくて、私は噴き出してしまった。

大丈夫。ずっと一緒に居るだけが愛の形じゃない。

離れていても、時が経っても、私はサナちゃんのことを心から愛しているわ。

エピローグ

残りの自宅療養期間は、山もなく谷もなく、至極平和なものだった。

毎日十九時十五分にはスマホを握って待っていたけれど、結局あの日を最後に、私のスマホにおばあちゃんからの着信が入ることはなくなってしまった。名残惜しさはあるけど、これでよかったのかもしれないという気持ちもある。いつまでも甘えてばかりいちゃ、天国のおばあちゃんもおちおち休んでいられない。

おばあちゃんのことを本当に想うなら、私はいい加減前に進まなきゃ。

令和四年（二〇二二年）一月二十八日、金曜日。

自宅療養期間が終了して会社に赴く私は、久々の外出ということもあって、清々《すがすが》しい気分だった。

大丈夫。どうせ今日もロクでもない一日に終始するだろうけど、辞めるつもりだと腹を括《くく》れば何のことはない。

更衣室で着替えてオフィスに向かうと、廊下で課長と鉢合わせになった。十日の欠勤の嫌味をネチネチ言われることを覚悟していた私だったが、課長は私の姿に気付くや、視線を合わせるように腰を低くして私に駆け寄ってきた。

「森戸、大丈夫か？　コロナ後遺症とか苦しくないか？」

「か、課長？　いきなりどうしたんですか？」

予想だにしなかった気遣いの言葉に、私は面食らってしまった。

新手の嫌がらせかと身構える私に、課長は不器用に眉尻を下げ、棘《とげ》のない猫撫《ねこな》で声《ごえ》で続ける。

「上司が部下の心配をするのは当然のことだろ？　しんどかったら全然休んでいいんだぞ。余ってる有休もじゃんじゃん使え。何は無くとも体が資本だからな。そうそう、この前のお茶代、この通り俺が立て替えておくから。三千円あれば足りるよな？」

「いえ、そんなに高いものではないですし……」

課長がポケットから財布を引っ張り出し、言葉通りに三千円を押し付けてくるものだから、いよいよ気味が悪くなってきた。私が休んでいる間に、課長の方こそ何か悪い病気に罹《かか》ったんじゃないか。

しかし私の遠慮も無視して紙幣を握らせると、課長は爽《さわ》やかにサムズアップしてみせた。

「釣りなら取っとけ取っとけ、あって損するものでもないだろ。他に困ったことがあったら何でも相談しろよ。いいな？」

そう言い聞かせて颯爽《さっそう》とオフィスへと向かっていく課長を、私は呆然《ぼうぜん》と見送ることとしかできない。まるで意味が分からない。一体何があったら、あのパワハラモンスターだった課長がいきなり理想の上司みたいになるんだ。

頭上に無数の疑問符を浮かべて立ち尽くしていると、私のすぐ後ろから低い女性の声が聞こえてきた。

「……森戸さん」

「はっ、はい！　……進藤さん？」

いつの間にか私の背後に、ベテラン社員の進藤さんが立っていた。あまり他の社員と関わらない寡黙な仕事人で、私自身も彼女の方から声を掛けられたのは数えるほどしかない。

進藤さんは口元に手を当て、潜めた声で耳打ちした。

「あの日のアレ、流石にひどすぎると、思ったから。録音して、社長と親会社のコンプラ部に、報告しといた。……余計なお世話、だったかもしれないけど」

「そ、そうだったんですね。でも、そんなことして進藤さんは大丈夫なんですか？」

「私は平気。報告は、一応匿名」

これまで強面の話しかけにくいベテランさんというイメージしかなかったけど、進藤さんが対面では吃音（きつおん）気味な話し方をする人だということを、私は初めて知った。電話応対はいつも流暢（りゅうちょう）だから気付かなかった。

ともあれ、そういう事情があるならパワハラ課長の変貌（へんぼう）ぶりにも納得だ。どうせ辞めるつもりだったとはいえ、有り難い対応であることには変わりない。

「ありがとうございます。私のことを気に掛けて頂いて」

私は両手を体の前で重ね、進藤さんに一礼した。こんなに素直な気持ちで頭を下げたのは、社会人になってから初めてのことかもしれない。

進藤さんは強面な相好を、マスク越しでも分かるほどに崩して言った。

「気にしないで。森戸さんが、いつも頑張ってるの、みんなよく知ってるから」

散々疎んでいたこの会社でそんな言葉を掛けてもらえるなんて露ほども思わず、私は声にならないほどの感銘を受けていた。ある意味、それは麻紀先輩と電話した時以上だった。

どんな環境でも真摯《しんし》に頑張っていれば、必ず見てくれている人はいる。

だから私も、同じくらい周りの人たちを見ていかなくちゃ。

感謝と自戒を込め、私は満面の笑みで返事をした。

「……はい！」

麻紀先輩が私を拾ってくれたように、進藤さんや他の社員さんとの縁も、いつか意外なところで私の人生に深く関わってくるかもしれない。だから腐って投げ槍《やり》にならず、最後まで自分の務めを果たそう。

意気込んでオフィスに臨んだ私は、三歩と歩く前に待ち構えていた島田さんに泣き付かれてしまった。

「ぜんばぁぁぁい！　報告書の書き方教えでぐだざぁぁぁい！」

「ほらもう、だからあんなに言ったでしょ……」


その日の夜、私は自宅で、麻紀先輩とコロナ快復祝いのリモート飲みを兼ねた打ち合わせをしていた。病み上がりなので私はオレンジジュースだ。

PDFファイルを確認しながら手際よく話を進める麻紀先輩は、在職中に見た姿よりも数段凜々《りり》しく感じられた。代表取締役の風格に圧倒され、自然と私の背筋も伸びてしまう。

「とりあえず、事務的な話はこんなところかな。他に何か訊《き》きたいことはある？」

麻紀先輩に水を向けられ、私はかねて気になっていた疑問をぶつけた。

「先輩はどうして、今の事業をやろうと思ったんですか？」

麻紀先輩は背もたれに寄りかかり、昔を思い出すように目を細める。

「規格外品とかコロナ禍のイベント中止とかで、食材の大量廃棄が出て産地が困ってるってニュース見てさ。私、新鮮で美味《おい》しいもの食べるの好きだから、『捨てるなら私に売ってよ』って思ったんだよね。んで、私がそう思うってことは、多分他の人も思ってるってことでしょ？　最初は産直ECだけのつもりだったけど、それだけだと先行者がいたし、だったら他の食事周りのこともいろいろやれば便利だし差別化もできるかなってことで」

「な、なるほど……」

私は素直に感心した。コロナ禍という未曽有《みぞう》の逆境も、強《したた》かな人はしっかりチャンスに変えているわけだ。

麻紀先輩は両手を組み、興味深そうに訊いてきた。

「紗菜は？　ウチの事業がやりたいこととマッチしてそうって言ってたけど、紗菜のやりたいことって？」

私は麻紀先輩に説明した。おばあちゃんの昔話を聞いて、人間にとって食事が何よりも大事なことだと教えてもらったこと、それで食べ物に関わる仕事に興味が出始めたこと、現代でもひとり親世帯を中心に日々の食事にも困っている子供がいると知ったこと、そういった子供たちのために先輩のアプリを利用した事業が何かできないかと考えたこと。もちろん、『死んだおばあちゃんと電話で話した』なんてことは言わなかったけど。

麻紀先輩はモニター越しに相槌《あいづち》を打ちながら耳を傾けてくれ、私が話し終えると神妙な口調で切り出した。

「……なるほどね。紗菜の気持ちは、よく分かったよ」

麻紀先輩の表情に、気休めの笑顔はない。ただ先輩のそれは敵意ではなく、対等な人間として私と向き合おうとする意志が窺《うかが》えた。

「ただ、きついことを言うようだけどね、言うまでもなくウチは営利企業だ。紗菜のやりたいこと全てが叶《かな》えられる保証はできないし、私は会社の方針については社長として厳しい判断を下す。意地悪じゃなくて、あんたや私、そして他の社員が路頭に迷わないようにするためにね」

「はい、それはもちろん分かっています」

私は迷わず頷《うなず》いた。先輩後輩のよしみで余計な気を遣われないことを、私はむしろ有り難いとすら思った。

先輩は少しだけ和らいだ声音で、諭すように続ける。

「だけどね、忘れないで。それはあくまで会社として事業の可否を判断しただけであって、紗菜自身のことを否定しているわけでも何でもないから。やってみたいことがあるなら、遠慮せずに私に提案してほしい。ウチはまだまだ零細だ、アイデアが多くて困ることはない。さっき紗菜が言ったやりたいことだって、ひょっとすると産地側に力になりたい人がいるかもしれないし、政府や自治体から予算を引っ張ってこられればそれは立派な事業になり得るわけだしね」

先輩は悪戯《いたずら》っぽく口角を上げ、芝居がかった口調で言った。

「どうせならガチでやり合おう。社長の座を食っちまうつもりで、かかっておいで！」

「はい、望むところです！」

私は背筋を伸ばし、対抗心を燃やすように返事をした。

肩の力を抜いた雑談に興じる麻紀先輩は、すっかりいつも通りの気さくさだ。そのギャップが私に、麻紀先輩への尊敬の念を一層抱かせる。

「それにしても先輩って、本当にすごいですよね。いくら会社勤めが合わないからって、それで会社を立ち上げちゃうんですから」

照れかお酒によるものか、顔を赤らめた麻紀先輩ははにかんで答える。

「あーね、実はさっき言った『私が思うってことは他の人も同じことを思ってる』って言葉、私のオリジナルじゃないんだよね。ネットでバズってた小説に書かれてて、別に作中ですごく重要ってわけでもないんだけど、その台詞《せりふ》が読み終わった後もずっと印象に残ってて。ある意味、その小説に背中を押してもらったっていうか」

「へー、何て小説なんですか？」

「ええと、これこれ。タイトル見える？」

麻紀先輩は画面外の本棚に手を伸ばし、手に持った本の表紙をウェブカメラに向ける。

そのタイトルを見た私は、言葉を失うほどに驚愕《きょうがく》させられてしまった。

「えっ、その小説って……」

「えっ？」

先輩とのリモート飲みが終わった後、私は先日通販で購入した一冊の本に視線を向けた。

陽人が書いた小説、『ナイトの残照』。殺人の冤罪《えんざい》を掛けられた青年と、ネットで炎上して自殺を図ろうとした女性の一夜の逃避行を描いた作品だ。まだ半分くらいしか読めていないけど、昔に陽人が見せてくれた小説よりもずっと分かりやすいし、何より面白い。

ふと、私は何の気なしに本を手に取ってみる。ハードカバーは見掛けよりも重く、その感触越しに私は昔の陽人を感じた。

みんなこの社会で生きて、頑張って、繋《つな》がっている。

そんな当たり前のことが、今の私にはたまらなく嬉《うれ》しい。

翌日、待ちに待った土曜日。

私は新宿駅から特急で実家がある山梨県に向かっていた。普段なら節約も兼ねて特快で高尾《たかお》から乗り継ぐけど、何となくケチりたくない気分だった。食料配送をしてもらった分、しっかり経済を回さないと、という心情もあったのかもしれない。

甲府駅で両親と合流し、私たちはお父さんの運転で北杜市の墓地に向かう。町中のお店やビルは帰省する度に少しずつ移ろっていくが、町を囲む山脈と釜無《かまなし》川は、幼少期から些《いささ》かも変わっていない。

道中、自宅療養や東京での生活の話をしながら、私は頃合いを見て仕事の話題を切り出した。

「あのね、私、転職しようと思ってるの。今勤めている所、ちょっと私には合わなくてさ。起業した先輩に誘ってもらえて、そこに入ろうと思ってて」

「えぇ？　そんなよく分からない会社に入って大丈夫なの？」

案の定というか、心配性のお母さんには難色を示されたが、お父さんは意外にも肯定的だった。

「いいじゃないか、もう終身雇用なんて時代は終わったんだ。若いうちに転職を経験しておくのも大事だろ」

お父さんはルームミラー越しに私を見て、念を押すように付け加えた。

「ただ、入った後も財務諸表はしっかり確認しておけよ」

「うん、分からないことあったら相談させてもらうね」

流石、叩《たた》き上げの銀行マンは頼りになる。

墓地はお寺裏手の一角にある。天気が良いと南東に富士山が見えてすごく綺麗《きれい》だ。整然と並んだモノクロの墓石群は、幼い頃はしばしば忌避感を抱いたものだが、おばあちゃんが眠っているなら何一つ怖いことはない。墓石に刻まれた【森戸家乃墓】の文字を見て、私もいつか死んだらここに入るのかな、それとも結婚して他の一族の墓に入るのかな、などと考える。

お墓の前に立ち、私はマスクを外す。大人になった私の姿を、おばあちゃんに見せてあげるために。

そして、神妙な気持ちで目を閉じて手を合わせる。一欠片《かけら》でいい、この尽きない感謝の気持ちがおばあちゃんに届いてほしい……そんな祈りを込めて。

名残惜しさはあったが、既にお父さんとお母さんは追悼を終え、黙って私を待ってくれている。顔を上げ、私は二人に小さく頷いた。

柄杓《ひしゃく》で花瓶に水を入れ、私が買ってきた新しい花を挿す。お墓に水を軽くかけ、線香を焚《た》き、最後に「また来るからね」と囁《ささや》きかけ、私たちはその場を後にした。

車に戻る道すがら、私はマスクを着け直し、お父さんに尋ねた。

「ねぇ、お父さんにとってのおばあちゃんって、どんな人だった？」

「ん？　紗菜の曾《ひい》おばあちゃんってことか？　……正直、あんまり覚えてないんだよな。父方が山梨で母方が東京住みだったんだけど、俺の母さんはどっちともあんまりソリが合わなかったみたいで」

「あはは、言ってた通りだ」

「何の話だ？」

「ううん、何でもない」

怪訝《けげん》な顔を向けてくるお父さんに、私は首を横に振って言葉を濁した。あの一週間の特別な時間は、私とおばあちゃんだけの秘密だ。

「おばあちゃん、東京のお母さんについて、何か言ってた？」

「うーん、俺も数えるほどしか会ったことがないし、そっちの婆さんについて話を聞く機会もほとんどなかったんだよなぁ。母さんが大喧嘩《おおげんか》したせいで俺が小学生になるまで勘当みたいになってたらしくて。会えば優しくしてくれたけど、言葉に威圧感があるっていうのかな、昔気質《むかしかたぎ》のちょっと怖い人だったよ。結婚する前は電話交換手をやっていたらしいけど、相手の人を怖がらせたりしてなかったのかな……」

「あなた、失礼でしょ、仮にも実のおばあさんに向かって」

「おっと、それもそうだな。ハハハ」

お母さんに諫《いさ》められ、お父さんは大らかに笑う。

私はと言えば、話の中に出てきた聞き慣れない単語が妙に引っ掛かっていた。

「電話交換手？」

疑問の声を上げた私に、お父さんは電話を取る身振りを交えて説明してくれた。

「あぁ。昔は電話にダイヤルとかボタンが付いていなくて、受話器を上げるとまず電話局の電話交換手っていう人に繋がって、掛けた人の指示に従って手動で回路を繋いでいたんだよ。『田端の森戸さんに繋いでください』みたいな感じで。昔はそれくらい電話加入者が少なかったわけだけど、一人一台のスマホが当たり前の今じゃ、ちょっと想像できないよな」

「でも、そういう時代で頑張ってくれた人たちがいたから、今の私たちの当たり前の生活が在るのよね。そう思うと何だか感慨深いわ」

しみじみと呟《つぶや》くお母さんの言葉が、今の私には内容以上の意味を伴って聞こえた。

私はてっきり、自分が死にたいくらい落ち込んでいたから、そしておばあちゃんが一人ぼっちで意気消沈していたから、それを哀れんだ誰かが時間を超えて私たちを引き合わせてくれたのかと思っていた。だからその奇跡を引き起こしたのは神様か、或《ある》いは私たち自身の心の奥底の願いか、そんなざっくりした考えしかなかった。

あの電話を繋いでくれたのは、もしかして神様なんかじゃなくて……

澄み渡る空を見上げ、私は想いを馳《は》せる。想像を絶するような過酷な時代と、そんな時代を命懸けで生き抜いた人々に。

「……そうだよね。私の命は、お父さんとお母さんと、おじいちゃんとおばあちゃんと、他にもたくさんの人が繋げてくれたものなんだよね」

居ても立ってもいられなくなった私は、軽やかな足取りで二人の前に躍り出て誓いの言葉を立てた。

「私、転職先でも頑張るよ。自分の子供や孫に格好いいと思ってもらえるような生き方ができるように」

活気に満ちた私の言葉を受け、二人は揃って顔を綻《ほころ》ばせた。

「おお、病み上がりなのにすごいやる気だな。その意気だぞ、紗菜」

「やる気はいいけど、あんまり無理しないでよ。しんどい時はいつでも帰って来ていいから。仕事なんて東京じゃなくても、日本中どこにでもあるんだからね」

――――

真っ白い道を歩く。ひたすら歩く。いつから歩いているのか、そもそもどこに向かっているのかも分からない。ただ、そうするしかない、そうしなければならないという思いが、私を突き動かしていた。

やがて川のせせらぎのような音が聞こえ、遠目に何かが見え始めた。大きな壁？　いや、前に誰かが立っている……？

「そろそろ来る頃だと思っていましたよ、タヱ」

声を聞いた途端、私は脱力した。あの世の道連れがお父さんでも夫でもなく、よりにもよって母なんて。

黒いワンピースを着た母が六十代頃の風貌《ふうぼう》だったことを意外に思っていたが、よく見れば私も三十代の頃に着ていた白いブラウス姿で、手足に皺《しわ》もない。死んでから若返ったって意味ないのに、と私は嘆息する。

母の背後には、一本道を塞《ふさ》ぐような形で、背丈を越える巨大な金属盤が立ち塞がっている。盤面には摘《つ》まみやスイッチ、ジャックがびっしりと配置され、近寄ってもどのように扱うものなのか分かったものじゃない。

ただ、それが何のための機械であるかは、足元に落ちている七本の焼け焦げたケーブルを見るまでもなく理解できた。

「……お母さんだったんだね、私とサナちゃんを繋《つな》いでくれたのは」

「まぁ、あんたのことなんて知った所じゃありませんけど、可愛い曾孫《ひまご》は別ですからね」

母は腕組みしたまま、ニコリともせず言った。

「お務めご苦労様。あんたにしては、よくやった方なんじゃありませんか」

「そう思うなら、もっと素直に褒めてくれてもいいと思うんだけどね」

「思い上がりなさんな。私からすれば、あんたなんてまだまだ半人前以下です」

「歳食ってれば偉いってのも古い考え方だよ、お母さん」

私は混ぜ返しながらも、母に感謝の言葉を伝えた。

「でも……未来のサナちゃんと電話させてくれて、ありがとう。お陰で死ぬ前に気持ちの整理が付けられたわ。私のためじゃなくても、救われたのは事実だから」

「そちらは随分と素直になりましたねぇ、明日《あした》は槍《やり》でも降るんですか？」

「私が素直なんじゃなくて、お母さんが捻《ひね》くれすぎなんだよ」

「はん、言われてみればその通りかもしれませんね」

母は鼻で笑うや、唐突に背後の金属盤を両手で押し倒した。そんなことしたら壊れちゃうじゃないと思ったけど、とっくに壊れていたようだ。

向こう側は川になっていたらしく、母は倒した金属盤を橋のようにして向こう岸に渡る。

「さあ、そろそろ行きますよ。私はこんな何もない所にはもう飽き飽きですので」

「ええ。……でも、行くってどこに？」

追い縋《すが》る私に、母は素っ気なく答える。

「さてね、私に分かるわけないでしょう。天国か地獄か、はたまた輪廻《りんね》転生か……ただまぁ、どこであろうと同じことですよ」

母の後ろ姿は、いつの間にか黒いワンピースから着物に変わっていた。それを指摘しようとした私もまた、自分がボロボロのモンペを着た子供の体になってしまっていることに気付く。

いつかのように並んで歩きながら、母はきっぱりと言い切った。

「前見てまっすぐ歩いていれば、いずれはここより素敵な場所に辿《たど》り着きますよ」

参考文献

『昭和史　1926－1945』（平凡社）半藤一利
『昭和史　戦後篇　平凡社ライブラリー』（平凡社）半藤一利
『千の証言 あの戦争を人々はどう生きたのか』（毎日新聞出版）毎日新聞「千の証言」取材班
『戦時下のくらし』（平凡社）小泉和子監修
『アメ横の戦後史―カーバイトの灯る闇市から60年』（ベスト新書）長田昭
『日本大空襲―日本列島を焼き尽くした米軍の無差別爆撃』（新人物往来社）
『戦後70年　戦争の時代を語りつぐ』（日本民話の会）
『東京大空襲の戦後史』（岩波新書）栗原俊雄
『戦後50年学童疎開の子どもたち　第1巻　はらぺことさみしさの日々』（汐文社）嘉藤長二郎、小林奎介、ゲンクリエイティブ編
『戦後50年学童疎開の子どもたち　第2巻　先生ひどいよ！』（汐文社）嘉藤長二郎、小林奎介、ゲンクリエイティブ編
『戦後50年学童疎開の子どもたち　第3巻　悲しかったあのころの宝もの』（汐文社）嘉藤長二郎、小林奎介、ゲンクリエイティブ編
『写真で伝える東京大空襲の傷あと・生き証人』（高文研）鈴木賢士
『関東大震災記憶の継承　歴史・地域・運動から現在を問う』（日本経済評論社）関東大震災90周年記念行事実行委員会編

本書は書き下ろしです。
本作はフィクションであり、登場する
人物・組織などすべて架空のものです。

電《でん》話《わ》交《こう》感《かん》

私《わたし》とおばあちゃんの七日《なのか》間《かん》の奇《き》跡《せき》

こがらし輪《わ》音《おん》

令和５年 11月25日　初版発行

発行者●山下直久

発行●株式会社KADOKAWA
〒102-8177　東京都千代田区富士見2-13-3
電話　0570-002-301（ナビダイヤル）

角川文庫 23889

印刷所●株式会社暁印刷
製本所●本間製本株式会社

表紙画●和田三造

ISBN 978-4-04-113861-8　C0193

◇◇◇

角川文庫発刊に際して

角川源義

第二次世界大戦の敗北は、軍事力の敗北であった以上に、私たちの若い文化力の敗退であった。私たちの文化が戦争に対して如何に無力であり、単なるあだ花に過ぎなかったかを、私たちは身を以て体験し痛感した。西洋近代文化の摂取にとって、明治以後八十年の歳月は決して短かすぎたとは言えない。にもかかわらず、近代文化の伝統を確立し、自由な批判と柔軟な良識に富む文化層として自らを形成することに私たちは失敗して来た。そしてこれは、各層への文化の普及滲透を任務とする出版人の責任でもあった。

一九四五年以来、私たちは再び振出しに戻り、第一歩から踏み出すことを余儀なくされた。これは大きな不幸ではあるが、反面、これまでの混沌・未熟・歪曲の中にあった我が国の文化に秩序と確たる基礎を齎らすためには絶好の機会でもある。角川書店は、このような祖国の文化的危機にあたり、微力をも顧みず再建の礎石たるべき抱負と決意とをもって出発したが、ここに創立以来の念願を果すべく角川文庫を発刊する。これまで刊行されたあらゆる全集叢書文庫類の長所と短所とを検討し、古今東西の不朽の典籍を、良心的編集のもとに、廉価に、そして書架にふさわしい美本として、多くのひとびとに提供しようとする。しかし私たちは徒らに百科全書的な知識のジレッタントを作ることを目的とせず、あくまで祖国の文化に秩序と再建への道を示し、この文庫を角川書店の栄ある事業として、今後永久に継続発展せしめ、学芸と教養との殿堂として大成せんことを期したい。多くの読書子の愛情ある忠言と支持とによって、この希望と抱負とを完遂せしめられんことを願う。

一九四九年五月三日